KB273102

지하철환승역살인

박상욱장편추리소설

명지사

작가의 말

세상을 피해 산으로 들어갔다가 다시 돌아온 서울…… 아침 저녁 사람들 틈 사이로 바라본 지하철은 늘 내게 깊은 인상을 주었다.

내가 보기에 지하철은 도시와 그 속에 사는 사람들의 어떤 핵심을 상징하고 있었다.

거칠게 느낌만으로 말한다면 그건 일종의 블랙홀 같은 것이었는데, 하여간 나는 그것의 정체를 알고 싶었다. 나 역시 이름 모를 그것의 엄청난 힘에 짜부러지고 파괴되어 '다른 어떤 것'으로 변해 가고 있었으니까……. 이 소설은 그 시도의 한 결과다.

때는 세기 말이다. 문학에서도 오락성이 지상의 선이다.

하지만 오락성이 서사보다 재미있다는 편견은 터무니없다.

소설은 서사의 토대에 서야 한다. 언감생심 이 글을 내놓고 할 수 있는 말은 아니다. 단지 그래야 한다는 것일 뿐.

내가 쓴 이 소설이 하나의 읽을 거리로서 제 역할을 할 수 있을지 궁금하다. 자신 없이 끙끙대며 어려운 수학 문제를 푼 뒤끝처럼 해답이 더욱 궁금해진다.

어떤 시인이 회갑을 맞이하여, 자신은 이제 '쓰는 자'로 존재할 것이라는 말을 했다는 기사를 읽은 적이 있다. 부럽고 얄미웠다.

하지만 그분께 감사하지 않을 수 없다.

쓰레기통으로 던져질 뻔한 원고 뭉치를 구해 주신 명지사 박명호 사장님의 배려에 감사드린다.

1994년 새아침

지하철환승역살인 · 차례

박상욱장편추리소설

지하철환승역살인

1
작별

　ㄱ대학교 앞 4거리 조금 못 미쳐 왼쪽으로 난 조그만 골목 안쪽에 '약속'이란 이름의 찻집이 있었다. 조그만 건물의 2층에 있는 '약속'은 주로 클래식을 들려주는 곳으로 원두 커피를 주 메뉴로 하고 경양식도 파는 곳이었다.

　대학교 앞에 있는 찻집은 붐비고 복잡한 것이 보통이지만 그곳은 한적한 편이었다. 아마 위치가 후미진데다 클래식이 흐르는 조용한 분위기라서 그런 것을 좋아하는 학생들만 간간이 찾아드는 탓일 것이다.

　찻집의 출입문 맞은편, 골목으로 난 창 옆으로 테이블이 놓여 있었다. 뒤쪽에 낡은 유성기가 장식품으로 놓여져 있는 그 테이블은 남자와 여자가 즐겨 앉던 곳이었다.

　두 사람이 마지막으로 만났던 그날 저녁에도 남자는 여느 때와 다름없이 유성기를 등지고 앉아서 여자를 기다리고 있었다.

　그날 오후, 여자의 사무실로 남자의 전화가 걸려왔다. 남자의 들뜬 목소리와 달리 여자는 냉랭한 목소리로 퇴근 후에 '약속'에서 만나자고 말하고는 일방적으로 전화를 끊었다.

전화를 끊고 여자는 긴 한숨을 내쉬었다. 언젠가 한번은 치러야 할 일이기에 두렵지만 오히려 기다려지기도 했던 그 시간이 드디어 온 것이다.

뚜렷이 할 일도 없으면서 퇴근 시간을 한참 지나서야 여자는 사무실을 나섰다.

'약속'의 문을 들어서면서 습관적으로 바라본 그 자리에는 환한 웃음을 띤 남자가 손을 번쩍 들고 있었다.

남자는 기다리는 시간 내내 창 밖을 살피고 있었다. 여자가 나타나 창 밑의 계단을 통해 사라지자 이번에는 초읽기를 하듯 그녀가 나타날 시간을 세며 문 쪽을 바라보고 있었던 것이다.

하지만 남자의 반가워하는 모습을 보는 여자의 눈썹은 잔뜩 찌푸려졌다.

테이블 앞으로 다가간 여자는 잠시 그대로 서 있었다. 테이블 위에는 물컵이 놓여 있었고 책이 반쯤 펼쳐져 있었다. 남자가 엉거주춤하게 일어서며 말했다.

"뭐해, 앉지 않고?"

여자는 그의 맞은편에 털썩 주저앉았다. 남자가 어색한 웃음을 지었다.

"왜 이렇게 늦었어?"

늘 이런 식이었다.

여자는 새삼 짜증이 치솟았다.

왜 이렇게 늦었어? 오늘은 무슨 일을 했니? 누굴 만났어?

피곤한 노릇이었다. 좋게 보면 자상한 면이 있구나 하고 생각되지만 시간이 지날수록 점점 괴롭게만 느껴졌다.

물론 사람을 괴롭히려는 건 아니었다. 하지만 피곤한 건 피곤한 것이었다. 더군다나 사장과의 관계가 있은 뒤로는 더욱 힘들었다.

입안이 말라서 그녀는 물을 한 모금 마셨다. 어떤 식으로 말을 꺼내야 할지 실마리를 잡을 수가 없었다. 만나서 할 말에 대해 많이 생각하고 속으로 연습도 했지만 막상 이렇게 남자의 얼굴을 직접 마주 대하자 쉽게 엄두가 나지 않았다.

이런 여자의 속마음은 아랑곳 않고 남자는 느긋한 표정으로 담배를 피워 물더니 길게 연기를 내뿜었다. 자기 딴에는 멋있는지 몰라도 여자의 눈에는 아주 유치하게 보였다. 여자는 눈살을 찌푸리며 마음을 다잡았다. 그녀는 얼굴로 다가오는 연기를 손으로 흩으면서 차갑게 말했다.

"다신 만나지 말자는데 왜 전화했어요?"

"왜 전화하다니? 보고 싶어서 전화했지."

여자는 자신의 말 속에 숨겨져 있는 의미를 알아차리기를 바랐지만 그는 전혀 눈치를 채지 못한 모양이었다.

"화내지 말고 내 말 좀 들어봐. 그 동안 속 많이 상했지. 하지만 이제 걱정 없어."

여전히 굳어 있는 여자의 얼굴을 보며 남자는 자랑스럽게 말했다.

"나 취직됐어. 한 달간 신입사원 연수까지 받았단 말이야. 어때, 이만하면 특종이지? 어떤 회사인지 안 물어봐?"

남자는 의기양양하게 여자를 쳐다보았다. 하지만 여자의 얼굴에는 그가 기대했던 표정이 나타나지 않았다. 그는 슬머시 풀죽은 목

12

소리로 말했다.

"물론 알아, 네 마음. 몇 푼 되지도 않는 월급으로 살아가기 힘들다는 거. 하지만 우리는 젊어. 희망이 있다는 말이야. 너는 집에서 부지런히 살림하는 동안, 나는 회사에 나가 열심히 일하며 가난하지만 행복하게 살고…… 그러다 보면 생활도 점점 좋아질 거구…… 대기업 못지 않은 탄탄한 중소기업이야. 대우도 좋고 유망해. 그러니 이제 얼굴 좀 펴라, 응?"

그랬었구나. 그래서 반 년 동안 연락이 없었구나.

남자가 약간 안스럽게 느껴지기는 했지만 여자의 마음은 흔들리지 않았다.

남자의 말이 틀려서가 아니었다. 그것이 건전한 생각이라는 것을 모로는 것도 아니었다. 하지만 여자는 이미 돈이 주는 안락함과 달콤함에 너무 깊이 빠져 있었다. 월급이라야 얼마를 받겠는가. 사장이 주는 돈으로 마음껏은 아니지만 충분히 생활을 즐기고 있었다. 게다가 탄탄한 재력가의 부인이 될 수 있는 기회가 왔다. 가난한 행복이란 말 따위는 귀에 들어오지 않았다. 게다가 이 남자를 진정으로 사랑한 적도 없지 않은가.

계속해서 굳어 있는 여자의 표정을 살펴면서 남자는 달랬다.

"반 년만이야. 우리는 반 년만에 만난 거라구. 난 할 이야기가 너무 많아. 계속 이렇게 있을 거야? 무슨 말이든지 한번 해 봐, 응?"

지금이었다. 여자는 준비했던 말을 차분한 목소리로 뱉었다.

"전에도 말했지만 이제 우리 정말 그만 만나요. 더 이상 만나고 싶지 않아요."

그녀는 한 마디 한 마디 힘주어 말하면서 남자의 표정을 살폈다. 예상했던 대로 남자의 얼굴이 약간 굳어졌다. 하지만 그 표정은 이내 활짝 펴졌다.

"아직도 못 믿겠다는 표정이구나? 괜찮아, 내가 좋은 소식을 또하나 말해 줄게. 이 이야기 들으면 나쁜 기분이 싹 가실 거야."

"필요없어요. 헤어져요. 정말 지긋지긋하단 말이야."

남자의 말꼬리를 자르며 내뱉듯이 소리쳤다.

그제서야 남자의 표정이 심각하게 굳어졌다. 그는 테이블에 놓인 컵을 들어 물을 한 모금 마셨다. 그리고 잠시 말없이 여자를 바라보았다. 여자는 숙이고 있던 고개를 들어 남자를 쏘아보며 단호하게 말했다.

"미안해요. 하지만 이제 만나지 말아요. 전화하지 마세요."

"이유나 알자. 이유가 뭐야?"

남자의 태도가 차분히 가라앉았다. 말꼬리가 약간 떨리면서 남자는 담배를 집어 불을 붙이고는 성급히 몇 모금을 빨았다.

여자는 어서 빨리 이 자리를 떠나고 싶었다.

"모든 게 싫어졌어요. 더 이상 만나고 싶지 않아요. 이게 전부예요!"

멍한 얼굴로 여자를 쳐다보던 남자가 고개를 끄덕이며 담배를 재떨이로 가져갔다. 손끝에서 연기가 가늘게 떨리고 있었다. 남자는 길게 한숨을 내쉰 뒤 낮은 목소리로 말했다.

"물론 싫겠지, 잘나지 못한 내가. 돈 많은 집 자식도 아니고 학벌이 좋은 것도 아니고…… 하지만 나도 내 힘 닿는 데까지는 하느라고 했어. 정말 노력했어. 시골에서 비록 일류는 아니지만 서울에 있는 대학으로 왔고 대학에 들어와서도 내 힘으로 벌어서 학비를 보탰어. 밤을 새며 공부를 했고 열심히 일했어. 이제 취직도 되었어. 대기업은 아니지만 그렇게 쉽게 들어갈 수 있는 곳도 아니야…… 난 그게 모두 네 덕분이라고 생각해. 네가 아니었으면 그렇게 할 수 없었을 거야. 그런데……."

그는 안타까운 눈으로 여자를 쳐다보았다. 여자는 여전히 고개를 숙인 채 듣고만 있었다.

"난 내 모든 걸 네게 주고 싶었다. 하지만 난 가진 게 없었고 그걸 항상 안타깝게 생각했어. 네가 만나지 말자고 했을 때도 나는 이해할 수 있었다. 내가 가진 것이 없기 때문에…… 너랑 떨어져 있는 동안도 온통 네 생각뿐이었어. 하지만 나는 이를 악물고 참았다. 너를 행복하게 해 주려면, 아니 적어도 너랑 결혼할 수 있는 최소한의 자격을 갖추기 위해서라면 우선 괜찮은 회사의 입사 시험에 합격하는 길밖에 없다고 생각했기 때문이었지. 합격 통지를 받던 날 나는 너에게 전화를 하려다 수화기를 놓았다. 좀더 준비를 한 다음에 만나자. 네가 조금 더 기뻐할 수 있도록…… 그래서 참았다. 연수를 받으면서도 내내 우리의 앞날을 설계했어. 머리 속으로 수많은 꿈들을 그렸다가 지웠다가 했지. 돈을 벌면 어떤 집을 지을까, 우리는 어떤 모습으로 살게 될까, 어떻게 해야 우리가 가장 행복할까…… 아긴 언제 몇이나 낳을까……."

안으로 잦아드는 목소리를 들으며 여자는 남자가 지금 지워버린 둘 사이의 아기를 생각하고 있는지도 모른다는 생각을 했다.

그는 늘 그 일을 가슴 아프게 생각하고 있었다. 낙태는 명백한 살인이며 어른들이 저지른 죄를 왜 아기가 목숨으로 갚아야 하는 거냐

머, 이 다음에 아기를 낳거든 훌륭하게 키워서 그 죄를 갚아야 한다
고 술이 취해 눈시울을 붉히던 그의 모습이 떠올랐다.

　물론 여자의 생각은 전혀 달랐다. 꺼림칙한 구석이 없는 것은 아
니었지만, 어린 나이에 아기를 낳고 그로 인해 받을 고통에 비하면
그 정도의 거리낌은 아무것도 아니었다. 환영과 축복도 없이 사람
들의 눈초리와 가난과 고통 속에 태어나는 것은 차라리 태어나지 않
는 것만 못하다는 것이 그녀의 생각이었다. 그녀는 자신을 고통스
럽게 만들고 스스로도 불행해질 아기가 태어나는 것을 결코 찬성할
수 없었다.

　남자의 가라앉은 목소리가 다시 들리기 시작했다.

　"며칠 전 연수가 끝났어. 이제 너를 만나야겠다고 생각했지. 하
지만 바로 네게로 달려오지 못했어. 한 가지 준비가 덜 끝났기 때
문에…… 그게 어제 끝났어. 그래서 오늘 전화한 거야. 그런데
지금 나는 너를 도저히 이해할 수가 없다."

　"미안해요."

　여자는 고개를 숙인 채 중얼거렸다. 무어라고 말을 해야 한다고
생각하면서도 이 한 마디 말도 떠오르지 않았다. 갑자기 머리 속이
텅 빈 것 같고 아무런 생각도 나지 않았다. 그만큼 남자의 태도는
진지했다. 오직 이런 식으로는 어떤 결말도 나지 않는다는 생각 하
나만이 자꾸 그녀를 일깨워 주고 있을 뿐이었다. 남자가 다독거리
는 듯이 말했다.

　"미안한 건 나야. 하지만 이것 하나만은 확실해. 만일 너를 잃는
다면 난 살 수가 없어…… 너도 내 마음을 잘 알 거야. 내가 할
수 있는 일이라면 뭐든지 할게. 난 할 수 있어. 너를 위해서라면

16

무슨 일이라도, 목숨을 바쳐서라도 할 수 있어. 말을 좀 해봐. 제
발……."

남자는 다시 담배를 피워 물었다.

여자는 고개를 숙인 채 생각했다.

그의 말은 모두 진심이었다. 하지만 이미 모든 것은 끝났다. 어차
피 끝난 일을 길게 이야기한다는 것은 아무 소용도 없는 짓이며 피
곤할 뿐인 것이다.

어차피 끝났다. 망설일 필요가 없는 것이다. 어차피 맞을 매라면
빨리 맞는 것이 좋은 것이다. 한때의 철없던 불장난으로 평생을 가
난하고 힘들게 살 수는 없는 것이다. 이미 가난의 괴로움은 지긋지
긋하게 맛보지 않았던가.

여자는 고개를 세차게 흔들었다. 머리 속이 헝클어지고 가슴이
답답해 견딜 수 없었다. 그것은 남자의 진지한 표정과 말 때문이
었다.

여자는 마음을 다잡으며 길게 숨을 들이쉬었다. 더 이상 이 괴로
운 순간에 시달리고 싶지 않았다. 머리 속으로 그와 같이 지냈던 장
면들이 스쳐 지나갔다.

한때의 호기심과 외로움 때문에 그를 만났고 육체 관계까지 가지
게 되었지만 그를 진심으로 사랑한다고 생각한 적은 한번도 없었다.
물론 그가 너무 잘해 주었기 때문에 늘 편했고 때때로 좋았던 기억
은 있지만 그것에 얽매여 평생을 같이 살 거라는 생각을 해 본 적은
없었다. 이제 진실을 밝힐 시간이 된 것이다.

여자는 입술을 깨물었다. 안타까운 눈빛으로 자신을 응시하는 남
자를 똑바로 마주 보면서 여자는 쏟아붓듯 말했다.

“한 남자가 있어요. 그 남자는 돈이 많아요. 난 지금 그 남자가
사 준 아파트에서 살고 있어요. 그 남자는 1주일에 두 번쯤 들러
요. 무엇 때문인지 아시겠죠. 난 지금의 생활이 좋아요. 그 남자
와 결혼할 거예요.”

남자의 얼굴이 울 듯이 약간 찌푸려지더니 하얗게 변해 갔다. 몸
은 석상처럼 굳어졌고 숨소리조차 들리지 않았다. 그 자세로 남자
는 멍하니 앉아 있었다. 이제부터 일어날 어떤 일이라도 견딜 각오
를 하며 여자는 고개를 숙였다.

숨막히는 정적 속에 영원처럼 긴 시간이 흘렀다. 두 사람의 주위
는 진공의 막이라도 쳐진 듯 적막했다.

고개를 숙인 여자는 남자의 손끝으로 타들어가는 담배를 바라보
고 있었다. 길게 타들어간 담뱃재가 제풀에 툭 하고 떨어졌다. 파
란 연기가 하르르 떨며 어지럽게 하늘로 솟구치고 있었다. 마침내
남자의 낮은 목소리가 정적을 깼다. 심하게 떨리는 것 외에는 아무
일도 없었던 것처럼 담담한 목소리였다.

“한 가지만 묻자…… 반 년 전 네가 헤어지자고 했을 때, 이미 그
남자가 있었나? 그 전에도?”

여자가 고개를 들고 도전적으로 대답했다.

“그래요. 1년이 넘었죠.”

여자는 이제 더 이상 고개를 숙이지 않았다. 남자의 얼굴이 이상
하게 일그러졌다. 곧 울 것 같기도 하면서 곧 웃을 것 같기도 한, 아
파서 찡그린 듯하면서 무엇인가 아주 무서운 것을 본 어린애의 표정
같기도 한 기이한 표정이었다.

그런 표정으로 남자가 서서히 일어섰다. 그는 조심스럽게 의자를

밀치고 몸을 돌려 밖을 향했다. 그러다 문득 생각난 듯이 그는 탁자 위에 놓여진 책을 집어들었다. 책갈피 속에서 무언가가 툭 하고 여자의 발치로 떨어졌다.

떨어진 하얀 봉투의 겉에는 아무것도 씌어져 있지 않았다. 그는 조용히 허리를 굽혀 봉투를 집어들었다. 꼿꼿하게 앉아서 테이블에 놓인 물잔만 바라보는 여자의 머리 위로 남자의 쉰 듯한 목소리가 들려왔다.

"내가 아까 말했지. 무언가 준비하느라고 늦었다고. 집을 하나 얻었어. 아버지가 남긴 땅과 엄마의 무덤이 있는 야산을 팔아서 말이야. 반 지하층이지만 쓸 만해서 어제 계약을 했지. 하지만 이제 쓸모가 없어졌어. 너에겐 좋은 아파트가 있으니까 말이야."

발걸음이 조금 휘청거렸지만 남자는 아무 일도 없었던 사람처럼 태연하게 문을 열고 밖으로 나갔다. 문 밖으로 사라지는 남자의 뒷모습을 확인한 여자는 이윽고 쓰러지듯 테이블에 얼굴을 묻었다. 머리에서 윙 하는 소리와 함께 온몸에서 식은땀이 난 것을 느낄 수 있었다.

여자는 엎드린 채 잠시 그대로 있었다. 심장의 박동이 조금씩 낮게 가라앉았다. 그녀는 그 자세로 눈을 감았다.

이제 끝났다. 이제 모든 것은 끝났어. 모든 과거와 안녕이다.

비로소 조용한 음악이 들리기 시작했다. 여자는 감미로운 음악의 세계 속으로 한없이 날아가고 있었다.

작별이었다.

여자가 그 충격적인 말로 이별을 선언한 뒤, 남자는 미친 듯이 술을 퍼마시는 것으로 몇 주를 보냈다. 그는 어떻게 해야 할지 알 수 없었다. 그런 일이 자신에게 일어나리라곤 전혀 상상도 못했기 때문이었다.

그는 여자를 완전히 믿었다. 여자를 조금이라도 의심한 적이 있었다면, 그는 어떤 식으로든 한번쯤은 그런 상상을 해 보았을지도 몰랐다.

여자가 그런 생각을 가지고 있으리라고는 꿈에도 생각 못했기 때문에 그녀가 일방적인 이별을, 그것도 충격적인 말로써 선언했을 때 그는 아무 말도 할 수 없었던 것이다.

그것은 그냥 충격일 뿐이었다. 아무 생각도 나지 않았고 아무 느낌도 들지 않았다. 그냥 멍할 뿐이었다.

그날 그는 여자를 남겨 두고 조용히 레스토랑을 나온 뒤 곧장 술집으로 갔다. 그날 밤 그는 술에 취해 정신을 잃었다. 그 다음날도 또 다음날도 그는 아무 작정도 없이 밤마다 정신을 잃을 때까지 술을 마셨다.

그로부터 한 달쯤 되던 어느 날 아침이었다. 머리가 깨질 듯한 고통 때문에 잠을 깬 남자는 물을 찾아 부엌으로 갔다. 타는 목구멍으로 양껏 물을 들이킨 그는 정신을 가다듬기 위해 세면대 앞으로 가다가 거기서 어떤 사내가 다가오는 모습을 보았다.

핏발 선 눈에 눈곱이 달라붙어 있고, 부스스한 머리카락이 땀에 젖어 산발한 초라한 한 사내가 얼굴을 찡그리고 거울 속에서 더듬더듬 다가오고 있었다. 남자는 그것이 자신의 모습임을 알아차렸다. 그는 그 자리에서 한참을 멍하니 서 형편없이 추해진 자신의 모습을 넋을 잃고 바라만 보고 있었다.

한참 후에야 남자는 정신을 차렸다. 그리고 서두르기 시작했다.

남자는 정성들여 거뭇해진 수염을 면도하고 서둘러 머리를 감고 세수를 한 다음 방으로 갔다. 얼굴에 로션과 스킨로션을 바른 뒤 머리를 빗고 옷장 속에 아껴 두었던 하얀 새 와이셔츠를 꺼내 입고 장롱 문에 걸린 붉은 색 실크 넥타이를 꺼냈다. 여자가 사준 것이었다. 그는 서둘러 넥타이를 맸다. 여자를 다시 만나기로 작정한 것이다.

만나자. 그녀에겐 아무 일도 일어나지 않았을 것이다. 아니, 설령 그 말이 사실이라 해도 나는 그녀를 용서할 수 있다. 누구나 한번쯤 잘못된 길로 갈 수도 있는 일이니까.

하지만 그 생각과 동시에 가슴이 서늘하게 식는 느낌을 지울 수는 없었다. 1주일에 두 번씩 남자가 집에 온다던 여자의 말이 생생하게 떠올랐기 때문이었다. 그러면서 그는 문득 자신이 그 동안 괴로웠던 것은 그녀의 배신 때문이었지만 칼로 저미는 듯 가슴이 아팠던 것은 그녀의 부정 때문이었다는 사실을 깨달았다. 하지만 그는 애써 고개를 흔들었다.

그래, 모든 것을 잊고…… 다시 예전으로 돌아가는 거야. 아무 일도 없었어. 다시 만나고 사랑하는 거야. 나는 그녀를 사랑해. 그녀도 그럴 거야…… 아무 일도 아니야. 아무 일도 없었던 거야. 아무 일도…….

남자는 계속 중얼거렸다. 세면대 앞에서 본 자신의 모습은 견딜 수 없었다. 그것은 자신의 모든 것이 부서지고 있다는 것을 뒤통수를 때리듯이 충격적으로 비춰 주고 있었던 것이다.

부서지고 녹슬고 썩어 들어가고 있었다. 술에 쩌든 한 사내가 초라하게 침몰해 가고 있었다. 미래에 대한 꿈도 희망도 사라지고, 진지한 열정도 잃어버리고, 건강과 직장마저도 곧 떠날 것 같았다. 남자는 결코 자신을 그렇게 내버려 둘 수는 없었다.

만나자. 만나면 모든 게 다 잘 될 거야…….

그는 자신에게 최면을 걸 듯 계속해서 중얼거렸다. 그러자 정말로 그녀를 만나기만 하면 모든 일들이 잘 될 것 같은 생각이 들었다. 마치 아무 일도 없었던 것처럼, 혹은 낮잠을 자다 잠깐 꾼 악몽에서 깨어난 것처럼, 모든 것이 다시 정상으로 돌아올 것 같은 느낌이었다.

그는 희망에 들떠 출근길에 올랐다.

그날 저녁 퇴근 시간 무렵이었다. 남자는 여자가 다니는 회사 사무실이 있는 조그만 하얀색 빌딩의 왼쪽 도로 옆에 서서 그녀가 나오기를 기다리고 있었다. 여자가 피하는 것이 두려웠기 때문에 그는 전화를 걸지 않았다.

남자는 여자가 나오면 그녀를 불러 세워 어디 조용한 곳으로 가자고 한 다음 진지하게 이야기를 나눌 생각이었다. 그는 진정으로 호소할 작정이었다. 그는 이미 자신이 할 말들을 마음 속으로 정리해 두고 있었다.

미안하다. 우리 다시 시작하자. 나를 용서해 줘. 나도 너를 용서한다. 우리에게는 아무 일도 없었던 것이다. 그냥 악몽이었을 뿐이다…….

남자는 초조하게 그녀를 기다리다가 문득 그녀가 처음 취직해서 출근하던 날을 떠올렸다. 그날도 여기 서 있었고 시간도 퇴근 무렵이었다. 그리고 지금처럼 빌딩을 자꾸만 올려다보곤 했다.

자그마하지만 새로 지은 건물이 무척 멋있게 보였기 때문에 남자는 기분이 좋았다. 저렇게 멋진 건물 안에서 사랑하는 사람이 바쁘게 일하고 있다는 사실이 자랑스러웠다. 취직이 되고 나서 그녀는 자신을 포함한 여직원 두 명과 남자 직원들 모두 합쳐 직원이 열댓 명밖에 되지 않는 작은 회사라고 심드렁한 표정을 지었지만, 남자는 그녀가 속으로 얼마나 기뻐하는지 잘 알 수 있었다.

퇴근 시간이 지나고, 조금 있자 몇 무리의 아가씨들이 빌딩 현관을 나와 재잘거리며 지나갔다. 아직 여자는 나오지 않고 있었다. 남자는 혹시 여자를 놓칠세라 현관에 눈을 떼지 않고 열심히 지켜보고 있었다.

한참이 지났을 때 문이 열리고 한 여자가 나타났다. 요즘 유행하는 옆머리를 치켜 깎은 헤어 스타일과 짧은 가죽 치마가 눈에 들어왔다. 시선을 돌리려던 남자는 순간, 찬 물을 뒤집어쓴 것처럼 놀랐다.

주의 깊게 보지 않았다면 알아차리지 못할 만큼 달라진 여자였다. 늘 길게 기르고 다니던 머리카락도 단정한 옷차림도 아니었다. 하지만 그녀임에는 틀림없었다. 그녀는 너무 변해 있었던 것이다. 무언가 불길한 예감이 스치는 순간 여자는 어느새 저만큼 걸어가고 있었다.

남자는 잠시 망설였다. 혹시 잘못 본 게 아닌가 싶은 생각 때문이다. 하지만 다시 보아도 틀림없는 그녀였다. 키와 몸매, 톡톡 튀듯이 걷는 걸음걸이까지 틀림없었다. 남자는 여자를 뒤따라 걷기 시작했다.

남자는 잠시 그녀를 뒤따라 가 보기로 작정한 것이었다. 그녀가 어디로 가는지 궁금하기도 했지만 그것보다는 아주 달라진 여자의 분위기가 선뜻 다가가 말을 거는 것을 주저하게 만들었기 때문이다. 그리고 무엇보다도 그녀의 외양과 걸음걸이에서 음습하고 불길한 냄새가 났기 때문이었다.

남자는 일정한 거리를 두고 여자를 뒤따르면서 그녀의 뒷모습을 찬찬히 살펴보았다. 하얀 목과 잘 어울리는 금빛 귀거리가 한들거리고 짧은 가죽 치마 아래로 검은 스타킹에 감싸인 다리가 육감적으로 움직이고 있었다. 지금까지 여자를 만나면서 한번도 본 적이 없는 세련되고 육감적인 모습이었다.

여자는 무언가에 쫓기는 듯 바쁜 걸음걸이로 사람들을 헤치며 걷고 있었다. 하지만 남자는 지금 그녀가 상당히 들뜬 기분으로 걷고 있다는 것을 알 수 있었다.

한참을 걸어 이윽고 여자는 빌딩 숲 뒤쪽의 고급스러워 보이는 레스토랑으로 들어갔다. 남자는 그녀와 마주치지 않기 위해 잠시 밖에서 서성거리며 시간을 보낸 뒤 따라 들어갔다.

우아한 장식의 실내에는 조용한 음악이 꿈결처럼 흐르고 있었다. 남자는 빠르게 실내를 훑어보았다. 저쪽 창가에 여자가 어떤 사내와 마주 앉아서 이야기하는 모습이 보였다. 그는 그들을 잘 볼 수 있는 한쪽 구석자리로 가서 앉았다. 그리고…….

그 다음은 잘 기억나지 않는다. 다만 장면장면들이 뒤섞여 어지럽게 떠오를 뿐이었다.

화려한 요리가 차려지고, 우아하게 식사를 하던 두 사람, 사내의 말끝에 간간이 은밀하게 웃던 여자의 얼굴, 사내의 자가용 안으로 사라지는 여자의 까만 다리, 택시를 잡으려고 이리저리 뛰던 자신의 모습, 자가용이 미끄러져 들어간 건물 주차장 위로 밤 하늘에 푸르게 반짝이는 네온사인의 글자, 아무 뜻 없이 안으로 들어가서 방 하나를 잡고 멍하니 앉아 있던 자신, 그리고 무심코 켠 텔레비전에 나타난 꿈틀거리는 하얀 알몸들. 그 신음과 헐떡거림과 기괴한 자세, 그들이 왜 여기에 왔는가를 깨달은 확연한 순간, 그 음란한 화면을 열심히 흉내내고 있을 얼굴, 선명한 두 남녀의 꿈틀거리는 몸짓과 소리들…… 그리고 그 바로 옆방에 혼자 쪼그리고 앉은 초라한 사내 하나…….

어떻게 거기를 나왔는지 기억이 나지 않았다. 단지 기억나는 건 자신이 끝없이 어딘가를 걷고 있었고, 춥고 무섭고 떨렸다는 것뿐이었다.

그렇게 해서 남자는 여자를 마음 속에서 떠나 보냈다. 그의 순결한 영혼도 따라서 사라져 갔다. 그리고 남자는 마음의 문을 굳게 닫았다. 그는 이제 아무도 사랑하지 않았고 누구에게도 마음을 열지 않았다.

2
겨울 밤

차가운 바람이 분다. 겨울이 깊어 가고 있었다.

거리에 늘어선 가로수의 앙상한 가지가 매섭게 몰아치는 바람에 어지럽게 흔들리고, 하늘은 잿빛으로 잔뜩 찌푸려 도시의 풍경을 더욱 우울하고 황량하게 만들고 있었다. 사람과 차들이 붐비고 있어도 창백한 하늘 아래 펼쳐지는 도시는 어딘지 모르게 쓸쓸하다. 먼지를 몰고 휩쓸려 다니는 바람 탓인가.

하지만 낮이 가고 밤이 돌아오면 도시의 분위기는 바뀐다. 도시는 마치 축제처럼 환히 불을 밝히고 흥청거리기 시작하는 것이다.

오늘 밤도 도시의 거리에는 차와 사람들의 물결이 흐르고 있었다. 도로에는 자동차의 대열이 줄을 이어 불을 밝히고 있었고, 노점상들이 한편에 늘어서 있는 사이로 인도에는 사람들이 분주하게 오고가고 있었다.

네온사인의 휘황찬란한 번쩍거림, 자동차의 불빛, 그리고 거리로 향해 비추는 상점의 진열장에서 빛나는 하얀 불빛, 노점상들이 형형

색색 켜 놓은 전등불들 사이로 음악이 흐르고 젊음이 흐르고 웃음과 활력이 넘치고 있었다. 모두들 축복받은 사람들처럼 웃고 떠들고 노래부르고 있었다.

시베리아를 건너온 차가운 바람도 이 거리의 열기만은 얼어붙게 만들지 못했다. 모두들 즐겁고 행복하게 보였다. 그들은 저마다의 목적을 향해 움직이고 있었다. 연인을 만나기 위해, 친구들과 어울리기 위해, 그리고 선물을 사들고 사랑하는 가족들이 기다리는 집으로 돌아가기 위해서⋯⋯.

홍인표는 오늘도 퇴근 시간이 되자마자 서둘러 서류를 정리하고 회사를 빠져나왔다. 낮의 일과가 끝나고 밤의 순례가 시작된 것이다.

밤거리는 환하게 밝았고 사람들은 활기에 차 있었지만 그는 조용히 사람들에 휩싸여 걷고 있을 뿐이었다. 그는 마치 아무 생각도 없는 것처럼 눈을 멍하게 뜨고 터벅터벅 걷고 있었다. 하지만 그의 머리 속은 지금 아주 바쁘게 움직이고 있었다.

홍인표는 지금 마주치는 젊은 여자들을 하나하나 뜯어보며 음미하고 있었다. 그는 재잘거리는 그들의 목소리를 자료로 교성과 신음소리를 만들었고 스칠 때 남는 여운 같은 여자들의 냄새와 부드러운 감촉으로 그들의 옷을 벗기는 촉감을 만들었다. 흔들리는 날씬한 다리와 팽팽한 엉덩이는 그 몸짓을 일부러 부딪치면서 느껴지는 젖가슴의 뭉클함과 목덜미의 뽀얀 살결로 그들의 알몸을 빚었다.

그는 그렇게 만든 상상의 여자를 마음껏 즐기며 걸었다. 그리고 마침내 행위의 절정에 이를 때 얼굴을 일그러뜨리면서 몸을 뒤트는⋯⋯그는 마주치는 여자를 보면서 그 장면을 선명히 눈앞에 떠올리며 즐기고 있는 것이다.

홍인표는 불빛 환한 밤거리를 걷고 또 걸었다. 밤은 길었고 거리는 끝이 없었으며 싱싱한 여자들은 끊임없이 그를 스쳐 지나갔다.

그렇게 두세 시간이 금방 지나갔다. 이제 홍인표는 지하철 종로 3가 역으로 들어가는 지하도 입구에 굳은 듯이 서 있었다. 그는 계단 옆 난간에 등을 기대고 서서 자기와 상관없이 분주하고 활기차게 걷고 있는 사람들의 움직임을 바라보고 있었다. 그들은 전혀 다른 세계에서 움직이는 것처럼 보였다.

그는 수수한 넥타이를 맨 감색 양복에 검은색 바바리 코트 차림이었다. 홀쭉한 얼굴과 자그마한 체구에 그 옷차림은 잘 어울리지 않았다. 얼굴은 깨끗했고 머리 또한 단정하게 손질되어 있었다. 얼핏 보아도 하루하루를 힘겹게 살아가는 착하고 소심한 전형적인 도시의 샐러리맨이었다.

물론 외양이나 겉으로 드러나는 행동으로 볼 때 그것은 옳은 판단이라 할 수 있을 것이다. 그는 회사에 다니고 있었으며 착하고 소심한 사람이었다. 하지만 타인들이 판단의 기준으로 삼는 겉모습이란 홍인표라는 한 인간과는 전혀 상관없는 어떤 것이었다. 그것은 마치 배경의 색깔에 따라 몸의 색을 바꾸어 자신을 보호하는 카멜레온의 지혜이거나 혹은 연약한 속살을 보호하기 위한 조개 껍데기 같은 것이다. 그는 보호해야만 하는 연약한 속살을 가지고 있었다.

지금 지하철 입구에 서 있는 홍인표의 자세는 단단하게 굳어 있었으며 눈빛 또한 예사롭지 않았다. 얼핏 보면 그는 지금 무엇인가를 뚫어지게 주시하고 있는 듯이 보였다. 하지만 그는 지금 무엇을 보고 있는 것이 아니었다. 홍인표는 자신의 앞에 있는 무엇인가에 대해서가 아니라 다른 깊은 어떤 것에 눈의 초점을 맞추고 있을 뿐이었다.

그것은 마치 어안 렌즈처럼 무엇인가에 대해 그냥 의미 없이 열려져 있을 뿐이었다. 그 렌즈는 전방 5미터 정도 앞 지하철을 타러 다가오는 사람들을 향해 아래로 경사져서 사선으로 고정되어 있었다. 그의 시야에 들어오는 모든 장면들은 그저 지나가는 의미 없는 피사체일 뿐이었다. 물론 항상 그런 것은 아니었다. 가끔씩 치마 아래로 드러나는 여인들의 하얀, 혹은 검은 스타킹 속의 윤기 있는 다리나 청바지 위로 도드라지는 하복부의 윤곽이 스칠 때 비로소 렌즈는 대상을 선명하게 잡기 위해 아주 짧게 뱀의 눈처럼 번쩍거리는 것이다.

목표가 포착되면 렌즈는 아주 정확하고 선명하게 그 목표를 찍고 다시 방향을 위로 틀어 가슴과 목과 얼굴과 분위기를 찍는다. 그리고 다시 아까의 방심한 자세로 돌아가는 것이다. 그리고는 렌즈에 포착된 여자를 하얗게 벗겨서 온갖 자세를 만들어 마음껏 능욕했다. 그들은, 여자들은 능욕당해 마땅한 존재였다.

홍인표에게 있어서 여자란 자신과 다른 세상에 있는 존재였다. 여자들은 그들이 만든 법칙에 따라 빈틈없이 움직였고 그 법칙을 지키는 사람에게 몸을 열어 주었다. 그들은 홍인표의 존재 따위는 무시했다. 그들은 늘 바쁘게 만나고 웃고 떠들고 즐기는 모습만 보여 주었을 뿐 한번도 같이 어울리자는 손짓을 하지 않았다. 홍인표에게 있어서 그것은 참으로 부러운 광경이었으며 이루어야 할 어떤 꿈이었다. 그리고 실제로 그 꿈을 손에 쥔 듯한 기쁨에 가슴 부푼 적도 있었다. 하지만 어느 날 홍인표는 꿈을 버렸다. 그리고 그들을 자신의 세계 바깥으로 추방했다.

　얼마나 지났을까.　갑자기 한 줄기 차가운 바람이 꿈속의 홍인표를 흔들어 깨웠다.　바람은 어디선가 갑자기 불어와 먼지를 날리며 온몸을 한번 휩쓸고는 사라져 갔다.　바람의 뒤를 휴지 조각과 비닐 조각들이 춤을 추며 따라갔다.　홍인표는 부르르 몸을 떨었다.

　홍인표는 고개를 두어 번 흔들고 힘들게 몸을 일으켰다.　이제 불 꺼진 쓸쓸한 집으로 돌아가야 하는 것이다.　그는 선 채로 잠시 주위를 둘러보더니 허탈한 몸짓으로 지하철역 대합실로 걸어 들어갔다. 쌀쌀한 바깥 날씨와는 달리 안은 후덥지근했다.

　하얗게 밝은 대합실은 사람들로 붐비고 있었다.　어디론가 바삐 오가는 사람들, 차표를 사려는 사람들, 차에서 내려 밖으로 몰려 나오는 사람들, 군데군데 서서 무어라고 서로 소리치며 이야기하는 사람들…… 사람들은 활기에 차 있었고 뚜렷한 목적지를 가진 자신 있는 걸음걸이로 바쁘게 움직였다.

　사람들을 헤치고 매표구로 가면서 홍인표는 얼핏 자신이 매우 초라하다는 생각이 들었다.　사람들이 내뿜는 활기와 자신만만함이 그런 생각이 들게 한 것인지도 몰랐다.　하지만 그의 눈은 여전히 두리번거리면서 여자의 얼굴과 다리와 그 사이를 훑고 있었다.

　매표구 앞에는 사람들이 두 줄로 늘어서 있었다.　줄은 뱀처럼 꿈틀거리며 조금씩 줄어들고 있었고, 오가는 사람들은 그 줄 사이를 뚫고 지나다녔다.　홍인표는 줄의 맨 뒤쪽으로 갔다.　집으로 들어가기는 싫었지만 달리 무언가 할 일도 없었다.　홍인표는 고개를 숙인 채 잠자코 줄이 줄어들기를 기다리고 있었다.　그때 홍인표의 눈에 무언가가 반짝했다.

무릎까지 오는 까만 부츠, 그 위로 투명 스타킹을 신은 하얀 다리, 허벅지쯤에서 시작된 가죽 치마는 허리에서 넓은 벨트로 묶여 있었다. 그는 고개를 들었다.

옆줄 바로 앞에 한 아가씨가 서 있었다. 짧은 머리카락, 하얗게 드러난 귀에는 금빛 귀걸이가 걸려 있었고, 그 아래에 가느다란 목이 드러나 있다. 한 손아귀에 움켜잡을 수 있을 만큼 그 목은 가늘었다. 홍인표는 하얀 목에 걸린 가느다란 금목걸이를 응시했다.

통증이 가슴 밑바닥에서부터 살을 저미며 올라왔다. 그 여자의 차림새가 그 더러운 날의 기억을 생생하게 되살렸기 때문이다. 줄이 차츰 줄어들었다. 앞의 여자가 줄어든 줄을 따라 한 걸음 움직였다. 귀걸이가 살랑거리며 흔들거렸다. 손만 뻗으면 바로 만질 수 있는 거리에서 그것은 유혹적으로 반짝이고 있었다. 홍인표는 손을 뻗고 싶은 충동을 간신히 억제하며 서 있었다.

줄이 점점 줄어들었다. 뚫어지게 여자를 바라보던 홍인표의 얼굴이 갑자기 울 것처럼 찌푸려졌다. 어금니를 꽉 깨문 탓에 양쪽 볼이 꿈틀거렸다. 여자의 목이 바로 눈앞에서 하얗게 빛나고 있었다.

갑자기 홍인표는 몸을 획 돌렸다. 그는 줄을 벗어나 대합실 출구를 향해 바쁘게 걸어나갔다. 누가 쫓아오는 것도 아닌데 그의 발걸음은 몹시 허둥거렸다.

밖으로 나온 홍인표는 한참을 쫓기듯이 걸어 이윽고 빌딩의 뒷골목에 늘어선 포장마차로 들어갔다.

무료하게 앉아 있던 주인 여자가 들어서는 홍인표를 보고 반색을 하며 일어섰다. 홍인표는 털썩 자리에 주저앉으며 내뱉듯이 술과 안주를 시켰다.

조금 있자 따끈한 국물과 소주 한 병이 먼저 도착했다. 홍인표는 소주를 좋아했다. 소주에는 맑고 투명한 순수함과 차가우면서도 뜨거운 취기가 있었다.

홍인표는 서둘러 술을 한 잔 따라 넘치는 술잔을 들었다. 차가운 액체가 타는 듯이 목구멍을 흘러 넘어갔다. 그는 잔을 놓고 국물을 한 모금 마신 뒤 빈 술잔을 채웠다.

석쇠 위로 안주를 굽는 연기가 자욱이 피어올랐다. 연기 속에서 허리를 굽히고 분주하게 양념을 하는 주인 여자의 모습을 보면서 홍인표는 멍하니 앉아 있었다.

잠시 사라졌던 고통이 다시 서서히 가슴을 흔들기 시작했다. 그는 다시 술잔을 들었다. 그리고 다시 한 잔을 따라 반쯤 마신 뒤 술잔을 놓고 길게 숨을 내쉬었다. 뱃속이 뜨거워지면서 눈앞이 조금 흐려졌다. 통증은 멀어졌다. 하지만 여전히 가슴속은 솜을 쑤셔넣은 듯 답답했다. 홍인표는 다시 술잔을 들었다.

이 고통은 무엇인가? 아직도 괴로운 이유가 무엇이란 말인가? 고개를 수그리고 있던 홍인표가 이윽고 고개를 들었다. 술병이 비어 있었다. 그는 술을 한 병 더 주문했다. 흐릿한 취기가 오르기 시작했다.

그는 다시 잔을 비웠다. 사물이 좀더 흐릿해지면서 몸이 조금씩 떠오르기 시작했다.

비로소 편안해졌다.

취기에 몸을 맡긴 채 생각에 잠겨 있던 홍인표가 무슨 소린가에 고개를 들었다. 언제 들어왔는지 맞은편에 젊은 남녀 한 쌍이 앉아 있었다. 남자 옆에 놓인 가방과 여자의 무릎 위에 올려져 있는 책으로 보아 둘 다 학생인 듯했다.

그들은 껴안듯이 바짝 붙어 앉아 있었다. 남자는 여자의 어깨에 손을 두른 채 무언가 진지한 표정으로 이야기를 하고 있었고, 여자는 긴 머리카락을 손으로 걸어 넘기며 무어라고 웃음 띤 얼굴로 대답했다.

누가 그랬었다. 세상에서 가장 아름다운 광경은 진리에 대해 열심히 말하고 있는 청년과 그 이야기를 진지하게 듣고 있는 처녀의 모습이라고.

남자가 잠시 하던 말을 멈추고 술잔을 들었다. 여자는 앞에 놓인 안주를 남자 쪽으로 살짝 밀고 젓가락을 간추려 놓았다.

가슴 저리는 외로움이 한꺼번에 밀려왔다. 홍인표는 슬그머니 고개를 돌렸다. 취한 눈에 하얀 알전구가 어른거렸다. 바람이 부는지 갑자기 낡은 포장이 풀썩 흔들렸다.

그는 그 자세로 잠시 앉아 있었다. 그의 눈꼬리가 가늘게 떨렸다.

홍인표는 앞에 놓인 술잔을 들어 단숨에 마시고는 빈 잔을 두 손바닥으로 지그시 감쌌다. 그리고 꽉 움켜잡았다. 술잔은 깨어지지 않았다.

홍인표는 벌떡 일어나 주인을 불렀다. 그는 성급하게 계산을 하고 쫓기듯이 밖으로 나갔다. 포장마차를 나온 홍인표의 발걸음은 허청거리고 있었다. 술 두 병을 비웠지만 술기운 때문만은 아니었다.

간간이 눈발이 날리는 큰길로 나온 홍인표는 외투 주머니에 두 손을 집어넣은 채 멍하니 서 있었다. 길 옆으로 노점상들이 붉은 등을 밝히고 늘어서 있었다. 잠시 머뭇거리던 그는 주머니에서 지갑을 꺼내 안에 들어 있는 돈을 확인해 보았다. 홍인표는 지갑을 도로 주머니에 집어넣고 고개를 숙인 채 비틀거리며 걸었다.

비틀거리던 홍인표의 발길이 멈춰섰다. 그는 길바닥에 잡화를 가득 늘어놓고 마구잡이로 골라잡아 사가라고 고함지르는 한 사내 앞에 서 있었다. 홍인표는 잡화 더미 속에서 손잡이가 날렵한 과도 한 자루를 발견했다.

홍인표는 비닐 봉지로 날을 감싼 과도를 주머니에 집어넣고 다시 길을 걸었다. 조금 걷자 지하도가 나왔다. 지하도 계단 밑에서 너댓 명의 부랑자들이 둘러앉아 소주를 마시고 있었다. 겨울이 되자 부쩍 많이 눈에 띄는 지피족들이었다. 홍인표는 그들을 주의 깊게 바라보며 걸어갔다. 지저분한 외모와는 달리 그들은 아무 근심도 없다는 듯한 표정으로 마시고 떠들어대고 있었다.

지하철 종로 3가역 지하도 속으로 사라진 홍인표는 약 20분 뒤, 지하철 청량리역 지하도를 따라 밖으로 나왔다. 청량리는 사창가로도 유명하지만 인근 교통의 중심지다.

밖으로 나오자 먼저 차가운 바람이 성긴 눈발과 함께 얼굴을 후려치며 달려들었다. 취기와 후덥지근한 지하의 공기 탓에 상기된 얼굴이 차가운 눈송이를 만나자 선뜻선뜻했다. 홍인표는 어깨를 움츠리며 하늘을 올려다보았다. 까만 눈발이 막막한 하늘을 가득 채우고 있었다.

추운 날씨와 밤이 깊은 탓에 사람들이 그다지 많은 편은 아니지만 버스 정류장은 여전히 사람들로 가득 차 있었다. 사람들은 시린 발을 번갈아 디디며 버스가 오는지 목을 길게 빼고 있었고, 몇몇은 길 앞쪽으로 나와 택시를 잡으려고 손을 들고 행선지를 소리 높여 부르

34

고 있었다.

밤은 깊었지만 정류장 뒤쪽 유홍가에는 아직도 휘황한 네온사인이 불야성을 이루고 있었다. 음악과 노래소리, 웃음소리와 호개하는 소리가 뒤범벅을 이루고 있었다. 유홍가로 들어가는 길 입구에는 괴상한 머리와 진한 화장을 한 창녀들이 마치 독버섯처럼 피어 있는 모습도 볼 수 있었다. 유홍가와 사창가가 밀집한 소위 청량리 588번지인 것이다.

홍인표는 유홍가로 들어가는 길 가까운 버스 정류장 앞에 가만히 서 있었다. 그는 다른 사람들처럼 버스를 뒤따라 뛰지도 않았고, 번호를 확인하려고 애쓰지도 않았다. 만일 누군가가 유심히 본다면 그가 지금 버스를 타기 위해 서 있는 것이 아니라는 사실을 금방 눈치챌 수 있었을 것이다. 사실 그는 버스를 기다리지 않았다. 그는 다른 무언가를 기다리고 있었다.

그렇게 한 10분쯤 지났을까, 드디어 기다리던 것이 왔다. 진한 화장품 냄새가 코끝으로 밀려오면서 누군가가 부드럽게 팔짱을 끼었던 것이다.

홍인표는 고개를 돌렸다. 한 여자가 왼쪽 팔에 매달려 웃고 있었다. 붉게 칠한 여자의 입술이 어색한 웃음 때문에 옆으로 일그러지면서 그 사이로 힘없는 목소리가 밀려나왔다.

"아저씨, 잠깐 쉬었다 가요."

열여덟이나 되었을까. 작고 못생긴 얼굴었다.

홍인표는 가만히 여자를 내려다보았다.

눈송이 몇 개가 여자의 머리에 내려앉았다.

여자는 그의 팔을 바짝 당겨 젖가슴에 밀착시키면서 입술을 귀 옆에 대고 애원하듯 속삭였다.

"가요, 아저씨. 얼마 안 해요…… 아저씨, 잘해 주께, 응? 긴밤
자요, 응? 추워서 그래……."

미로처럼 복잡하고, 좁고 더러운 골목이었다. 여자는 골목을 한
참 걸어 이윽고 조그마한 문 앞으로 홍인표를 안내했다. 여자는 낡
은 나무 계단을 삐거덕거리며 올라갔다. 홍인표는 여자의 말라빠
진 다리에 올이 나간 스타킹을 쳐다보며 여자의 뒤를 따라 계단을
올랐다.

고만고만한 미닫이문들이 여닐곱 개 마주 보고 있는 좁은 복도에
는 붉은 전등이 켜져 있었다. 여자가 그중 하나를 열었다.

마치 캐비닛을 눕혀 놓은 것 같은 좁은 방이었다. 두 사람이 나란
히 눕기에도 좁아 보이는 그 방에는 이불 한 채가 깔려 있었다. 문
옆에는 낡은 알루미늄 쟁반 위에 성냥과 재떨이가 놓여 있었다. 방
에는 땀과 청액이 썩는 듯한 더럽고 눅눅한 냄새가 싸구려 화장품
냄새와 뒤섞여 짙게 배어 있었다.

홍인표는 발로 이불을 밀고는 방바닥에 털썩 주저앉았다. 그는
역겨운 냄새 때문에 주머니에서 담배를 꺼내 물었다. 여자가 재빨
리 성냥을 집어 불을 붙여 주고는 재떨이를 옆으로 당겨 주었다. 홍
인표는 한숨처럼 길게 연기를 내뿜었다.

"계산하셔야죠, 아저씨?"

여자가 서툰 애교를 떨며 두 손을 내밀었다. 거칠한 피부에 핏기
도 없는 누런 손이었다. 손등에는 푸른 정맥이 비치고 있었고 손톱
에는 빨간 매니큐어가 서투르게 칠해져 있었다.

홍인표는 지갑을 꺼냈다. 여자는 기대에 찬 얼굴로 지갑과 그의

얼굴을 번갈아 쳐다보았다.

홍인표는 지갑 속에 있는 지폐를 모두 꺼냈다. 화대의 두 배 정도 되는 돈이었다. 그는 그중에 한 장을 빼서 지갑에 넣고는 나머지를 여자에게 던지며 말했다.

"술 좀 사 와."

여자는 반색을 하며 돈을 받아 들고는 서둘러 나갔다. 여자가 사라지자 홍인표는 벽에다 비스듬하게 등을 기댔다. 방은 생각보다 따뜻했다. 얼었던 몸이 노곤하게 풀렸다. 홍인표는 슬머시 눈을 감으려다 다시 떴다. 흔들리듯한 거친 숨소리와 비릿한 신음소리가 옆방에서 흘러나오고 있었다. 그는 이마를 찡그리며 다시 눈을 감았다.

잠시 후 여자가 돌아왔다. 여자는 손에 든 봉지을 내려놓고 안에 든 것을 주섬주섬 꺼내 놓았다. 그는 말없이 그것을 바라보았다.

맥주 세 병과 종이컵, 병따개, 오그라진 오징어 한 마리, 두루마리 휴지, 콘돔.

여자가 병을 땄다. 종이컵에 하얀 거품이 소복이 솟아올랐다. 홍인표는 컵을 들어 죽 들이키고 잔을 내밀었다.

여자에게로 갔던 술잔은 금방 되돌아왔다. 여자는 술을 따르며 홍인표의 눈치를 살피다가 조심스럽게 물었다.

"저, 아저씨, 술 다 마시고 노실 거예요?"

그는 말없이 고개를 들어 여자를 보았다. 여자가 그의 눈빛을 살피고는 다시 입을 열었다.

"잠깐만 나갔다 금방 올게요. 언니가 심부름을 시켜서요, 네?"

여자는 애원하는 눈빛으로 홍인표를 빤히 쳐다보았다. 이윽고 홍

인표가 고개를 끄덕이며 술잔을 들자 여자는 재빨리 일어나 밖으로
나갔다.

 혼자 남은 홍인표는 천천히 술을 마셨다. 복도로 여자와 남자들
이 지나가며 지껄이는 소리가 간간이 들려올 뿐 방안은 조용했다.

 술병 셋이 다 빌 때까지 여자는 돌아오지 않았다. 옆방에는 처음
의 쌍이 나가고 뒤이어 새로 한 쌍의 남녀가 들어와 열심히 일을 치
르고 있었다.

 무심히 앉아 있던 홍인표는 불현듯 이상한 생각이 들었다. 옆방
에서 지금 신음소리를 내고 있는 여자가 자신의 방에서 나간 그 여
자인지 모른다는 생각이었다. 여자가 나간 뒤 얼마 지나지 않아 옆
방의 남녀가 바뀌었다. 웅얼거리는 목소리도 어딘가 비슷한 것 같
았다. 그는 심한 혐오감에 사로잡혔다.

 냄새나는 더러운 작은 골방의 초라한 사내가 바로 옆방에서 다른
남자와 신음소리를 내며 헐떡거리는 여자를 기다리고 앉아 있었다.

 그런 생각과 동시에 홍인표의 머리 속으로 잊혀진 그날의 기억이
악몽처럼 소용돌이치며 한꺼번에 펼쳐졌다.

 아름답게 차려진 식사와 은밀한 미영의 웃음, 사내의 자가용 안으
로 사라지는 그녀의 검은 다리, 정신 없이 택시를 잡는 자신의 모습,
푸르게 반짝이는 ‘보석장 모텔’, 화면에 나타난 꿈틀거리는 하얀 알
몸들, 신음과 헐떡거림과 기괴한 자세, 그 확연한 순간, 화면을 열심
히 흉내내고 있을 두 남녀의 꿈틀거리는 몸짓과 소리들, 그리고 바
로 옆방의 초라한 사내 하나……

 홍인표는 끓는 물을 뒤집어쓴 듯 소스라치며 벌떡 일어섰다. 그
는 문을 열어젖히고 복도로 나와 구르듯이 나무 계단을 내려왔다.

계단이 삐거덕거리며 비명을 질렀다. 홍인표는 비좁은 골목길을 돌아 눈이 쌓인 밤거리를 미친 듯이 뛰었다. 밤하늘에는 검은 눈발이 아득하게 쏟아져 어지럽게 흩날리고 있었다.

쫓기듯 집으로 돌아온 홍인표는 거친 숨을 내쉬며 방으로 들어와 코트를 벗어던지고 털썩 쓰러졌다. 사방 연속 무늬의 벽지가 빙빙 돌고 있었다.

한참을 죽은 듯이 누워 있던 홍인표가 벌떡 일어났다. 부엌으로 간 그는 냉장고를 열고 먹다 남은 소주병을 꺼내 술을 물컵에 가득 따랐다. 그리고는 선 채로 단숨에 들이켰다. 거칠게 술잔을 놓은 그는 털썩 식탁 의자에 주저앉더니 다시 벌떡 일어나 선불맞은 짐승처럼 온 집안을 돌아다녔다. 그러다 이번에는 화장실로 가서 세면대의 물을 세차게 틀고는 머리를 처박았고, 다시 머리를 들어 거울 속을 뚫어지게 쳐다보다가 고개를 세차게 흔들고는 바닥에 물을 뚝뚝 떨어뜨리며 방으로 갔다.

방으로 돌아온 홍인표는 책상 서랍을 열었다. 예닐곱 개의 자그마한 칼들이 나란히 누워 있었다. 홍인표는 그중 하얀 상아 손잡이의 재크나이프를 꺼내 들었다. 단추를 살며시 누르자 '차락' 하는 소리와 함께 날카로운 칼날이 튀어올랐다. 하얀 날이 푸른 형광등 불빛 아래서 기이하게 반짝거렸다. 그는 손으로 날 끝을 가만히 쓰다듬어 보았다. 면도날처럼 아주 예리했다. 그는 날 끝을 자신의 왼쪽 손목에 갖다 대고 지그시 눌렀다. 파란 정맥 아래쪽에 동맥이 희미하게 숨어 있었다. 손목에 실금처럼 피가 배어 나왔다. 그는 눈을 감았다.

홍인표는 그 자세로 잠시 가만히 있다가 번쩍 눈을 떴다. 그는 손목에 대고 있는 칼을 지그시 노려보다가 갑자기 힘껏 내던졌다. 날아간 칼은 벽을 맞고 튕겨져 방바닥에 뒹굴었다. 충혈된 붉은 눈동자로 손목에 밴 핏자국을 응시하는 홍인표의 두 볼이 꿈틀거렸다.

홍인표는 다시 고개를 흔들었다. 그러다 문득 그는 주머니 속에 든 과도를 생각해 냈다. 그는 벗어던진 코트 주머니에서 과도를 꺼내 들고 부엌으로 갔다. 그는 싱크대 아래에서 숫돌을 꺼낸 뒤 바닥에 주저앉아 칼을 갈기 시작했다.

무아지경에 빠진 듯 두 눈을 부릅뜨고 숨을 헐떡거리며 홍인표는 오직 칼날만을 집중해서 정성스럽게 칼을 갈았다.

마침내 흡족하게 날을 세운 모양이었다. 홍인표는 칼을 깨끗하게 씻은 다음, 눈과 손가락으로 날을 검사했다. 그리고 만족스러운 듯 입을 비틀며 웃었다. 그의 눈은 먼 곳에 있는 어떤 것인가를 바라보는 듯했다. 그는 과도의 손잡이를 꽉 잡았다. 손잡이가 부르르 떨었다.

이윽고 홍인표는 방으로 들어와 바닥에 떨어져 있던 재크나이프와 방금 숫돌에 간 과도를 다시 책상 서랍 안에 넣었다.

이번에는 맨 아래쪽 큰 서랍을 열었다. 서랍 속은 수건으로 덮여 있었고 수건을 들치자 수십 개의 비디오 테이프가 차곡이 쌓여 있었다.

그는 아무렇게나 그중 몇 개를 꺼내 들고 텔레비전 앞으로 갔다. 텔레비전 밑에 있는 비디오 테크에 테이프 하나를 넣고 작동시킨 뒤 그는 텔레비전을 켰다. 화면이 밝아지기 시작했다.

남자의 알몸과 여자의 알몸이 격렬하게 부딪치고 있었다. 화면이 바뀌면서 일그러진 여자의 얼굴이 출렁거리는 유방 위에 크로즈업

되고 있었다. 여자의 입에서 신음소리가 비틀리며 흘러나왔다. 여자의 몸에 열심히 몸을 부딪치고 있는 콧수염의 서양 사내는 얼굴이 일그러져 있었다.

그는 기계를 정지시키고 테이프를 꺼낸 다음 다른 테이프를 넣고 작동시켰다. 새로운 장면이 나타났다.

그는 화면을 잠시 본 뒤 외투와 양복을 벗어 옷장에 걸었다. 속옷까지 모두 벗어서 단정하게 개어 놓았다.

알몸이 된 홍인표는 이불을 펴고 그 속으로 들어갔다. 그는 커다란 등받이 베개에 몸을 기댄 뒤 손을 뻗쳐 방안의 불을 껐다.

전라의 서양 여자가 숲 속을 달리고 있었다. 털복숭이 서양 사내와 말라깽이 서양 사내 둘이서 한 여자를 뒤쫓고 있었다. 털복숭이의 손에 들린 여자의 팬티가 깃발처럼 나부꼈다. 두 사내는 낄낄 웃으며 무어라고 서로 고함치면서 신나게 여자의 뒤를 쫓고 있었다. 여자가 잡혔다. 말라깽이가 비명을 지르며 필사적으로 고개를 돌리는 여자의 입에 키스했다. 버둥거리던 여자가 몸을 꿈틀했다. 여자가 두 손으로 털복숭이의 머리를 끌어안고 다른 손으로 말라깽이의 몸을 받아들이기 시작했다. 여자의 허리가 심하게 요동쳤고 털복숭이의 머리도 따라서 요동쳤다.

홍인표는 오른손을 이불 속으로 집어넣었다. 묵직한 것이 손에 잡혔다. 두 눈을 부릅뜨고 그는 천천히 손을 움직이기 시작했다.

화면 속의 여자는 이제 엎드린 자세에서 두 사내를 상대하고 있었다. 여자의 늘어진 유방이 규칙적으로 흔들리고 있었다.

화면 속의 흔들림이 점점 빨라졌다. 홍인표의 손놀림도 점점 빨라졌다. 화면 속의 여자가 괴성을 지르자, 마침내 킥 하는 소리와

함께 홍인표는 눈을 감으며 몸을 약간 들어올렸다. 그의 몸이 굳어
졌다.

　별빛이 부서지는 듯한 짧은 순간이 끝나고 홍인표는 서서히 침몰
하기 시작했다. 몸 속의 모든 힘이 빠른 속도로 빠져나갔다.

　홍인표는 그 상태로 죽음 같은 잠에 깊이 빠져들고 있었다. 그는
무슨 생각이든 해 보고 싶었다. 하지만 아무 생각도 할 수 없었다.
너무 피곤했고 너무 취했기 때문에 아무것도 떠올릴 수 없었다. 그
는 다만 칠흑 같은 어둠 속, 한없이 깊은 곳으로 끝없이 추락하고 있
을 뿐이었다.

　어두운 방안에는 의미 없는 텔레비전 화면만이 혼자 남아서 밤새
하얗게 흔들리고 있었다. 그 빛을 받아 잠든 홍인표의 찡그린 얼굴
이 반짝거렸다. 눈꼬리를 타고 내린 한 줄기 눈물 자국이었다.

　막막한 하늘에서 하얀 눈이 한없이 떨어져 내리고 있었다.

　길고 긴 겨울밤이었다.

3
러시아워

봄이 다가오고 있었다.

자연의 봄은 얼음장 밑으로 온다.

언제부터인지 모르게 나무는 서서히 물이 오르고 새순이 조금씩 조금씩 부풀어오르기 시작한다. 얼어붙었던 대지는 서서히 녹아 어느새 양지에서부터 질척이기 시작하고 그 사이로 새싹들이 힘겹게 고개를 내미는 것이다.

사람들은 연장을 챙기고 한 해의 농사를 준비하기에 바빠진다. 그러다 보면 어느새 먼 들판에 아지랭이가 아른거리고 풀도 나무도 산과 들에 어울려 훈훈한 봄의 향기를 내뿜기 시작한다.

도시의 봄은 상품 광고로부터 시작된다. 한겨울에도 부지런한 상혼은 벌써 봄을 선전하기 시작하는 것이다. 화장품, 액세서리, 의류, 식품, 가구에서부터 기획, 전시, 각종 서비스 상품에 이르기까지 도시의 봄이란 봄 상품을 팔고 사는 시간일 뿐인 것이다.

이때가 되면 도시의 여자들은 광고를 보고 백화점의 봄맞이 바겐 세일을 찾아다니며 평소에 눈여겨보아 두었던 것들을 고른다. 주부들은 시장으로 가서 어린 쑥과 달래, 냉이, 취나물, 두릅 따위의 봄나물을 산다. 남자들은 밥상 위에 올라온 냉이국을 보고 입맛을 다시면서 밥 한 공기를 비운다. 그것뿐인 것이다.

그들의 하루하루는 계절의 변화와는 무관하게 진행된다. 그들에게 중요한 것은 월급과 보너스와 적금과 주택청약저축과 노는 날이다. 그들에게 다가오는 봄이란 어느 날 바쁘게 걸어가다 문득 스치는 여인의 옷자락을 한번 뒤돌아보는 정도에 불과한 것이다.

도시의 생활은 바쁘고 메마르고 외롭다. 새벽같이 일어나 허겁지겁 살인적인 출근 전쟁을 치르며 회사로 출근하고, 하루 종일을 격무에 시달리다 밤이 늦어서야 지친 몸으로 퇴근하는 대부분의 도시 샐러리맨에게 있어서는 봄이 왔다는 것을 느끼고 사는 것 자체가 부러운 생활이다.

대한민국 수도인 서울은 인구 천만명의 대도시이다.

모든 대도시들이 그러하듯이 서울도 무수히 많은 사람들이 모여서 부대끼며 살아가고 있다. 오늘 하루에도 서울에서는 460명의 생명이 태어나고 100명의 생명이 사라진다. 227쌍의 청춘 남녀가 기쁠 때나 슬플 때나 죽음이 서로를 갈라 놓을 때까지 사랑하겠노라고 맹세하며 결혼하고, 경멸과 증오로 가득 찬 얼굴로 서로를 저주하며 26쌍의 남녀가 이혼한다.

살인과 강도, 폭력과 절도, 사기와 횡령, 마약과 강간 등 온갖 범죄가 하루에도 백여 건이나 일어나는 이 도시는 식욕도 엄청나서 매일 쌀 4, 5천 가마와 소 9백 마리, 돼지 8천 마리를 먹어치운다.

하루에도 만 명의 시골 사람들이 태를 묻은 고향을 떠나 서울로 몰려든다. 그들은 이 도시의 하층 계급을 이루며 새롭지만 여전히 고단한 도시의 삶을 시작하는 것이다.

인간이 만든 모든 도시가 그랬듯이 서울도 모든 것이 뒤섞여 부글부글 끓고 있는 고통의 가마솥과 같다.

삶과 죽음, 부와 빈곤, 진실과 허위, 생성과 부패, 노동과 수탈, 사랑과 증오, 신성과 퇴폐, 기도와 범죄와 노래와 저주와 춤과 그리고 폭력……. 누구도 비켜날 수 없다. 미치거나 은둔하지 않는 이상.

2월 24일 아침, 지하철 1호선 종로 3가역은 여느 때와 다름없이 몹시 혼잡했다. 이 노선은 북쪽으로 서울의 북쪽 도시인 의정부시에서 출발하여 서울의 북부를 통과해 서울 시청과 서울역 등 서울의 중심부를 통과해서 남쪽으로 빠져나가 구로역에서 두 갈래로 갈라진 뒤 몇 개의 위성 도시를 거쳐 인천시와 수원시를 잇는 서울 교통의 대동맥이다.

살인적인 주택난을 피해 서울의 외곽 지대에 포진한 가난한 샐러리맨들의 고단한 나날을 버티게 하는 유일한 수단이 바로 지하철이라 할 수 있다. 버스도 대중 교통 수단이기는 하지만 만성적인 교통 체증으로 인해 제대로 출근 시간을 맞출 수가 없었다. 따라서 날마다 아침이면 모든 서울의 외각 지대에서는 지하철을 타고 도심의 직장으로 출근하기 위한 전쟁이 벌어진다.

그것은 마치 모래시계와 같은 것이다. 서울의 모든 외각에서 도심을 향해 일제히 모래 알갱이처럼 사람들이 몰려들어 좁은 단 하나의 통로인 지하철로 빠져나가 도심의 직장으로 사라지는 것이다. 저녁이면 마치 모래시계를 뒤집어놓듯이 그와 똑같은 현상이 반대로 일어나는 것이다. 물론 아침은 그 출근 시간대가 일치된다는 점에서 더욱 혼잡하다.

매일 아침, 고달픈 도시의 샐러리맨들은 감기는 눈을 억지로 뜨고 부산하게 출근 준비를 한다. 집에서 버스를 타고 지하철역으로 가든 걸어서 가든 그들은 지하철역이 가까워지면 모두 단거리 육상선수처럼 달리기 시작한다. 그리하여 서로 밀치고 부대끼고 밀고 당기며 필사적으로 전동차를 탄다.

외곽에서 출발한 열차는 도심 가까이로 들어서면서 더욱 혼잡해진다. 전동차를 타려는 사람, 내리려는 사람, 다른 노선으로 갈아타려는 사람 들로 사람들은 이리저리 물결처럼 쏠려 다니고 전동차 안은 바늘 하나 꽂을 틈도 없이 빽빽하게 들어차는 것이다. 그런 상태의 전동차 안에 더 많은 사람을 밀어넣기 위해 고용된 아르바이트 학생들이 이때 활약한다. 전동차 안에 있는 사람들은 내려야 할 곳을 놓치지 않기 위해 안간 힘을 쓰며 버티고 있고, 새로운 역에 기다리고 있던 사람들은 출근 시간을 놓치지 않기 위해 필사적으로 밀고 들어오는 것이다. 이것이 소위 서울 시민들이 이야기하는 '지옥철'이다.

아침 8시 30분.

7시 35분에 의정부를 출발한 인천행 1045호 전동열차가 지하철 종로 5가역을 지나 종로 3가역을 향해 달려오고 있었다. 종로 3가역은 도심에 운집한 회사로 출근하는 사람들과 지하철 3호선으로 갈아타려는 사람들로 혼잡한 환승역이다.

승강장에서 요란한 신호음이 울리기 시작했다. 터널을 따라 밀려오는 바람과 함께 멀리서부터 쇠와 쇠가 부딪치는 날카로운 소리가 서서히 커지고 있었다. 이윽고 저만치 환한 불빛을 내뿜으며 달려오는 열차의 모습이 보였다. 열차는 귀가 찢어질 듯한 엄청난 굉음을 지하의 메마른 공간에 퍼뜨리며 힘차게 달려와 서서히 멈추기 시작했다.

객차 안은 콩나물 시루처럼 들어찬 출근길 승객들로 만원이었다. 출근 시간이 임박했기 때문에 전동차 안은 더욱 미어 터지고 있었다. 승객들은 주위 사람들의 틈바구니에 끼어 옴쭉달싹도 하지 못한 상태에서 간간이 몸을 비틀고 있었다. 여자 남자 가릴 것 없이 서로가 서로의 몸과 팔, 팔과 다리 사이에 얽히고 설켜서 진땀을 흘리고 있었다. 열차가 멈추기 위해 속도를 줄이자 한 덩어리가 된 승객들이 문 쪽으로 조금씩 꿈틀거리고 있었다.

○○백화점 여성 의류 판매원으로 근무하는 윤미라도 그 속에 끼어 있었다.

새벽이 밝아올 무렵에야 애인 문성국이 자취방을 빠져나갔고 그녀는 깜박 잠이 들었다. 눈을 떠 보니 어느새 시간이 늦어 있었다. 서둘러 세수를 하고 거울 앞에 앉았다.

잠을 제대로 자지 못해 푸석해진 얼굴에 대충 화장품을 바르다가 그녀는 문득 왼쪽 목덜미에 나 있는 붉은 자국을 보았다. 간밤의 흔적이었다. 성국은 꼭 이런 식으로 윤미라의 몸에 흔적을 남기는 것을 좋아했다.

봄맞이 대 바겐 세일을 위해 매장의 아가씨들도 분위기를 바꾸라는 주임의 지시에 따라 요즘 유행하는 헤어 스타일로 머리를 짧게 잘랐기 때문에 하얀 목덜미 위에 그 자국은 유난히 드러나 보였다.

하필이면 눈에 띄는 목에다가 할 건 뭐람 하고 생각하며 그녀는 살짝 얼굴을 붉혔다.

윤미라는 그 붉은 입술 자국 위에 칼라 로션을 바르고 폭이 넓은 악세서리 목걸이를 했다. 그래도 제법 표시가 났기 때문에 그녀는 목깃이 두툼한 점퍼를 꺼내 입고 서둘러 출근길에 올랐다. 늦었기 때문에 할 수 없이 지하철을 타야 하는 것이다.

보통 그녀는 좌석 버스로 출근을 한다. 40분 정도만 더 투자하면 좌석 버스를 타고도 충분히 출근 시간을 맞출 수 있었다. 시간이 많이 걸리긴 해도 종점이 가깝기 때문에 특별히 운이 나쁘지 않으면 편하게 앉아서 갈 수 있었다. 그러면 모자라는 잠을 잘 수도 있고 내키면 책이라도 한 권 볼 여유가 있었다. 하지만 오늘처럼 시간에 쫓기게 되면 어쩔 수 없이 지긋지긋한 지하철을 타야 하는 것이다.

지하철역에 도착한 윤미라는 개찰구를 빠져나와 계단을 따라 승강장으로 내려갔다. 승강장은 출근길의 사람들로 가득 차 있었다.

그녀는 승강장을 잠시 걸어 두 번째 신문 판매소 앞쪽으로 갔다. 여기서 타야 내릴 때 바로 3호선으로 갈아타는 환승 통로가 나오기 때문이었다. 대부분 지하철로 출퇴근하는 사람들은 그렇게 해서 시간을 절약하고 있었다. 곧 열차가 도착했고 윤미라도 사람들과 함께 객차 안으로 밀려 들어갔다.

혼잡한 객차의 손잡이를 잡고 서서 성국과 보낸 간밤을 생각하던 윤미라가 문득 이상한 느낌을 받은 것은 세 번째 중간 역인 청량리역을 막 지났을 때였다. 목덜미가 스물거리는 게 아무래도 뒤에서 누군가가 자신을 쳐다보고 있는 것 같았다.

그녀는 무의식적으로 뒤를 돌아보다가 얼른 다시 고개를 돌렸다.

등뒤의 한 사내와 눈을 마주쳤는데 사내의 눈빛이 너무 무서웠기 때문이었다.

광대뼈가 튀어나온 사내의 퀭한 눈에서 아주 기묘한 눈빛이 나오고 있었다. 그녀와 눈이 마주친 순간 사내는 아주 짧게 웃는 듯하면서 힐끗 그녀의 몸을 아래위로 훑었는데, 순간 윤미라는 자신의 알몸이 샅샅이 드러나는 느낌을 받았다.

여전히 목으로 스물거리는 느낌이 전해져 왔다. 혼잡한 와중에 점퍼의 깃이 벌어져 있었고 그 자국이 조금 나와 있었는데 사내는 그곳을 보고 있는 것이었다.

윤미라는 마치 간밤의 모든 걸 다 알고 있다는 듯 기이하게 웃던 그 눈빛이 떠오르자 오싹하며 소름끼쳤다. 윤미라는 전에도 몇 번 치한을 만난 경험이 있었다. 특히 지하철에서 두 번이나 당한 적이 있었다. 그녀가 지하철을 싫어하는 가장 큰 이유도 바로 그것이었다.

하지만 사내의 눈빛은 보통의 치한과는 달랐다. 무어라 표현하기 힘들었다. 단지 정상적인 사람의 눈빛이 아니라는 것과, 그 눈을 보는 순간 마치 갑자기 뱀을 맞닥뜨린 개구리같이 온몸이 얼어붙었다는 것뿐이었다.

전동차 안이 사람들로 혼잡했지만 움직이지 못할 정도는 아니었다. 안간 힘을 써서 사람을 헤치고 출입문 옆으로 간 윤미라는 안도의 숨을 내쉬며 빨리 도착하기만을 기다리고 있었다. 고개를 돌려 사내가 있는 쪽을 보고 싶었지만 그 눈과 다시 마주칠 것이 두려워 윤미라는 그냥 앞만 바라보고 있었다. 대부분의 치한은 자리를 옮기면 따라오지 않는다. 여섯 역만 지나면 내리는 것이다. 넉넉 잡고 20분쯤 걸릴 것이다.

조금 여유를 되찾은 그녀는 등뒤에 있던 치한을 떠올려 보았다. 얼핏 보기에 단정한 양복 차림인 것 같았다. 시간으로 보나 차림으로 보아서 출근길은 분명한 것 같은데 그 눈빛은 꼭 정신병자 같았다. 잘못 본 것일까, 너무 피곤해서. 아니면 그냥 단순한 치한일까, 키는 좀 작아 보이던데…… 얼굴은 말라서 마치 해골 같았고…….

그러는 사이에 열차는 다음 역에 도착했다. 문이 열리자 한 무더기의 사람들이 결사적으로 밀고 들어왔다. 그녀는 사람들의 좁은 틈바구니 속에서 몸을 한번 틀면서 중얼거렸다. 다섯 정거장 남았다.

등뒤로 누군가가 몸을 밀어 왔다. 사람들이 타고 내릴 때면 으레 사람들은 밀고 밀리며 꿈틀꿈틀 움직이는 것이다. 윤미라는 팔굽으로 가슴을 가리고 미는 대로 몸을 맡기고 서 있었다. 헌데 무언가 이상했다. 확실히 다른 어떤 움직임이었다.

순간 전기에 감전된 것처럼 머리끝이 쩌릿했다. 동시에 식은땀이 솟았다. 그 해골 같은 사내가 바로 등뒤에 서 있다는 것을 직감적으로 깨달았기 때문이었다. 무언가 이상하고 징그러운 촉감이 엉덩이의 갈라진 틈을 따라 등줄기로 스물스물 기어오르고 있었다. 윤미라는 그것이 무엇인지 알아차렸다. 그것은 사내의 발기된 물건이었다.

사내는 차의 진동과 사람들의 움직임을 따라 능숙하고 유연하게 윤미라의 몸을 밀어붙이고 있었다. 소름이 끼치면서 무언가를 해야 한다는 생각이 들었지만 윤미라는 꼼짝할 수 없었다.

사방에서 죄어드는 사내들의 몸뚱이와 비릿한 숨결, 뒤쪽 사내의 해골 같은 얼굴과 그 소름끼치는 눈빛, 그리고 엉덩이에 밀착된 단단한…… 숨쉬기가 힘들어지며 귀에서 윙 하는 소리가 들리는 것 같았다. 열차는 신호 대기로 정차 중이었다. 차 안은 죽은 듯이 고요했다.

윤미라는 안간 힘을 다해 몸을 틀었다. 하지만 바짝 뒤에 붙어선 사내가 윤미라의 몸을 꼼짝 못하게 막았다. 그녀는 소리를 질러야 한다고 생각했지만 이상하게도 소리가 목을 타고 나오지 않았다. 그토록 많은 사람들이 좁은 공간에 가득 차 있었지만 실내에는 아무 소리도 들리지 않았다. 가끔씩 들리는 사람들의 숨 토하는 소리와 끙끙대는 소리만이 그 침묵을 잠시 깨뜨릴 뿐이었다. 이따금 차가운 음색의 안내 방송이 단조롭게 울리고 있었다.

사방에서 사람들이 압박해 왔고 숨쉬기가 점점 힘들어졌다. 귀에서 윙 소리가 나며 온몸에 힘이 빠지면서 속이 울렁거렸다. 그녀는 어떻게 할 수가 없었다. 잠시 정신이 혼미해졌다가 다시 돌아왔다.

윤미라는 그런 상태로 아주 긴 시간이 지났다는 생각이 들었다. 완전히 무력해진 상태에서 그녀는 문득 사내가 지금 자신을 마음속으로 발가벗겨 놓고 있을 것이라는 생각이 들었다. 그러자 정말로 자신이 지금 해골 같은 사내에게 실제로 당하고 있는 느낌이었다. 달리는 전동차 안의 많은 사람들 앞에서.

전신이 식은땀으로 축축해졌다. 그녀는 온몸을 떨면서 흐릿한 정신 속에서도 다음 역이 종로 3가역이라는 사실과 이제 사람들이 많이 내리면 그들과 같이 밀려나가야 한다는 생각만 놓치지 않으려고 애쓰고 있었다.

윤미라가 무력해진 것을 눈치챈 사내의 움직임이 훨씬 노골적으로 변해 갔다. 사내의 비릿한 숨결이 목덜미를 간지럽히고 있었다. 몽롱한 중에도 그녀는 자신이 아주 더러운 여자 같다는 생각이 얼핏 들었다.

안내 방송이 들렸다. 열차가 종로 3가역으로 들어서며 서서히 속도를 줄이고 있었다. 사람들이 내릴 준비를 하느라 꿈틀거리고 있었다.

이제 조금 후면 문이 열리고 사람들이 쏟아져 나갈 것이다. 사람들의 움직임을 타고 아래쪽에서 다시 힘있게 뜨거운 물건이 문질러져 왔다. 윤미라는 몸서리를 치며 좌우로 몸을 흔들었다. 숨가쁜 사내의 호흡이 식은땀에 젖은 등을 통해 느껴졌다. 등으로 사내의 심장이 미친 듯이 툭탁거리고 있었다. 열차가 멈추었다. 문이 열렸다.

사람들이 봇물 터지듯 밀려나왔다. 윤미라도 사람들과 섞여 밖으로 밀려나왔다. 뒤쪽에서 사내가 무서운 기세로 따라 나왔다. 그녀가 출입문 밖으로 두세 걸음 밀려나왔을 때였다.

뒤쪽에서 무언가 뜨거운 것이 하복부를 통해 깊숙이 몸 속으로 파고 들어왔다. 전신을 꿰뚫는 차갑고 묵직한 통증이 그녀의 육체와 정신 전체를 강타했다. 비명을 지를 틈도 없었다.

윤미라는 위로 뻗은 계단이 천천히 눈앞으로 다가오는 것을 보았다. 빙그르 도는 역사의 검은 천정과 전철 고압선을 바라보며 그녀는 계단 옆으로 천천히 쓰러졌다. 차갑고 딱딱한 바닥이 둔하게 머리를 때렸다. 머리맡으로 수많은 구두발들의 울림을 느낄 수 있었다. 그것이 마지막 느낌이었다.

어디에선가 높고 아득한 여자의 비명소리가 찢어질 듯 하늘을 가르며 사라져 가고 있었다. 아주 깊은 곳으로 그녀는 한없이 빠져들고 있었다.

아주 편안했다.

4
목련

　서울 지방 경찰청 112 지령실에 신고가 접수된 것은 2월 24일 08시 31분 17초였다. 상황은 지령실과 연결된 전산망을 통해 동시에 각 경찰서 상황실과 112 순찰대로 전파되었다. 급보를 받은 관할 종로 경찰서의 수사과장 이하 형사대가 현장에 도착한 것은 그로부터 약 15분 뒤였다. 경찰은 범행의 엽기성과 대담성이 시민에게 미치는 영향이 지대할 뿐 아니라 대중 교통 수단인 지하철이 범죄 온상화가 되는 것을 근절한다는 차원에서 강력한 수사에 착수했다.

　사건이 일어난 이틀 뒤인 2월 26일　09시 30분에 수사본부가 설치된 서울 경찰청 지하철 방범 수사대 종로 3가역 출장소에서 전담 수사반 회의가 열렸다.

　종로 경찰서 강력 1반장 최동기 경감은 자리에 앉아 수사 기록을 살펴보고 있었다. 회의에 앞서 잠시 생각을 정리하고 있는 것이다.

　완강한 어깨와 선이 굵은 얼굴은 오랜 거친 세월의 흔적이 뚜렷이 새겨져 있었다. 꾹 다문 두툼한 입술과 뭉툭한 코, 미간에 자리잡은 굵은 주름 위로 반백의 머리카락이 흐트러져 있었다. 어딘지 지친 듯한 표정이었지만 두 눈은 깊고 흔들리지 않는 강인함을 가지고 있었다.

수사 기록을 넘기던 그의 눈이 한 곳에 멎었다. 피살자의 사진이었다.

젊고 예쁜 얼굴이었다. 시원시원하게 생긴 이목구비가 짧게 커트 친 머리와 어울려 이국적인 느낌을 주고 있었다. 그는 한 장을 넘겼다. 피살자가 쓰러져 있는 현장 사진에는 시체 주위로 핏자국이 무늬처럼 얼룩져 있었다. 그는 다시 한 장을 넘겼다.

피살자 성명 : 윤미라, 1968년 1월 10일생(만24세). 주소 : 성북구 석관동 331-2. 광주 효원여상 졸업. ……1986년 3월 ○○백화점 입사. ……키 163cm, 몸무게 49kg. 가족 관계 : 부—망. 모—광주시 서석동. 직업 : 무. ……교제……문성국…….

그의 짙은 눈썹이 꿈틀했다. 낯익은 감정이 다가오고 있었던 것이다.

지금 그의 내부에서는 분노와 투지가 솟아오르고 있었다. 새로운 수법의 잔인한 사건을 대할 때면 느껴지는 감정이었다.

그는 폭력과 죽음에 맞닥뜨리며 살아온 30년간의 일선 수사관 생활을 통해 어떤 경우에도 흔들리지 않는 마음을 얻는 데 성공했다. 따라서 지금 끓어오르는 그 낯익은 감정은 범인이나 범죄를 향한 것이 아니었다.

세월이 지날수록 범죄는 교묘하고 흉포해졌다. 하지만 그런 범죄

를 대하는 그의 마음도 날이 갈수록 차가와졌다. 범죄는 다만 객관
적인 어떤 것으로 거기 존재할 뿐이었다. 사건은 산처럼 다만 거기
에 있을 뿐이었다.

  그리고 그는 경험 많은 노련한 등산가였다. 그는 마치 등산가가
원하는 산을 오르기 위해 그 산에 대한 모든 것을 분석하고 연구하
고 치밀하게 준비를 한 다음 한 걸음 한 걸음 묵묵히 걸어 올라가 마
침내 정상을 정복하는 것처럼 그렇게 사건을 해결했다. 산을 오르
다 보면 예기치 못한 위험과 난관이 곳곳에 도사리고 있었다. 하지
만 그는 노련함과 끈기로 그 어려움을 이겨내 왔던 것이다.

  따라서 지금의 이 감정도 마치 노련한 등산가가 정복하기 힘든 산
을 바라보며 자신을 격려하기 위해 스스로에게 분노를 불러일으키
고 그 분노의 힘을 투지로 바꾸어 놓는 것과 같은 것이다.

  위험을 이기고 악조건과 싸우며 정상을 올라도 거기에는 영광도
기쁨도 기다리지 않았다. 거기에는 탐욕과 좌절이 배설한 인간의
찌꺼기만이 자신을 기다리고 있었고, 회개하지 못하는 영혼이 내뿜
는 발악과 저주의 독기만이 기다리고 있을 뿐이었다. 그리고 그것
으로 끝이었다. 영광도 단죄도 심판도 다른 사람들의 것이었다. 그
에게는 더욱 험하고 거친 산봉우리를 올라야 하는 일만이 기다리고
있을 뿐이었다.

  그러다가 언젠가는…… 언젠가는 눈 덮인 산 능선에서 지쳐 쓰러
질 것이다. 그리고 그것이 마지막일 것이다.

  최경감은 두 눈을 잠깐 감았다가 떴다. 그리고 주위에 앉아 있는
다섯 명의 강력 1반 형사들을 둘러보았다.

  "시작하지."

거친 음색이었지만 뱃속에서 울려나오는 굵은 목소리였다. 잠시 실내에는 정적이 흘렀다.

"부검 결과부터."

최경감은 부검에 입회한 오른편의 오형사를 쳐다보았다. 그는 자그마한 키에 얼굴빛이 유난히 희고 곱상하게 생겼지만 눈빛은 날카로웠다. 오형사가 수첩을 펴들며 말했다.

"부검 결과 피살자의 좌측 회음부에서 질강에 이르는 $2\text{cm} \times 0.9\text{cm} \times 6\text{cm}$의 자창으로 질동맥 절단에 의한 과다한 실혈이 있었지만 그것이 직접적인 사인은 아닌 것으로 밝혀졌습니다."

"그래?"

"직접적인 사인은 신경성 쇼크랍니다."

"신경성 쇼크?"

뜻밖의 말에 요원들도 고개를 들어 오형사를 바라보았다. 오형사는 주위를 한번 둘러본 뒤 최경감의 눈을 쳐다보았다.

"부검을 담당한 국과수 문박사의 말에 따르면, 아주 심한 심리적 충격을 받으면 특별히 죽을 만한 병변이 없어도 사망하는 경우가 있다고 그러더군요. 특히 피해자가 당한 피해의 종류가 특별난 것이어서 그럴 가능성이 충분하다구요. 그리고 시경 감식계의 보고로는, 상처의 형태로 보아서 범인은 왼손잡이고 피살자의 바로 뒤에 붙어 서서 밑에서 위로 찌른 것으로 판단된다는군요."

"그 흉기는?"

오형사는 자기 앞에 놓여져 있던 것을 조금 앞으로 밀었다. 투명한 비닐 봉지에 넣어져 있는 칼이었다.

"날 길이 11cm, 날폭 1.2cm의 과도입니다. 날이 예리하게 갈려져 있습니다. 지문은 채취되지 않았습니다.”

 최경감이 이맛살을 찌푸렸다.

“음…… 그 밖의 사항은?”

“질에서 채취한 체액을 검사한 결과 A형의 정액이 발견되었지만 문성국이 전날 밤 자신과 관계를 가졌다고 진술하고 있어서 별다른 단서가 되지는 않을 것 같습니다.”

“문성국의 혈액형과 같나?”

“A형이 확실합니다.”

잠시 생각하던 최경감이 고개를 끄덕거린 뒤 시선을 돌렸다.

“문성국의 알리바이는 확인해 봤나?”

오형사 옆에 앉아 있던 강형사가 말했다.

“현재로는 별 혐의점이 없는 것 같습니다.”

강형사는 탄탄한 체구와 윤곽이 뚜렷한 얼굴, 그리고 열정으로 빛나는 진지한 눈동자를 가지고 있었다.

“문성국의 진술대로 그 호프집 아가씨가 증언해 주었고, 아침의 알리바이는 하숙집 주인 여자가 확인했습니다. 그 집에서는 보통 8시경에 하숙생들이 모여 밥을 먹는데 부르러 가니까 자고 있었답니다. 뿐만 아니라 동네 구멍가게 주인도 그날 아침 그를 보았다고 진술했습니다. 새벽에 야채를 사러 시장으로 가는 길에 집으로 돌아오는 문성국을 본 게 기억난다구요.”

“둘 사이에 무슨 문제 같은 것은 없었나?”

“피살자의 언니 진술로는, 지난 토요일에도 같이 놀러 왔었는데 전혀 이상한 점이 없었다구요.”

“음.”

최경감은 잠시 생각에 잠겨 있다가 말했다.
"백화점에서는 뭐라고 그래?"
"거기서도 별 이상한 점을 발견하지 못했습니다. 인간 관계도 원만했고 다른 남자 관계도 없는 것 같았습니다. 같은 매장에 있는 아가씨가 문성국의 외사촌 동생이었습니다. 윤미라와 문성국을 소개시켜 주었는데 둘은 아무 문제도 없이 잘 사귀고 있었답니다. 또 문성국이 졸업하는 대로 결혼까지 하겠다고 약속한 걸로 알고 있다고 진술했습니다. 이상입니다."
최경감은 강형사의 보고를 들으며 주머니에서 담배를 꺼내 물고 불을 붙였다.
"다음 김형사."
왼쪽 편에 있던 뚱뚱한 김형사가 큼 하고 목소리를 가다듬었다.
"네, 피살자를 처음 발견한 김현숙의 진술에 따르면, 자신도 혼잡한 전동차에서 사람들 틈에 끼어 밀려나왔는데 앞쪽 계단 옆에 윤미라가 쓰러져 있더라는 겁니다. 사람들이 지나가는 옆에 비스듬히 누워서 말입니다. 사람들이 많이 내릴 때면 내리다가 떠밀려 쓰러지는 경우가 가끔 있기 때문에 그런 일인가 싶어 무심코 지나치는데 계단 바닥으로 스며나오는 피를 보고 비명을 질렀다는 겁니다. 그 외 다른 목격한 상황은 없구요……."
그는 수첩을 뒤적거리며 말을 이었다.
"그리고 사건을 신고한 지하철 아르바이트생 박진기에 따르면, 그는 당시 표받는 곳에서 승차권을 검사하는 일을 하고 있었는데 찢어지는 듯한 비명 소리에 놀라 달려가 보니 김현숙이 두 손으로 눈을 가린 채 비명을 질러대고 있었고 그 앞에 윤미라가 쓰러져 있더라는 겁니다. 역시 그것뿐이고요…… 또 신고를 받고 지하철 파출소의 김만수 의경이 달려갔을 때는 이미 윤미라는 숨져 있었구요. 사람들이 몰려들어 구경하고 있었구요. 목격자가 혹시 있나 싶어 주위 사람들에게 물어보았지만 모두들 고개만 흔들더니 슬그머니 몸을 돌려 사라지더라는군요.”

“제보나 목격자 신고 같은 건 아직 없나?”

“네, 아직은 없습니다. 그 많은 사람들이 있는 데서 칼을 꺼내 찔렀다면 본 사람이 분명히 있을 텐데 말입니다.”

김형사가 답답하다는 듯이 대답했다. 잠시 동안 묵묵히 담배를 피우고 있던 최경감이 담배를 재떨이에 짓눌러 끄며 입을 열었다.

“이상이 우리가 현재까지 알고 있는 사실의 전부야.”

최경감은 테이블을 손가락으로 톡톡 두들기며 천천히 말했다.

“현재까지 확인된 사실에 의하면, 사건 전날 윤미라는 문성국과 함께 밤 11시경까지 윤미라의 동네 앞에 있는 생맥주집에서 술을 마셨다. 호프집 아가씨의 증언이고…… 그리고 윤미라의 자취방에서 둘은 같이 밤을 보내고 새벽에 문성국은 그곳을 빠져나와 자신의 하숙집으로 와서 잠을 잤다. 이건 문성국과 하숙집 주인의 증언, 그리고 윤미라는 다음날 아침 일어나 신이문역에서 지하철을 타고 출근길에 올랐다. 그리고 목적지인 종로3가역에서 내리다가 의정부역에서부터 종로5가역 사이에 있는 어떤 곳에서 탄 범인의 칼을 맞고 쓰러졌다. 왼손잡이인 범인은 피살자의 뒤에 서 있다가 전철 문이 열리면서 사람들이 나가는 순간 뒤에서 칼로 찔렀다. 이건 윤미라의 승차권과 부검 결과로 알 수 있고…… 그리고 칼을 꽂은 채 윤미라는 사람들의 물결에 쓸리면서 쓰러졌다. 윤미라는 그 충격으로 죽었다. 범인은 사람들 틈에 묻혀서 사라졌다. 사건을 목격한 사람은 이제까지는 나타나지 않고 있다……."

최경감이 말끝을 흐리며 주위를 둘러보았다. 방안의 공기가 다시 무겁게 가라앉았다. 아무도 쉽게 입을 열지 않았다. 최경감은 강형사를 쳐다보았다.

강형사가 호흡을 가다듬은 뒤 어깨를 펴며 말했다.

"제가 생각하기로는 일단 원한이나 치정에 얽힌 살인은 아닌 것 같습니다. 그 이유는 첫째, 피살자 주변에 현재까지는 구체적인 범행 동기를 가진 인물이 없을 뿐 아니라, 둘째, 동기가 있다고 해도 하필 그런 식으로 죽여야 할 필요는 없습니다. 셋째, 피해자의 직접적 사인이 쇼크사라는 사실로 볼 때도 범인이 피살자를 반드시 죽이려고 치밀하게 계획한 것도 아니라고 생각됩니다. 넷째, 범행 방법의 엽기성으로 볼 때 정상적인 정신의 소유자가 저지른 짓이라곤 믿기 어렵습니다. 따라서 저는 이 사건을 우발적인 사건이라고 생각하며 정신병자나 그와 유사한 병력을 가진 소유자의 범행인 것으로 생각됩니다. 즉 강한 공격성을 지닌 정신병질자의 불특정 다수를 향한 충동적인 범행일 거라고 생각합니다. 특히 젊은 여자들에 대해서 말입니다."

강형사는 맺듯이 말을 마쳤다. 최경감은 두어 번 고개를 끄덕였다.

"젊은 여자를 대상으로 한 정신병자의 소행이라…… 다른 사람의 의견은?"

모두들 잠잠한 가운데 이마를 찌푸리고 있던 김형사가 불쑥 입을 열었다.

"저는 다르게 생각합니다."

사람들의 시선이 모두 그에게로 쏠렸다. 그는 자신을 쳐다보는 사람들의 시선을 의식하면서 말을 이었다.

"저는 이 사건이 아주 치밀하게 계획된 범행일 거라고 생각합니다만……."

최경감이 고개를 끄덕이며 말했다.

"계속해 봐."

최경감의 말에 김형사는 약간 자신을 얻은 듯했다.

"네, 일단 범행 동기가 무엇이든간에…… 그러니까 원한이든 치정이든 혹은 정신병자의 소행이든지간에 어쨌든 범행이 치밀하게 계획된 것만은 확실하다는 사실입니다. 그 이유는 몇 가지로 찾아볼 수 있겠는데…… 먼저 범행 장소입니다. 다 보셔서 아시겠지만 피살자가 쓰러진 곳, 그러니까 그곳은 전동차의 문을 열고 나온 직후에 칼에 찔린 상태에서 사람들의 물살에 쓸려 나가면서 넘어진 곳이 되겠는데, 그 장소는 계단을 따라 위로 올라가서 밖으로 나갈 수도 있고 3호선 전철을 갈아타는 통로로 빠져나갈 수도 있는 곳입니다. 그러니까 범인은 범행 후 도주할 수 있는 곳을 미리 계산에 넣고 있었다는 말이 되지요. 만일 그곳이 계단이나 통로와 떨어진 곳이라면 주위의 눈들에 의해 발각될 것이 뻔하고 또 도주로의 확보도 쉽지 않기 때문이지요."

그는 잠시 말을 끊고 최경감을 바라보았다. 최경감이 가볍게 고개를 끄덕였다.

"에, 그리고 다음은 범행 시간인데 아시다시피 그 시간에는 출근하는 사람들로 매우 혼잡한 시간입니다. 저는 범인이 많은 사람들 속이 은신하기 좋다는 점을 노린 것이라 생각합니다. 주변 사람들과 특별하게 다르게 보이지 않은 옷차림을 하고 말입니다. 출근 시간대니까 평범한 회사원 차림을 하고 말입니다…… 어쩌면 그는 회사에 다니는 사람이기 때문에 자신의 알리바이를 입증하는 한 방편으로 그 시간대를 이용했을 가능성도 있고요…… 그리고 결정적인 증거는 이 칼입니다. 이 칼은 날 끝이 예리하게 갈려져 있는데 그것은 무엇을 의미하는 것이겠습니까? 겨울철에는 누구나 두터운 옷을 입습니다. 그 옷을 뚫고 들어가려면 날카롭게 갈지 않으면 안 된다고 범인은 생각했던 것입니다. 바로 범인이 범행을 치밀하게 준비했다는 중요한 증거가 되는 거지요. 따라서 저는 범인이 사전에 철저히 준비한 것이 틀림없다고 생각합니다. 정신병자가 저질렀거나 우발적으로 저지른 범행일 경우라면 이토록 치밀하게 준비를 할 수 없을 것이다…… 이것이 저의 생각입니다.”

“왜 범인이 그렇게 치밀하게 준비해서 범행을 했다고 생각합니까? 다른 방법도 많을 텐데요. 꼭 죽이려는 것도 아니고…… 아무리 허를 찌른다고 한다지만 그 많은 사람들이 있는 가운데서 그런 위험한 방법을 쓸 필요가 있을까요?”

김형사가 말을 끝내자, 기다렸다는 듯이 강형사가 물었다.

“글쎄, 나도 그 점은 그렇다고 생각이 들어. 정황으로 볼 땐 그런데 동기면에서는 이해가 되지 않고…… 하지만 만일 범인이 자신의 알리바이를 숨기기 위해서라면…… 그리고 사람들이 많은 곳이 치밀하게만 준비한다면 오히려 안전하다고 생각했을지도 모르는 일이지. 하지만 죽이려고 준비한 것이 아니라면 왜 그래야만 하는지 이해가 가지도 않고……."

김형사는 이야기를 하다 보니 점점 생각이 얽혀 들어가서 말을 맺지 못하고 얼버무렸다. 뒤따라 여기저기서 의견들이 나왔다. 최경감은 그들의 이야기를 참견 없이 듣고만 있었다. 모든 토론이 그렇듯이 핵심은 하나였고 나머지는 무성한 잔가지에 불과했다. 회의의 핵심은 범행 동기와 정황을 한 줄기에다 묶는 일이었다. 그리고 물론 언제나 그렇지만 진실은 발로 뛰어 입증하는 것이었다. 회의를 끝낼 시간이 온 것이다.

"모두 일리가 있는 말이야."

최경감은 의견이 분분한 말을 간단하게 잘랐다. 그리고 요원들을 둘러보며 신속하게 결론을 맺었다.

"쉽지 않은 사건인 것만은 확실해. 일단 두 방향으로 수사를 진행하도록 하지. 우선 피해자 주변을 철저히 조사하도록 해. 의외의 인물이 숨어 있을지도 모르니까. 김형사가 최형사와 함께 그 일을 맡지. 처음부터 다시 시작하는 기분으로 말이야. 그리고 강형사, 박형사는 지하철역과 주변의 우범자나 변태 성욕자에 대해 알아보고 지하철 내에서 일어난 성범죄도 병행해서 조사하도록 해. 최형사는 정보과에 의뢰해서 변태적인 성범죄 전과 기록을 조사하고, 특히 지하철과 관련 있는 사람들을 중점적으로 파악하도록 해. 윤미라가 승차한 신이문역 부근 거주자는 특별히 따로 조사하도록 하고 말이야. 지금부터 시작이야. 모두들 수고하도록 해."

최경감은 자리에서 일어섰다. 모두들 우르르 뒤따라 일어섰다.

하루가 저물었다.

최경감은 의자 등받이에 몸을 기댄 채 눈을 감고 생각에 잠겨 있었다.

현재로선 범인은 피해자 주변 인물일 가능성이 희박하다. 만일 특이한 병력이나 전과가 있는 인물이 범인이라면 그래도 좀 쉬워진다. 하지만 그 두 가지 경우가 아니라면…… 그야말로 모래밭에서 바늘 찾기가 되는 것이다. 목격자가 있다면 문제는 의외로 쉽게 풀릴 수도 있는데…….

열차가 도착하는 소리가 희미한 울림을 타고 들려오고 있었다.

"저…… 식사나 하러 가시죠, 반장님."

최경감은 놀라 눈을 떴다. 강형사가 앞에 서서 씩 하고 웃고 있었다.

"그럴까……? 그러지, 그럼."

최경감은 선선히 대답하고 몸을 일으켰다. 머리 속이 뒤죽박죽 어지러워 입맛이 없을 것 같았지만 거절할 수 없었다. 강형사는 그냥 무심히 온 것이 아니라 일에 몰두하면 끼니를 거르는 자신의 습관을 알고 일부러 찾아온 것이었다.

수사본부를 나온 두 사람은 퇴근길의 인파를 헤치고 지하철역을 빠져나가 빌딩 뒤쪽 골목길에 있는 한 식당으로 들어갔다.

식당 안은 퇴근길에 한잔 하려는 사람들로 붐비고 있었다.

두 사람은 식당 한구석에 있는 빈 자리를 겨우 차지할 수 있었다. 옆좌석에는 한 사내가 벌겋게 달아오른 얼굴로 일행을 돌아보며 떠들고 있었다.

"그래서 내가 그랬지. 어차피 누가 먹어도 먹을 것, 서로 좋은 게

좋은 것 아니냐고. 그러면서 슬그머니 봉투를 주머니에 찔러 넣었
지. 아, 그러니까 그 자식이 말이야…….”
통통한 얼굴의 여자 종업원이 다가와서 엽차잔을 내려놓았다.
“뭘로 드시겠어요?”
“응, 난 설렁탕. 반장님은 뭘로 드시겠습니까?”
“설렁탕으로 하지.”
최경감은 돌아서는 여종업원의 뒤에다 대고 문득 생각난 듯 덧붙
였다.
“그리고 소주도 한 병.”
최경감이 강형사를 돌아보며 변명하듯 말했다.
“일과 끝났으니 한잔 하는 것도 좋겠지?”
요즘 들어 잘 안 마시는 술이지만 왠지 오늘은 한잔 하고 싶었다.
아마 강형사와 같이 있기 때문일지도 몰랐다. 최경감은 늘 그에게
서 무언가 편안한 생기 같은 것을 느낄 수 있었다. 그에게는 때묻
지 않은 순수한 열정이 있었다.
술이 먼저 나왔으므로 강형사가 술을 한 잔 따르고 자신의 잔에도
따랐다. 최경감은 술잔을 들었다.
“한 잔 들지.”
잔을 비운 강형사는 최경감의 잔에 술을 따르며 말했다.
“우선 문제는 목격자를 찾는 일인 것 같습니다, 반장님.”
“그렇겠지.”
“도대체 왜 목격자가 나타나지 않을까요?”
“목격한 사람이 없을 수도 있지.”
“하지만 그럴 리가…… 그토록 많은 사람이 주변에 있었는데요?”

"모르지, 하지만 설령 발견했다 하더라도 신고를 하지 않을 경우도 있을 거야."

"그럴 수가 있습니까?"

최경감은 잠시 침묵하다 무겁게 입을 열었다.

"……있어. 있는 정도가 아니라 많지. 요즘 사람들은 옆에서 무슨 일이 벌어지고 있는지 관심을 가지지 않아. 그리고 바로 옆에서 어떤 끔찍한 일이 일어났더라도 나와 상관없는 일이라면, 나만 귀찮지 않으면 된다고 생각하는 사람들도 많아…… 물론 일단은 목격자의 제보에 기대를 걸 수밖에 없지만……."

마침 설렁탕이 나왔으므로 말은 그쯤에서 그쳐졌다.

식사가 끝나고 최경감은 남아 있는 술을 자신의 잔과 강형사의 잔에 따랐다. 강형사가 황급히 잔을 두 손으로 잡았다. 그 손을 최경감이 감쌌다.

최경감은 강형사의 눈을 바라보며 천천히 말했다.

"서둘지 말고 꾸준히 해. 범인은 반드시 있어. 우리가 믿는 것은 그것뿐이지."

잔을 비운 최경감은 일어나서 계산을 하고 밖으로 나갔다.

최경감은 버스에서 내려 잠시 그대로 서서 앞에 늘어서 있는 아파트 단지를 쳐다보았다. 한 채에 몇 억을 호가한다는 고층 아파트 단지가 몸체의 군데군데 불을 밝히고 거대하게 늘어서 있다. 저 불빛 하나마다 다정한 가족들이 모여 있을 것이다.

불빛을 잠시 쳐다보던 최경감은 몸을 뒤로 돌려 자신의 집으로 걸어갔다. 약간 취한 걸음이었다. 조금 걷자 마치 거대한 빌딩 그늘에 가린 판자집처럼 고층 아파트 단지 옆으로 낡고 초라한 5층짜리 시영 아파트 단지가 보였다. 그는 거기에 살고 있었다.

초라한 시영 아파트지만 그에게는 소중한 집이었다. 박봉을 쪼개서 어렵게 어렵게 마련한 집이기도 했지만 무엇보다도 행복했던 추억이 남아 있는 집이었기 때문이다. 이 보잘 것 없는 집을 마련하고 그와 아내는 얼마나 기뻐했던가. 세상은 기껏해도 열다섯 평 이상 되지는 않았었다.

하지만 부동산 투기의 미친 바람이 그 조그만 행복을 쓸어가 버렸다. 아내는 더 이상 집이라는 것을 가정이 자리잡는 곳이라고 생각하지 않았다. 아내에게서 집이란 재빠르게 사고 팔면 그 자리에서 황금알을 낳는 거위일 뿐이었다. 최경감은 그런 아내의 생각을 이해할 수 없었고 물론 아내도 그런 최경감을 이해할 수 없었다.

무수히 많은 이견 속에서 단 하나의 합의밖에 이루어지지 않았다. 그들이 해낸 유일한 합의는 서로가 서로의 길을 가자는 것뿐이었다. 최경감과 아내는 그들이 스스로가 이해하는 쪽만을 보면서 살기로 한 것이다.

최경감은 아파트 단지 안으로 들어갔다. 103동 5층에 집이 있었다. 102동을 지나서 103동으로 들어서면서 그는 습관처럼 자신의 아파트를 올려다보았다. 그는 늘 102동 모퉁이를 돌면서 자신의 아파트를 바라보곤 했다. 이 아파트로 이사한 후부터 지금까지 간직한 오랜 버릇이었다. 아내와 헤어진 후에도 그 버릇은 계속되었다. 오늘도 불은 켜져 있지 않았다.

아파트 출입구로 들어선 최경감은 벽 오른쪽에 붙어 있는 우편함을 열었다. 세금 고지서와 광고물 따위에 섞여 하얀 편지 봉투 하나가 손에 잡혔다. 눈에 익은 글씨체였다.

최경감은 그것들을 들고 집으로 올라갔다. 퇴색한 벽과 지저분한 계단을 따라 그는 천천히 올라갔다. 4층 복도에 세발 자전거 하나가 뒤집혀 넘어져 있었다. 그는 자전거를 바로 세워 복도 옆에 붙여 놓았다.

최경감은 주머니에서 열쇠를 꺼내 문을 열었다. 문을 열자 쓸쓸한 냄새가 연하게 풍겨 나왔다. 무언가 퇴락한 낡은 곰팡이 냄새와도 같은 것이었다. 그 속에는 추억처럼 아련한 어떤 냄새도 있었다. 아내와 딸이 남긴 흔적이었다.

최경감은 문 옆을 더듬어 스위치를 눌렀다. 하얀 빛이 몇 번 깜박거리다가 이내 부드러운 쇠소리를 내며 형광등이 켜졌다. 낡은 아파트의 비좁은 실내가 한눈에 들어왔다. 최경감은 신발을 벗기 위해 허리를 굽혔다. 발밑에는 낡은 슬리퍼와 그의 운동화가 뒷굽이 접혀진 채로 놓여 있었다.

그는 안방으로 들어갔다. 방 한쪽에 있는 책장에는 트로피와 상장들이 가지런히 장식되어 있었다. 최경감은 들고 있는 것들을 책상 위에 올려 놓고 옷을 갈아입은 후 세면장으로 갔다가 다시 책상 앞으로 돌아왔다. 책상 앞에 앉은 최경감은 먼저 편지를 집어들었다. 하얀 봉투에는 동글동글한 필체의 까만 글자가 나란히 정렬하고 있었다.

그는 봉투에서 조심스럽게 편지를 꺼냈다.

사랑하는 아빠에게

아빠, 승미예요.

자꾸 아빠를 괴롭혀 드리는 것 같아 많이 망설였지만 할 수 없이 이렇게 편지를 드립니다……

아빠, 엄마를 설득해 주세요.

저는 음악을 하고 싶어요. 엄마 때문에 할 수 없이 학원에 등록을 하고 아침마다 나가기는 나가지만 솔직히 말해서 공부를 안 해요. 제가 얼마나 힘든지 아무도 모를 거예요. 아침마다 학원에 가는 게 지옥에 가는 것 같아요. 같은 재수생들도 보기 싫구요. 하루 하루가 답답하고 막막해요. 어딘가에 콱 하고 부딪치고 싶은 심정이에요. 미칠 것 같아요.

미안해요, 아빠. 제가 너무 흥분한 것 같아요.

저는 정말로 음악을 하고 싶어요. 아빠도 제가 노래 잘한다고 늘 칭찬하셨잖아요. 기타도 사주셨고요. 저는 음악만 대하면 너무 편안하고 즐거운 기분이 들어요. 그리고 솔직히 말해서 지금 제 실력으로는 1년 동안 재수해서 암만 공부해도 대학 들어갈 실력도 되지 않구요. 저는 공부에는 소질이 없나 봐요.

아빠, 오늘 엄마랑 싸웠어요.

제가 학원 그만두고 음악을 하겠다고 그랬거든요. 엄마는 무지 화가 났어요. 나중에는 우셨어요. 생각해 보면 정말 엄마한테 미안해요. 하지만 아무리 생각해 봐도 더 이상 공부를 한다는 게 정말 의미 없는 짓인걸요. 저도 어쩔 수 없어요. 아무리 애를 써도 안 되는 걸 어떻게 해요.

아빠, 엄마를 설득해서 제가 음악 할 수 있도록 좀 도와주세요. 저는 정말 훌륭한 가수가 될 거예요. 아는 선배가 작곡 사무실에 나와도 된다고 승낙했어요. 실력 있고 훌륭한 사람이에요, 정말이에요. 그러니까 엄마한테 잘 좀 이야기해 주세요. 아빠는 언제나 제 편이었잖아요.

안녕히 계세요. 또 편지 드릴게요.

승미 올림.

편지는 거기서 끝났다.

최경감은 편지를 접어 봉투에 넣은 뒤 서랍 안에 챙겨 넣고 의자에서 일어나 부엌으로 갔다. 선반에 있던 술병을 내려 잔에다 따른 뒤 단숨에 한 모금 들이켰다. 그리고 한참을 술잔만 내려다보고 서 있었다.

잠시 후 최경감은 손에 잔을 든 채 딸이 쓰던 작은 방으로 가서 문을 열었다. 먼지 냄새가 훅 하고 끼쳐졌다. 불을 켜자 썰렁한 실내가 어지럽게 흩어진 잡동사니들과 함께 펼쳐졌다.

아름답던 방이었다. 행복이 가득 찼던 방이었다. 그는 멍하니 방 안을 바라보고 서 있었다. 귀퉁이가 찢어진 채 벽에 붙어 있는 사진에는 낯모를 외국 가수가 얼굴을 찡그린 채 마이크를 삼킬 듯이 입을 벌리고 있었다.

최경감은 들고 있던 술을 마저 들이킨 뒤 불을 끄고 문을 닫았다. 안방으로 돌아온 최경감은 자리를 깔고 누웠다. 그리고 천정을 바라보며 꼼짝도 않고 누워 있었다.

한동안 그 자세로 누워 있던 최경감이 갑자기 벌떡 일어나 책상 앞에 앉았다. 그리고 책꽂이에서 서울시 지도를 꺼내 펼쳐 놓고, 일지용 수첩 뒤에 붙어 있는 지하철 노선도를 뒤적거려 찾았다. 그리고 둘을 번갈아보면서 생각나는 대로 연필로 몇 군데 동그라미와 선을 긋고 무언가를 적어넣기도 했다.

한참 뒤에야 시영 아파트 103동 503호는 불이 꺼졌다.

아내를 한번 만나기는 만나야겠는데…… 범인은 왜 그런 짓을 저질렀을까? 무엇 때문에…….

최경감은 깊고 끈끈한 잠 속으로 빠져 들어갔다.

강형사는 박형사와 함께 남대문 경찰서를 빠져나왔다. 그들은 집총을 한 자세로 문 양쪽에 위병을 서고 있는 의무 경찰을 지나쳐 사람들이 바쁘게 걷고 있는 도로로 내려섰다. 맞은편 서울역 광장에는 전광판의 화면이 바뀌면서 텔레콤에서 보내지는 새로운 뉴스가 떠오르고 있었다. 늘 그렇고 그런 정치권의 여야 공방에 대한 기사였다. 강형사는 그런 뉴스를 보아도 그 제목이 불러일으키려고 하는 대단한 흥미가 일어나지 않았다. 너무 식상한 탓이었다. 그걸 보고 느끼는 한 가지 유일한 흥미는 늘 그렇고 그런 이야기가 어째서 늘상 중요한 뉴스거리로 다루어지는지 하는 것뿐이었다.

강형사와 박형사는 도로 오른쪽 50미터쯤 떨어진 곳에 보이는 지하도를 향해 걸었다. 두 사람은 사건이 일어난 뒤에 발생한 지하철 범죄 중에서 소매치기나 절도, 강도 등을 제외한 강간이나 부녀자 추행 사건을 조사하고 있는 중이었다. 그들은 아침에 종로 경찰서에서 한 사건을 조사하고 지금 남대문 경찰서에서 두 번째 사고를 조사하고 나오는 길이었다.

종로 경찰서 사건의 범인은 26세 된 회사원이었다. 그는 어젯밤 술에 취해 11시 30분쯤 서울 종로 5가 지하철 1호선 구내 여자 화장실에서 용변을 보고 나오던 여인을 가로막고 입을 맞추고 젖가슴을 만지는 등 추행하다 반항하는 여인의 얼굴 등을 때려 상처를 입혔다. 조사한 결과 일단 윤미라 사건과는 연관이 없는 것 같았다.

다른 한 건은 부랑인에 의해 저질러진 강간 사건이었다.

지하도로 들어서 몇 계단을 내려서자 습하고 퀴퀴한 냄새가 후덥지근하게 다가왔다. 다 같은 지하철역이라도 역마다 다른 냄새가 난다. 모든 역마다 사람들이 들끓기는 마찬가지지만 강남의 빌딩가나 아파트촌, 강북의 부유한 계층이 사는 지역의 역은 무언가 깨끗하고 문화적인 분위기와 냄새를 풍기는 데 비해 공단 주변이나 청량리, 서울역 등에서는 이상하게도 가난하고 더러운 냄새가 났다. 그 냄새가 가장 심한 곳 중의 하나가 바로 이곳 지하 서울역이었다.

지하도 양옆으로 중국 동포들이 조악한 상품들을 앞에 놓고 줄지어 죽 앉아 있었다. 그들 외에도 지하도에는 많은 사람들이 서성거리고 있었다. 그들은 대부분 남루한 차림에 부스스한 머리칼과 세수하지 않은 번질거리는 얼굴, 그리고 굼뜨고 게으른 몸짓과 사람의 눈을 피하면서도 재빠르게 흘낏거리는 눈빛을 가지고 있었다.

지하도를 지나자 공중전화와 약국, 매표구 따위가 늘어선 로비가 나왔다.

매표 창구 옆에 어디를 다녀온 듯한 젊은 여자가 여행 가방과 야무지게 매듭을 지은 보따리를 옆에 놓고 털모자와 목도리로 단단히 무장을 한 너댓 살 먹은 아이의 손을 잡은 채 누군가를 기다리느라 고개를 두리번거리고 있었다. 아마 친정에라도 다녀오는 길에 마중

나올 남편을 기다리고 있는 것인지도 몰랐다.

　강형사는 그들을 보자 문득 자신의 아내와 돌을 지난 아들을 떠올렸다.　세상에서 가장 믿음직한 사람, 보호해 주고 따뜻하게 해주고 무거운 짐을 들어줄 수 있는 사람, 그들은 그런 사람을 기다리고 있을 것이다.　아마 아내와 아들에게 자신은 그런 존재일 것이다.　하지만 벌써 이틀째 집에 들어가지 못했다.

　강형사는 박형사의 뒤를 따라 지하철역 1호선 역무실 뒤쪽에 있는 지하철 방범 수사대 서울역 출장소로 들어갔다.　출장소 안에는 두 명의 근무자가 책상을 사이에 두고 무슨 이야긴가를 주고 받다가 들어서는 두 사람을 돌아다보았다.　박형사가 간단하게 인사를 하고 용건을 말했다.

　"자정 무렵이었어요.　방송 통신 강좌를 듣고 있었으니까요."

　자신을 신의경이라고 소개한 키가 후리후리한 의경이 말을 이었다.

　"갑자기 문이 열리더니 30대 여자 두 사람이 숨을 헐떡거리며 들어왔어요.　화장실에서 비명 소리가 들린다구요.　급히 화장실로 달려가서 소리가 들리는 문을 열어젖혔지요⋯⋯ 그 치는 제복을 입고 있는 저를 보고도 눈 하나 까딱 않고 바닥에 침을 퉤 뱉더군요.　에이, 빌어먹을 하면서요."

　그는 어이없다는 듯이 잠시 웃더니 다시 격정스런 표정으로 되돌아갔다.

　"⋯⋯그 아가씨, 몸이나 다치지 않았는지 모르겠어요.　그때는 거의 정신을 차리지 못하던 것 같던데⋯⋯ 하여튼 지하철역도 밤 늦게 여자 혼자 다니면 정말 위험해요.　부랑인들이 군데군데 모여 있거든요."

강형사는 의경의 말을 귓전으로 들으며 아까 만났던 김이라는 부랑자의 눈동자를 떠올렸다. 무언가를 비웃는 듯한, 눈앞에 보이는 모든 것을 싸그리 갈아마셔 버리겠다는 듯 적의에 번들거리던 그 눈동자…….

"사실 그 부랑인들에 대해 좀더 자세히 알고 싶어서 찾아왔는데 말입니다……."

박형사가 책상 맞은편의 경장 계급장을 단 사내를 쳐다보며 말했다. 경장은 기다렸다는 듯한 표정으로 말했다.

"네, 그 부랑인들 말씀이죠…… 에, 겨울철을 맞아 이 부랑인들은 추위도 피하고 사람들의 왕래가 많아 구걸이 손쉬운 지하철역 지하도로 몰려들고 있습니다. 현재 저희들이 파악한 바에 의하면 대략 120명 정도가 이 서울역 주변을 배회하고 있는 것으로 추산하고 있습니다. 그리고 해마다 그 수가 증가하고 있어요. 이들은 이곳에서 집단 숙식하며 범죄마저 유발합니다. 지난 한 달 동안 관할 남대문 경찰서에 집계된 것만 해도 절도와 강도를 포함해 10여건의 사고가 부랑인에 의해 저질러졌습니다. 정말 심각한 문젭니다."

"주로 저지르는 범죄 유형은요?"

"네, 그들은 지하철역 지하도 등을 주요 활동 무대로 욕설과 행패를 부리며 금품을 뜯어내는가 하면 여자 행인을 성폭행하고 절도, 강도 등 각종 범죄마저 저지르고 있습니다."

"내가 알고 있기로는 걸인들은 그런 범죄를 잘 안 저지르는 것으로 알고 있는데요?"

박형사가 의아한 눈빛으로 물었다. 경장이 그럴 줄 알았다는 듯
이 고개를 끄덕이며 손을 내저었다.

"에, 지난 몇 년 전까지만 해도 부랑인 하면 걸인으로 통했지요.
하지만 요즘은 사회가 복잡해짐에 따라 정신 질환자, 알콜 중독
자, 행려병자 외에 심신 장애자까지 포함되어 있습니다. 이와 더
불어 신체 건강하고 노동 능력과 연고자가 있는 부랑인들도 많아
요. 미국이나 일본 같은 데서는 멀쩡하게 근무 잘하던 큰 기업 중
견 사원 같은 사람들이 갑자기 직장을 팽개치고 지하철 지하도 같
은 데서 먹고 자고 하는 경우도 많다고 해요. 그게 무슨 짓인지
원……."

"단속은 하지 않습니까?"

"하기는 합니다만, 별 효과가 없어요. 법적인 강제 수용 근거도 없
구요. 또 수용 시설이 태부족이라서 잡혀가도 금방 나오니까요.
그리고 사실 특별히 위험한 짓을 하지 않는 이상 마구잡이로 잡아
넣을 수도 없어요. 화장실에서 세수하고 옷만 좀 깔끔하게 바꿔
입으면 부랑인인지 아닌지 어떻게 알겠어요. 또 여기서 단속이
있으면 어느새 다른 곳으로 가 버리지요. 기동성이 좋지 않습니
까. 지하철만 타면 어디라도 갈 수 있으니까요."

잠자코 듣고 있던 강형사가 물었다.

"한 가지 궁금한 점이 있어요. 그들이 낮에, 특히 출근 시간대에
활동을 합니까?"

"그렇지 않습니다. 그들은 사람들을 별로 좋아하지 않지요. 어디
숨어 있었는지 모르지만 주로 밤이 돼서야 슬금슬금 나타나지요.
물론 중국 동포들 말고요. 그들은 아까 오시면서 보셨겠지만 낮

에 거기 많이 보입니다. 외양으로 보면 부랑인과 다를 바도 없어
요. 그들 중에는 부랑인도 섞여 있고요. 요즘 들어서는 중국 동
포를 낀 범죄도 많이 발생해 골머리를 앓고 있습니다."

"그들이 왜 서울역에 모여듭니까?"

강형사가 아까 본 장면을 떠올리며 물었다. 그의 말에 신의경이
끼어들었다.

"중국 동포들이 지하 서울역을 뭐라고 부르는지 아십니까? 자기
들의 고향이라고 그런답니다. 거기 가면 같은 중국 동포들을 만
날 수 있다구요. 안부나 소식을 전해 준다든가 아니면 불법 체류
자들이 몰래 돈이나 숨어 있는 곳을 연락하는 역할도 하구요."

두 사람은 윤미라 사건에 대한 협조를 부탁하고 밖으로 나섰다.
로비에는 여전히 웅성거리며 모여 서 있는 사람들로 꽉 차 있었다.
강형사는 문득 아까 그 아이와 여인이 서 있던 곳을 쳐다보았다. 하
지만 그곳에는 한 노인이 조기 두 두름을 들고 구부정하게 서서 멍
청한 얼굴로 지나가는 사람들을 쳐다보고 있을 뿐이었다.

국립과학수사연구소를 감싸안은 산자락에도 파란 봄기운이 서서
히 물들고 있었다.

최경감은 연구소의 주차장에 자신의 고물 승용차를 세워 놓고 파
랗게 새순이 돋아나는 잔디 사이로 깔린 보도 블럭을 밟고 법과학부
건물 쪽으로 걸어갔다.

본관 옆으로 조금 떨어져 돌아앉은 별관에 문박사의 사무실이 있
었다. 별관은 낡은 빨간 벽돌 건물로서 벽에는 메마른 담쟁이 덩굴
이 갈색의 혈관처럼 엉겨붙어 있었다. 아직도 바람이 찬 탓인지 연

구소의 전경은 무언가 쓸쓸해 보였다.

현관 문을 열고 들어서자 비로소 따뜻한 기운과 함께 사람들의 훈기가 느껴졌다. 하얀 가운을 입은 연구원들이 바쁜 걸음으로 활기차게 움직이고 있었다.

물리분석과와 약독물과가 있는 2층을 지나 최경감은 3층으로 올라갔다. 복도 끝에서 두번째 방 앞에서 최경감은 멈추어 섰다. 문에는 고딕체의 알루미늄 표찰이 붙어 있었다.

법의학 제1 과장실

최경감은 잠시 옷차림을 가다듬고 문을 두드렸다.

문박사는 책상·위에 펼쳐 놓은 무슨 자료인가를 보고 있었다. 혈색 좋은 붉은 볼이 불독처럼 늘어진 문박사는 눈가에 가득 주름을 잡으며 최경감에게로 성큼성큼 다가갔다.

"어서 오시오, 최반장."

문박사의 살찐 손이 최경감의 손을 덥썩 붙들었다. 따뜻하고 축축한 감촉이었다. 최경감도 두 손으로 마주잡았다. 그는 최경감을 낡은 응접 테이블로 안내했다.

최경감을 자리에 앉힌 뒤 맞은편에 앉은 문박사는 담배를 꺼내 최경감에게 권하고 자신도 한 개비 빼물었다.

"오랜만이군요, 최반장. 늘 바쁘지요?"

"네……."

문박사는 늘 친근하고 편안한 느낌을 주었다. 그것은 문박사의 소탈하고 자상한 태도 때문이겠지만 단순히 그런 이유만은 아니었다. 그것은 두 사람이 일종의 동류 의식 같은 것이었다. 두 사람은 이심전심으로 서로를 알고 있었기 때문이었다.

나이나 살아온 역정은 다르지만 인생을 살아가는 방법이나 태도에 있어서 두 사람은 아주 비슷했고 또 그런 사람들이 흔치 않았기 때문에 두 사람은 서로를 이해할 수 있었던 것이다.

"자주 찾아뵙지도 못하고 그저 제 볼일이나 있어야 찾아오곤 해서 면목이 없습니다."

"하하하, 알면 됐소, 알면 됐어."

문박사는 고개를 끄덕거리며 신난다는 듯 시원하게 웃었다.

"하하하, 농담이오, 최경감. 내가 잘 알지. 늘 눈코 뜰 새도 없다는 것을 말이오."

그러면서 그는 연구실 안을 두리번거렸다.

"그건 그렇고, 가만있자…… 손님이 오셨는데…… 무슨 대첩이라도 해야 할 덴데. 최반장, 다른 건 없고 커피나 한 잔 하시겠소?"

"주십시오."

입안이 깔깔하기도 했지만 오랜만에 느끼는 푸근한 분위기를 의례적인 인사말로 망치고 싶지 않았기 때문에 최경감은 망설임 없이 대답했다.

"좋아요, 내가 오늘 아주 맛있는 커피를 한 잔 대접하겠소."

문박사는 일어나서 각종 자료와 책들이 빽빽이 꽂혀 있는 서가 옆에 있는 테이블로 갔다. 그리고 테이블 위에 놓인 커피 포트를 들고 연구실 한쪽 벽에 붙어 있는 수도에서 물을 받아 테이블로 가지고 왔다. 문박사는 커피 포트의 플러그를 콘세트에 꽂고 돌아서며 입을 열었다.

"전화받고 궁금했소. 명수사관께서 무슨 일로 이런 하찮은 사람을 보자고 하는지…… 혹시 내가 나도 모르게 무슨 죄를 지은 것이 없나 생각해 보기도 했어요. 하하하……."

신나게 한바탕 웃던 문박사는 자리에 앉으며 이내 진지한 자세로 돌아왔다.

"그래, 그 지하철 사건 때문이오?"

문박사의 어투가 사무적으로 변했다. 바쁜 최경감을 배려한 것이었다. 최경감은 자세를 고쳐 앉았다.

"여러 가지로 바쁘실 텐데 용건만 간단히 말씀드리겠습니다."

최경감은 수첩을 꺼내들고 몸을 당겨 앉았다.

"수사가 아무래도 좀 어렵고 복잡하게 진행될 것 같습니다. 사건 자체가 특이하고 또 사건이 일어난 곳이 지하철역 구내라서…… 우선 부검 결과부터 여쭈어 보겠습니다. 직접적인 사인이 신경성 쇼크라고 판단된 데 대해서 좀 자세히 알고 싶습니다. 살해될 당시의 범인과 피해자의 관계를 유추해 볼 수도 있고 당시 상황을 재구성하는 데도 도움이 될 것 같기도 합니다만."

이마를 찌푸리며 듣고 있던 문박사는 말이 끝나자 고개를 두어 번 끄덕거렸다.

"부검에는 나도 참여했었소. 신경성 쇼크…… 말을 그럴 듯하게 붙여서 그렇지 별게 아니에요. 쇼크에 대해서는 잘 알고 계실 거고, 그 신경성이란 말은 부적절한 용어임에 틀림없지만 뚜렷한 용어가 없어서 그냥 붙인 말이에요. 그러니까 그냥 심하게 놀라서 죽은 것이라는 말이지요. 무언가 갑작스런 충격이나 심한 정신적인 압박을 받고 심장이 멎어버린 것이지요. 만일 응급처치가 가능했다면 심장 맛사지나 전기 충격 요법으로 회생이 가능했을지도 몰라요. 그런데 현장에서 피살자가 피를 흘리는 것을 보고 전부 칼에 찔린 줄로만 알고 그 응급처치만 했단 말이에요. 속절없이 되어 버린 거지요. 그러니까 피살자는 범인이 뒤에서 갑작스럽게 칼로 찌르는 바람에 놀라서 쇼크를 받고 그대로 심장이 멎은 거지요.”

“그렇지만 좀 이해가 가지 않는 점이 있습니다.”

최경감은 이마를 찌푸렸다.

“제 경험으로 비추어볼 때 사람들이 무방비 상태에서 갑자기 칼에 찔렸을 때 치명적인 상처가 아닐 경우에는 죽지 않는 것으로 알고 있습니다만…… 몸의 자기 방어 태세가 오히려 활발하게 작동을 해서…….”

“그 점이 좀 이상하다는 생각이 들긴 했어요. 물론 피살자의 찔린 부위가 아주 특수한 곳이기는 하지만…… 나도 직업상 그런 피해를 당한 여자를 몇번 본 적이 있어요. 하지만 자신도 모르는 상태에서 피해를 당하는 경우 쇼크를 받는 일은 아직 보지 못했어요. 치명적인 상처가 아닐 경우에 말이지요. 대부분 정신적 쇼크란 일정한 조건이 설정되어 있어야만 가능한 일이지요. 프랑스에서 이런 일이 있었지요.”

문박사가 이야기를 생각하느라 잠시 머리를 긁적거렸다.

“어떤 여학생 기숙사에서 있었던 일인데, 이 여학생들이 하루는 밤에 장난을 쳤어요. 사귀는 남자들과 짜고 밤중에 강도가 든 것처럼 꾸민 거지요. 그래서 평소에 딱딱거리던 사감을 골려주려고 말이오. 여학생들이 열어준 문으로 들어온 그 강도는 사감을 붙잡아 눈을 가려 묶어 놓고는 죽이자니 말자니 자기들끼리 떠들어 댔지요. 그러다가 마침내 각본대로 이야기는 죽이자는 쪽으로 결론이 났어요. 그들은 사감의 목을 길게 늘이고는 목을 자르는 시늉을 하면서 찬물에 적신 물수건으로 목을 내리쳤지요. 그런데 문제는 실제로 그 사감이 죽어 버렸다는 거요. 극도의 공포감이 목에 닿는 차가운 감촉을 칼날로 느끼게 하는 순간 그녀를 죽게 한 것이지요. 전형적인 신경성 쇼크의 예지요."

문박사가 말을 마치자 최경감이 약간 긴장된 목소리로 물었다.

"그렇다면 피살자가 칼에 찔리기 전에 이미 극도로 공포에 질린 심리 상태에 있었다는 식으로 생각할 수도 있겠군요?"

"꼭 그렇다는 단정이 아니라면 그럴 수도 있지요."

문박사는 말끝을 흐렸다.

"저희가 조사한 바에 따르면 피살자는 그날 아침 집을 나설 때까지는 아무 문제도 없었습니다."

"그렇다면 집을 나서서 지하철을 타고 내릴 동안 그런 심리 상태가 되었다는 말이 되는데……."

문박사는 잠시 말을 끊고 생각에 잠겼다.

"……만일에 범인이 피살자와 원한 관계가 있는 사람이어서, 우연이든 계획적이든 전동차 안에서 그와 마주쳤다면 아주 놀랐겠지요. 그리고 그가 협박이나 위해를 가하려고 한다면 충분히 그럴 심정이 될 수가 있겠지요."

"저도 그렇게 생각합니다. 박사님이 말씀하신 대로라면 어쩌면 쉽게 해결할 수도 있을 것입니다. 하지만 문제는 현재까지 피살자 주변 상황을 조사한 바에 따르면 그런 가능성은 상당히 적은 상태라는 점입니다.”

“그렇다면, 만약 전혀 모르는 사람한테 그런 감정을 느끼는 경우라면 그건 피해 상황을 볼 때…… 아주 공포스러운 상태에서 성적 추행을 당한 경우라 생각이 되는데…….”

잠시 말이 끊겼다. 조용한 가운데 물 끓는 소리가 은은하게 들려왔다. 문박사는 소파에서 일어나 테이블로 갔다. 그는 커피 포트의 플러그를 빼고 찻잔에 차를 넣으며 투덜거렸다.

“이놈의 세상은 정말 갈수록 태산이오. 나도 막내딸이 이제 시집 갈 나인데 어디 마음 놓고 밖에 내보낼 수 있겠소. 수사관 앞에서 말하기는 좀 안됐지만 정말 무서운 세상인 것은 확실해요. 설탕과 프림은 얼마나 넣소?”

“네, 그냥 하나씩…….”

최경감은 손수 커피를 타는 문박사의 뒷모습을 바라보았다. 문박사의 중얼거리는 소리가 따뜻한 동료의 우정어린 격려처럼 느껴졌다. 그는 마음만 먹었다면 높은 직위와 좋은 대우를 받으며 살 수 있는 사람이었다. 그의 동기들은 국장으로, 원장으로 소위 높은 자리에서 출세하여 떵떵거리며 살고 있는데, 그는 지금 조그만 사무실에서 이렇게 손수 커피를 타고 있는 것이다. 그것은 동료들이 소위 ‘정치’를 할 동안 그는 밤새워 연구실에서 법의학과 범죄 심리학을 연구한 덕분인 것이다.

문박사가 김이 모락모락 솟아오르는 커피잔 두 개가 올려진 쟁반을 들고 조심조심 다가왔다.

“드시오. 좋은 것은 대접해 드리지 못하지만 그래도 이게 정성은 담긴 차요.”

　최경감은 차숟가락으로 뜨거운 커피를 저었다. 몽근 알갱이가 서서히 풀어졌다. 그는 차숟가락을 빼서 소반 위에 놓고 찻잔을 들었다. 커피는 뜨겁고 구수했다. 문박사는 최경감의 차 마시는 모습을 보고 있다가 눈이 마주치자 빙그레 웃었다. 최경감도 따라서 잠시 웃었다.

　"또 하나 이해가 가지 않는 점이 있습니다."

　문박사가 잔을 입에서 떼며 최경감을 쳐다보았다. 최경감은 뜨거운 커피를 다시 한 모금 마셨다.

　"사건이 우발적인 것은 아닌 것 같습니다. 우연의 일치인지는 모르지만 범행이 아주 치밀하게 계획되었다는 것이 여러 가지 점에서 발견되고 있습니다"

　"어떤 점에서?"

　"네, 우선 범행 장소가 도주가 용이한 환승 통로와 출구가 겹치는 지점이라는 점, 시간을 극도로 혼잡한 출근 시간대로 택한 점, 피살자의 바로 뒤에 붙어서서 사람들의 눈을 피해 시선의 사각 지대인 아래쪽을 찌른 점 등이 그렇습니다."

　"나는 그게 이해가 가지 않아요."

　문박사는 아까부터 궁금하게 생각했던 대목을 털어놓았다.

　"물론 범인이 어떤 정신병질자라서 그런 발상을 할 수는 있다고 봐요. 사람들이 우글거리는 가운데서 칼을 빼들고 여자를 찌를 수도 있겠지요. 하지만 칼로 등도 아니고 국부를 찌른다는 게, 그리고 다른 사람들이 알아차릴 수 없도록 한다는 게 이해가 잘 가지 않아요. 그런 동작이 어떻게 가능하지요?"

　"그래서 저희는 일단 범인을 키가 작은 남자로 추정하고 있습니

84

다. 여자라면 순간적으로 짧은 공간 안에서 칼로 그 정도의 길이
로 찌를 만한 힘을 내기 힘들다는 게 저희들의 판단입니다. 피해
자가 약한 여자치고는 키가 큰 편이기 때문에 범인은 남자로서 약
간 작은 편에 속한다면 손의 범위 안에 그곳이 들어갈 수가 있습
니다.”
“그렇지만 다른 사람들이 볼 수밖에 없지 않겠소. 그렇게 많은 사
람들이 있었는데.”
“일반적으로 좁은 공간에 사람들이 빽빽하게 들어차게 되면 사람
들은 고개를 숙여 아래를 볼 수 없습니다. 칼은 신문이나 또는 계
절이 겨울이었기 때문에 외투 따위의 안에 흉기를 은닉하고 있을
수도 있습니다.”
“그래요……”
고개를 끄덕거렸지만 문박사는 여전히 의심쩍다는 표정이었다.
최경감이 좀더 자세히 설명했다.
“저희가 추정한 범행 장면은 다음과 같습니다. 범인은 만원 전동
차 안에서 피살자의 등뒤에 바짝 붙어 있었습니다. 물론 내려진
손에는 칼이 쥐어져 있었고 그건 사람들에겐 보이지 않게 신문이
나 옷자락 안에 감춰져 있었다고 생각됩니다. 드디어 전동차가
역에 도착하고 사람들이 나가려고 막 꿈틀거리고 있었습니다. 칼
은 목표를 겨냥하고 있었겠지요. 드디어 문이 열리고 사람들이
물살처럼 쏟아져 나가는 순간, 밀려나가는 여자의 등뒤에 바짝 붙
어선 그는 그 밀려나가는 힘을 이용해서 힘껏 찌르면서 밀어버린
겁니다. 칼까지도요. 그리고 주위 사람들에 휩쓸려 사라져 버립
니다……”

문박사가 무언가 좀 이해가 된다는 표정을 지었다.

"이제 좀 그럴 듯하군요…… 바짝 붙어 서라…… 참, 아까 하던 이야기?"

"네, 그래서 피살자 주변을 샅샅이 조사해 보았지만 현재로는 원한이나 치정 관계로 용의선상에 오를 만한 인물이 없습니다. 그렇다면 범인이 성도착자, 특히 많은 사람들이 있는 가운데서 여자의 국부에 칼을 찔러 넣을 정도라면 정신 이상자라는 이야기가 될 수 있겠는데요, 정신 이상자라면 어떻게 그렇게 치밀하게 준비할 수가 있겠습니까?"

말을 마친 최경감은 문박사를 바라보았다. 문박사는 고개를 끄덕이며 진지하게 최경감의 말을 듣고 있다가 최경감과 시선이 마주치자 탁자 위에 놓여 있던 잔을 들어 남아 있던 커피를 훌쩍 마시고는 벌떡 일어서서 서가로 갔다. 그리고는 몇 가지 자료를 꺼내 가지고 다시 자리로 돌아왔다.

"일단 범인을 이상 성심리를 가진 정신 장애자라고 놓고 이야기를 진행하는 것이 좋을 것 같군요. 만일 다른 이유가 있는 사람일지라도 그 행동만으로 충분히 그런 판단을 내릴 만하니까요. 좀 복잡한 문제라서 내가 일일이 설명을 드리기에는 좀 복잡할 것 같소. 간단하게 강의식으로 할 테니 앉아서 공부 좀 하도록 합시다."

문박사는 자료를 뒤적거렸다. 마치 범죄 심리학 강의를 시작하는 듯한 태도였다.

"물론 현대인은 거의 모두가 정신적 장애를 갖고 있다는 것은 이미 잘 알려져 있는 사실이오. 그중에서 특히 파괴적이고 반사회

86

적인 행동을 하는 정신 질환을 가진 사람도 해마다 증가하고 있고 또 그들의 행동의 원인도 찾아내기 힘든 것이 사실이오. 그것들은 일반적으로 이상 행동이라 이야기하는 범주에 속하는데 이런 구체적인 사례들이 있어요."

그는 한 장씩 넘기면서 말했다.

"대전에서 일어난 사건인데 이유 없이 노인들의 머리에 휘발유를 끼얹고 불을 지른 젊은 청년이 있었어요. 그리고 이건 어린 자식을 이유 없이 학대하다가 살해한 어머니, 또 자기를 배반했다고 하면서 선량한 사람들을 마구 살해한 사건도 있어요. 이외에도 이와 유사한 사건들이 많은데 문제는 그들이 보통 때는 일반인들과 다르게 행동하지는 않았다는 거지요. 보통 때는 아주 정상적인 생활을 하다가 특별한 경우나 내적 통제의 한계를 넘었을 때만 이런 이상 행동을 보이게 된다는 것이지요. 따라서 그 사건의 범인도 보통 때는 아주 정상적인 생활을 하고 있을 가능성도 많다고 할 수 있어요."

문박사의 강의가 물 흐르듯이 진행되었다.

"일반적으로 현실에의 적응이라는 개념은 정상 분포 곡선으로 설명할 수가 있소. 즉 보통을 중심으로 군집화된 집단을 정상, 양극에 군집화된 집단을 이상이라 할 수 있지요. 양쪽 극에 있는 이상의 한쪽은 정신병원에 입원하거나 이번 범행을 한 사람처럼 정상적으로 보이지만 이상적인 심리를 잠재적으로 가지고 있는 부류라고 할 수 있고, 다른 한쪽은 많은 사람들의 선망이 되는 집단이오. 극히 소수의 천재적인 재능을 지닌 예술가나 과학자가 바로 여기에 속하지요."

"그렇다면 정상과 이상을 구분하는 명확한 선이 없다는 말씀인데
요, 이처럼 확실한 위험한 행동을 하는 경우처럼 확연히 구별되지
않습니까?"

"일반적으로 정신병적 장애자는 자신의 행동을 통제할 수 없는 것
이 사실이오. 정신분열증 환자는 사고와 추상화 능력이 크게 결
여되어 있고, 따라서 합리성을 잃고 행동할 가능성도 얼마든지 있
어요. 무엇보다도 망상과 환상에 사로잡혀 있는 것이 그들의 특
징이지요."

"그렇다면 그들은 정상적인 사회 활동을 할 수 없는 것 아닙니
까?"

"일반적으로는 그렇지요. 하지만 정신병의 범주는 너무 넓고 밝
혀지지 않는 영역도 많아요. 특히 발병 원인이 복합적이기 때문
에 증상이 일반적으로 나타나지 않아요. 그래서 정신과에서는 환
자를 증상의 범주로 나누어서 치료하는 연역적 방법을 쓰는 것이
지요. 따라서 범인이 극히 정상적인 사회 생활로 잘 지내고 있을
수도 있다는 가능성도 충분히 고려해야 되는 거지요. 그런 사람
의 경우라면 자신을 보호하기 위해 편집적인 치밀함으로 계획을
세우고 실천할 수도 있고요."

"네……."

최경감은 알아들었다는 표정을 짓고 있었지만 마음속은 답답했
다. 그렇다면 이건 아주 정상적인 생활을 하는 미치광이를 상대해
야 한단 말인가.

"만일 박사님이 말씀하신 그런 놈이 범인이라면 정상적인 생활을
하다가 갑자기 그런 짓을 한 이유는 무엇일까요?"

"글쎄요, 그건 잘 알 수 없어요. 무슨 이유에서 그랬는지. 그런 증상을 전문 용어로 '행위의 장애를 수반하는 적응 장애' 혹은 '반사회적 인격 장애'라고 하는데 특이한 상황이나 조건에서 우세하게 나타나는 질환이지요. 모르긴 몰라도 아마 범행으로 보아 성도착적 장애와 관련이 있는 것은 틀림없어요. 아마 피해자의 외모나 어떤 특이한 행동 혹은 지하철의 복잡한 상황 등이 복합적으로 작용했는지도 모르지요. 또한 잠재되어 있던 어떤 요인이 특별한 충격적인 상황을 맞아 나타난 것인지도 모르고요. 사랑의 상실이나 성에 대한 혐오감 같은…… 에컨대 실연 같은 것도 한 요인이 될 수 있겠지요……."

"범인이 죄의식을 느낄까요? 그러니까 제 말은 범인이 그 죄의식 때문에 겉으로는 평범한 일상 생활을 하면서도 무슨 특이한 표시가 나는 행동을 한다든가……."

"대부분의 경우, 특히 극단적 파괴 충동에 사로잡힌 범인의 경우 그 충동에 사로잡혀 다른 모든 것을 고려할 여유가 없어요. 하지만 그런 행동을 하면서도 자신의 행동을 철저히 은폐한다는 것은 이미 그의 잠재의식 속에 죄의식이 자리잡고 있다는 말이 돼요. 물론 그는 그것을 인정하지 않지만 말이오. 그는 자신의 행동이 어쩔 수 없었기 때문이다라든가 아니면 정당하게 해야 할 일을 했을 뿐이라고 생각하겠지요. 그렇기 때문에 전혀 자신의 내면을 들키지 않게 철저히 문을 닫고 있는 것이 특징이지요. 일반적으로 다른 사람들과 관계를 잘 유지하지 못하는 것 외에는 특별한 점을 겉으로 발견하기 힘들어요. 하지만 타인과의 관계 단절이란 현대인의 일반적인 정신적 기질이기도 하니까……."

말을 맺지 못한 채 문박사는 답답하다는 듯이 고개를 들었다.

"정말 큰 일이오. 날이 갈수록 점점 심한 정신적 질환자들이 나타나고 있어요. 그것도 파괴적이고 잔인한 범죄들과 연결되면서 말이오. 인간성이 점점 파괴되어 가고 있는 모습이 각종 범죄 기록을 통해 눈에 보이듯이 선명히 나타나고 있어요. 이러다간 우리나라도 머지 않아서 범죄 천국인 미국 같은 꼴이 될 것 같은 생각이 듭니다."

최경감은 문박사의 마음을 이해할 수 있었다. 오랜 일선 수사관 생활의 경험에서 자신도 그와 비슷한 결론을 마음속에 가지고 있었던 것이다.

처음 수사관 생활을 시작할 무렵만 해도 범죄는 먹고 살기 위해서나 혹은 어쩔 수 없어서 저지르는 것이 태반이었다. 하지만 요즈음에 있어서는 단순한 먹고 살기 위해서라기보다 향락과 사치를 위해, 더 많은 재물과 여유를 유지하고 재생산하기 위해 저지르는 범죄가 대부분이었고 그 수법도 갈수록 대담해지고 잔인해졌다.

그뿐만 아니었다. 특별한 동기도 없이 잔인한 범죄를 저지르는 일도 늘어나고 있는 것이다. 단순히 기분이 나빠서나 혹은 세상을 살기 싫어서, 아니면 세상을 깜짝 놀라게 해 주겠다는 것이 그들의 범행 동기였다. 그리고 그런 사건일수록 미궁으로 빠져들기 십상인 것이다.

또 하나 성범죄가 대상이나 방법을 가리지 않고 증가하고 있으며 단순한 성욕보다 변태적인 욕구나 범행을 은폐하기 위한 수단으로 쓰이고 있다는 점이 더욱 수사를 곤란하게 만들었다.

무엇보다도 갈수록 범죄를 저지르는 연령층이 낮아지고 그들의 비율이 증가하고 있으며 범행 방법도 아주 흉포해진다는 사실도 심각한 현상으로 나타나고 있는 것이다.

그리고 가장 중요한 사실은 범인들이 전혀 죄의식을 느끼지 못한다는 사실이었다. 돈이 없거나 재수가 없어서 잡혔을 뿐이고, 잡혔으니까 징역을 살 뿐이라고 태연하게 진술하는 꼴을 보면 최경감은 치솟는 화에 앞서 자신의 일에 대한 회의가 짙게 일곤 했다.

"최반장?"

"네!"

"어지러운 세상이오. 최반장이 고생이 많소."

문박사는 따뜻한 눈길을 보냈다. 그리고는 자료를 간추리며 서두르듯 말했다.

"대충 내가 할 수 있는 이야기는 다 한 것 같소. 별 도움이 되지는 않았겠지만 하여튼 내가 생각하기로는 범인이 피살자의 주변 사람이 아니라면 그는 불특정 다수, 특히 젊은 여자를 노리는 이상 행동자며, 도착적인 성병질자요. 그리고 그는 겉으로는 멀쩡한 생활을 하고 있지만 언제라도 그런 행동을 아주 태연하게 재현할 수 있는 개연성을 갖고 있는 인물이오. 아주 위험하다고 할 수 있지요."

"그 말씀은 범인이 또 다른 범행을 저지를지도 모른다는 말씀이군요?"

"그래요, 물론 그렇게 되지 않기를 바라고 또 그렇게 되어서도 안 되겠지만 말이오……."

"이건 다른 각도에서 묻는 말씀인데…… 그렇게 성도착으로 변하게 되는 어떤 환경적인 요인이 특별히 있습니까?"

"잘 아시겠지만 대부분의 이상 심리는 유년기에 그 근원을 두고 있지요. 대부분 성병질자의 경우 그 근원은 어머니라고 할 수 있어요. 그 어머니란 물론 정상적이 아닌 상실된 어머니지요. 비정상적인 이별, 사랑받지 못한 기억들, 특히 가정 폭력에 의한 결손 가정은 아동의 일생을 좌우하는 중대한 상처를 남기지요. 대부분의 청소년 범죄, 특히 성범죄의 경우 자세히 살펴보면 십중팔구는 그와 같은 원인이 숨어 있어요. 그런데 이 세상에는 점점 많은 가정이 파괴되고 있어요. 문제요, 문제……."

한숨처럼 말꼬리를 흐리며 문박사는 자리에서 일어나 창문 쪽으로 걸어갔다. 그리고 무심히 창 밖을 바라보았다. 최경감은 문박사의 말끝이 가슴을 치고 들어오는 것을 느꼈다. 가정이 문제인 것이다. 딸의 편지가 갑자기 떠올랐다. 혹시 문박사가 자신의 가정 사정에 대해 들은 바가 있는 건 아닌지 하는 생각이 들었다. 아무도 모르고 있는 일이긴 했지만…….

최경감은 자리에서 일어섰다. 그리고 문박사가 응시하는 시선을 따라서 밖을 바라보았다. 연구소 전경 너머로 음울한 하늘 아래 희뿌연 도시의 모습이 드러나 있었다. 문박사는 말없이 그대로 바깥을 보고 있었다. 최경감은 고개를 숙였다.

"저, 박사님, 그만 가봐야겠습니다."

문박사가 뒤를 돌아보았다.

"아 참, 미안해요. 무슨 생각에 빠져서 그만……."

"죄송합니다. 바쁘신데 이렇게 좋은 말씀 많이 듣고 갑니다."

"아니오, 오랜만에 많은 말을 했어요. 요즘 사람들은 나 같은 사람을 잘 찾아오지 않아서…… 도움이 좀 되었소?"

"정말 고마웠습니다. 늘 이렇게 신세만 지고……."
최경감은 정말로 면목이 없다는 생각이 들었다.
"신세는 무슨…… 하여튼 또 만납시다. 혹시 내 덕분에 범인을 잡
게 되거든 소주라도 한잔 사시오. 그렇지 않더라도 가끔씩 전화
라도 한 통 하고."
"그러겠습니다."
최경감은 문을 열고 밖으로 나왔다. 문박사도 따라 나왔다. 복도
를 한참 걷다 문득 최경감은 뒤를 돌아보았다. 저만치 문앞에서 문
박사가 아직도 자신을 지켜보고 서 있었다. 문박사는 돌아보는 최
경감을 향해 빙그레 웃으며 손을 들어 보였다. 그는 엉거주춤 고개
를 숙이고 다시 몸을 돌렸다.
최경감은 복도 가운데 있는 층계참을 내려서면서 문박사가 아직
까지도 문앞에 서 있을 것 같은 생각이 들었지만 뒤를 돌아보지 않
았다. 그것은 그의 배웅에 대한 작은 예의였다.
최경감은 현관을 나와 연구소의 주차장을 향해 걸었다. 문득 하
얀 어떤 것이 눈길을 끌어 그의 발걸음을 멈추게 했다. 아직도 찬
바람에 수줍게 떨고 있는 갓 피어난 하얀 목련이었다.

5
악몽

안개에 싸인 듯 희뿌연 곳이었다. 분명히 기억 속 어딘가에 있는 곳이었지만 어딘지 명확하게 떠올릴 수 없는 그런 곳이었다.

무언가가 끊임없이 스쳐가고 있었다. 붉고 흰 것들이 언뜻 나타났다 사라졌다. 붉은 것은 조그만 핏방울 같다가 갑자기 꽃처럼 활짝 피고, 하얀 것은 둥근 여자의 알몸처럼 부드럽다가 갑자기 차갑게 빛나는 어떤 것으로 변했다. 거대한 푸른 글자들이 허공을 가득 채우며 나타났다. 무슨 글자인지 읽으려고 하는 순간 그것들은 갑자기 사라져 버렸다. 몸은 어느새 어둠 속에 혼자 서 있었다. 홍인표는 그 속을 끝없이 헤매고 다녔다. 그는 무엇인가를 간절하게 찾고 있었다. 하지만 그것이 무엇인지 알 수 없었다.

아까부터 어떤 낮은 목소리가 의식의 한쪽 끝에서 집요하게 속삭이고 있었다. 일어나라, 일어나야 한다…… 홍인표는 자신을 깨우기 위해 안간 힘을 썼지만 의식은 다시 한없이 밑으로 가라앉기만 했다. 잠시 깜박 의식을 잃어버렸다는 생각이 들었다. 홍인표는 안간힘을 써서 겨우 놓친 의식의 끈을 잡았다. 그 순간 가슴이 써늘해졌다.

누군가가 머리맡에서 내려다보고 있었다. 선명한 모습이었다. 무표정한 얼굴, 차가운 눈빛, 건장한 어깨와 커다란 손에는 하얀…….

홍인표는 찢어지는 비명을 지르며 소스라쳐 벌떡 일어났다. 막혔던 숨이 겨우 터졌다. 홍인표는 가슴을 들먹이며 거칠게 숨을 들이쉬었다. 심장이 마구 벌떡거려 얼굴이 터질 것 같았고 온몸이 식은땀으로 축축하게 젖어 있었다.

정신 없이 앉아 있던 홍인표는 이윽고 길게 숨을 내쉬며 좌우를 둘러보았다. 희미한 박명을 통해 사물이 어렴풋하게 드러나 있었다. 그는 창을 바라보았다. 검은 커튼 사이로 새벽의 푸른 빛이 흘러 들어오고 있었다.

그는 손바닥으로 이마의 식은땀을 훔치고는 힘겹게 자리에서 일어나 창문으로 갔다.

골목길로 향한 그 창의 중간쯤에 도로 바닥이 걸려 있었다. 창문은 이상 없이 잠겨져 있었다. 그는 옷을 주워 입고 부엌으로 가서 물을 몇 모금 마신 뒤 집안을 둘러보았다.

홍인표가 살고 있는 곳은 지상 2층, 지하 1층의 3층짜리 연립주택의 지하층이었다. 반지하인 이곳은 안방과 거실겸 입식 부엌, 욕실겸 화장실로 이루어져 있었다.

현관 문도 단단히 잠겨 있었다. 그는 문을 열었다. 현관에서 이어진 대여섯 계단 위쪽에 검은 철문이 자리잡고 있었다. 지하층 사용자를 위해 만든 문이었다. 문 아래로 신문이 떨어져 있는 것이 보였다.

홍인표는 계단을 올라가 신문을 집어들었다. 바깥으로 벌써 바쁘게 움직이는 사람들이 보였다. 그는 집안으로 들어오면서 다시 현관문을 잠갔다.

홍인표는 들고 온 신문을 식탁 위에 올려 놓고 사회면부터 펼쳤다. 어제와 마찬가지로 사건에 대한 기사는 없었다. 그는 신문을 넘겼다. 역시 마찬가지였다. 처음에는 난리라도 난 듯이 호들갑을 떨어대던 신문도 몇 주 지나자 별 흥미가 없는 모양이었다.

광고란까지 세밀히 훑어보고 난 홍인표는 신문을 덮고 싱크대로 가서 주전자에 물을 받아 가스렌지에 올려 놓고 불을 켰다. 탁 하는 소리와 함께 쇄 하며 파란 불꽃이 기세 좋게 타오르기 시작했다. 그는 의자를 가져다 그 앞에 앉았다. 그는 무표정한 얼굴로 차가운 불꽃을 지그시 응시했다. 그는 간밤의 악몽을 떠올리고 있었다.

가슴속 깊은 곳에서는 잔잔한 떨림이 밀려오고 있었다. 몸이 뻣뻣해지고 숨이 가빠 왔다.

망막 안쪽 깊은 곳에서 붉은 애무의 자국이 선연한 그 여자의 하얀 목덜미가 떠올랐기 때문이다. 뒤를 이어 그날의 모든 장면들이 줄지어 떠오르면서 마침내 마지막 그 순간이 선명하게 확대되어 천천히 떠올랐다. 그 잊을 수 없는 무서운 쾌감이…….

아랫배에서 찌릿한 느낌이 전류처럼 척수를 타고 올랐다.

주전자에서 김이 솟아오르며 물이 끓기 시작했다. 그는 일어나서 커피잔을 꺼내 진하게 커피를 탔다. 그는 뜨거운 커피잔을 식탁 위에 올려 놓고 피어오르는 김을 바라보며 조용히 앉아 있었다.

떨림이 점점 커져 전신으로 번져 가고 있었다. 악몽과 함께 간헐적으로 다가오는 이 견딜 수 없는 떨림이 어디서 오는지 알 수 없었다. 하지만 그것이 얼마만한 고통으로 자신을 괴롭힐 것인지 그는 잘 알고 있었다. 이미 가슴이 덜덜 떨리면서 호흡이 거칠어지고 딱딱해진 아랫도리가 아파왔다.

홍인표는 떨리는 두 손으로 뜨거운 커피잔을 꼭 감싸잡았다. 손바닥으로 뜨겁다가 다시 간질거리는 듯한 느낌이 커지면서 이윽고 견딜 수 없는 통증이 왔다. 그는 이를 악물고 참을 수 없을 때까지 잔을 잡고 있었다. 고통스러운 쾌감과 함께 떨림이 조금 가라앉았다.

출근 준비를 마친 홍인표는 거울 앞에 서서 자신을 바라보았다. 얼굴은 야위었지만 깔끔한 정장 차림의 단정한 회사원이 거기 서 있었다. 그는 어두운 색의 넥타이와 하얀 와이셔츠, 검은 양복과 검은색 바바리 코트를 입고 있었다.

문 앞으로 온 홍인표는 선뜻 밖으로 나가지 못하고 머뭇거렸다. 그는 울 것처럼 얼굴을 잔뜩 찌푸린 채 시계와 장롱을 번갈아 보면서 방안을 서성거렸다.

그렇게 약 2분쯤 지났을까. 홍인표는 어금니를 꽉 깨문 뒤 마침내 손을 뻗어 장롱 문을 열었다. 옷장 서랍 깊숙한 곳에는 몇 개의 날카롭게 벼려진 칼들이 나란히 누워 있었다. 그는 손을 집어넣어 자그마한 과도 하나를 꺼냈다. 그는 칼을 코트 주머니에 집어넣고 시계를 본 뒤 출근길에 올랐다.

홍인표는 문이 단단히 잠긴 것을 확인한 뒤 주위를 살피며 조심스럽게 집을 빠져나왔다. 지하철역으로 뻗어 있는 도로에는 많은 사람들이 줄지어 바쁜 출근길을 재촉하고 있었다. 사람들의 흐름을 따라 걸으면서도 전철역으로 들어서서 표를 사고 태연하게 승강장을 걸으면서도 그의 의식은 부지런히 주위를 살피고 있었다.

홍인표는 승강장을 걸어 한 지점에 멈춰 섰다. 이윽고 의정부발 인천행 1호선 열차가 도착했다. 전동차 안은 출근길의 사람들로 가득 차 있었다. 하지만 홍인표는 그 열차를 타지 않았다. 그는 용산행 국철을 기다리고 있었던 것이다.

용산행 국철은 세 정거장째 청량리역에서 1호선과 갈라져 네 정거장째 왕십리역이 있다. 그 역은 지하철 2호선과 연결되어 있기 때문에 거기서 2호선으로 갈아타고 을지로 3가역에 내려 조금만 걸으면 평소와 다름없이 출근할 수 있었다.

한 시간에 서너 번 다니는 용산행 국철은 대학교를 많이 경유하는 노선인 까닭에 통학 열차라고도 불린다. 열차가 올 시간이 가까와진 탓인지 대학생 차림의 많은 젊은이들이 가방을 들고 서서 열차를 기다리고 있었다. 조금 있으면 용산행 열차가 도착할 것이다. 홍인표는 태연한 얼굴로 서서 주머니 속의 손가락을 살살 움직여 조심스럽게 칼날을 더듬었다. 그는 속으로 중얼거렸다.

나는 잡히지 않는다. 나는 들키지 않는다. 보라, 지금 내가 서 있는 곳을. 나는 기다리고 있다. 기다리고 있는 것이다. 나는 마치 포충 식물처럼 움직이지 않고 목표물을 기다리고 있는 것이다. 저기 도발적인 여자가 있지만 나는 다가가지 않는다. 여기가 가장 안전하기 때문이다. 정해진 위치를 벗어나면 위험해진다. 기억하라. 사람들로 몸돌릴 틈도 없는 상태에서 계단을 향해 터지듯이 밀려나가는 사람들 속이 가장 안전하고, 그 순간이 가장 눈에 뜨이지 않는 순간이다. 이미 수십 번을 점검하고 확인했지만 언제나 새롭게 기억하라. 완벽할 수 있다면 그 순간은 언제라도 좋다.

그는 주위를 둘러보았다. 사람들이 저마다 바쁜 표정으로 열차를 기다리고 있었다. 열차가 도착할 시간이 다 됐다. 하지만 아직 목표물이 사정권 안으로 들어오지 않았다. 그는 다시 중얼거렸다.

기다리는 것이다. 가장 몸을 낮추어 적의 준동을 기다리는 야전의 병사처럼 언제까지라도 기다리는 것이다. 언젠가 그것은 반드시 모습을 나타낼 것이다.

요란한 신호음이 울리면서 저만치서 열차가 미끄러지듯 달려오고 있었다. 아무래도 오늘은 목표물이 나타나지 않을 모양이었다. 그는 열차를 바라보고는 마지막으로 다시 한번 뒤를 돌아다보았다. 한 여자가 달려오고 있었다. 그녀는 열차가 도착하는 것을 보고 바쁘게 계단을 뛰어 내려오고 있었다.

홍인표는 뛰어오는 여자의 모든 것을 순간적으로 포착했다. 찢어질 듯 팽팽한 청바지 위로 다리 사이의 윤곽이 선명했고 젖가슴은 탄력이 있었다. 긴 머리를 춤추듯 흩날리며 달려오는 여자의 팔에는 책 몇 권이 안겨져 있었다. 여자도 탈 곳을 미리부터 정해 놓은 듯 주저없이 옆으로 왔다. 홍인표의 몸이 굳어졌다.

열차가 홈 안으로 들어왔다. 홍인표는 좀더 자세히 여자를 관찰했다. 뛰어오느라, 가쁜 숨을 쉬느라 입을 약간 동그랗게 벌린 여자의 얼굴이 한눈에 들어왔다. 큰 키에 예쁘게 생긴 얼굴이었다. 주화 목걸이를 건 목은 약간 굵었고 귀에는 파란 하트 모양의 악세서리를 하고 있었다. 그리고…… 눈자위에 약간 그늘이 진 여자의 가쁜 숨결에서는 비릿한 냄새가 풍겼다. 홍인표는 한눈에 알아볼 수 있었다. 틀림없는 목표물이었다. 전동차의 문이 막 열리고 있었다.

홍인표는 몸을 약간 돌려 여자가 먼저 안으로 들어가기를 기다린 뒤 뒤따라 안으로 밀고 들어갔다. 그는 사람들을 밀어붙이면서 여자 뒤로 바짝 붙어 어깨 너머로 여자가 안고 있는 책을 훑어보았다. 책은 대학 교재였다. 이 노선으로 여기서부터 제일 가까운 대학이 ㅎ 대학이었고 거기로 가자면 왕십리역에서 2호선으로 갈아타야 한다. 이 여자가 굳이 이 문으로 타려고 뛰어온 것을 보면 거기서 내릴 작정을 한 것이 틀림없었다. 그렇다…….

힘차게 발기한 아랫도리를 의식하며 홍인표는 바바리 주머니 속의 칼의 손잡이를 손아귀에 힘주어 잡았다. 이미 머리 속에는 모든 계획이 정연하게 정리되어 있었다.

앞으로 진행될 행동을 하나하나 점검하면서 그는 다시 한번 확인해 보았다. 분명히 여자에게서는 냄새가 났다. 아주 희미했지만 그는 그 비릿한 밤꽃 냄새와 여자의 분비물이 남긴 냄새의 입자를 식별할 수 있었다. 더러운 밤의 흥분으로 붉게 상기했다 시든 퇴색한 피부가 욕정의 잔영으로 희미하게 번들거리고 있었다. 입에서 풍기는 비릿한 냄새는 마치 성찬을 즐기다 쓰러져 잠든 다음날 아침처럼 땀과 정액과 향수와 타액의 냄새가 뒤섞여 부패하고 있었다.

열차의 진동에 맞추어 홍인표는 그녀의 옆으로 몸을 돌려 다시 한번 그녀를 자세히 관찰했다. 물안개처럼 서서히 분노가 피어오르기 시작했다.

그녀는 마치 노련한 병사처럼 주의 깊게 간밤의 흔적을 은폐하고 있었다. 향수와 화장품으로 향기롭고 아름답게 위장하고 있었다. 욕정과 거짓으로 가득 찬 교활하고 더러운 여자가 여대생이라는 청순한 이름의 가면을 쓰고 바로 앞에 서 있었다.

그녀는 마치 세상을 처음 보는 듯한 순진하고 맑은 눈을 가지고 있었다. 그녀는 남자들과 몸을 맞부딪치지 않기 위해 가슴을 책으로 감싸안고 의자 옆의 철제 손잡이에 몸을 꼭 붙이고 서 있었다. 주위의 남자 몸이 자신의 뒤쪽에 부딪칠 때마다 그녀는 가늘게 눈살을 찌푸리곤 했다. 마치 순결한 자신의 몸에 무슨 더러운 것이 닿는 것처럼.

홍인표는 자신의 가슴 깊은 곳으로 싸늘한 분노가 끓어오르는 모습을 지켜보고 있었다. 그는 나직이 중얼거렸다.

나는 알고 있다. 네가 아무리 그런 순진한 표정을 지어도 나는 알고 있다. 어젯밤 네가 어떤 신음을 지르며 어떤 자세로 남자를 핥고 어떤 표정으로 절정에 올랐는지를. 너의 하얀 알몸에 묻은 더러운 침과 정액과 너의 그 꿈틀거림을. 아침이 오면 너는 아름답게 치장을 하고 세상에서 가장 순진한 표정으로 학교를 가고 친구들과 어울려 깔깔거리며 아무것도 모르는 남자들 앞에서 순진한 표정을 짓겠지만…… 나는 알고 있다. 네 속에 욕정이 꿈틀거리고, 네 붉은 욕망은 검은 숲 속에 발기하여 부끄러움 없이 옷을 벗고 남자와 온갖 자세로 실험하며 즐기는 진짜 너의 모습을…… 때가 되면 너는 가장 순결한 처녀의 모습으로 또 다른 욕망을 찾아 하얀 드레스를 입고 다른 남자를 찾아갈 것이다.

홍인표의 온몸이 팽팽하게 부풀어오르기 시작했다. 머리 속이 하얗게 비어졌다. 더러운 욕망에 대한 응징의 시간이 온 것이다.

신호 대기 중인 열차가 덜컹 하고 흔들렸다. 홍인표는 여자를 철제 손잡이 쪽으로 바짝 밀었다. 그리고 딱딱해진 아랫도리를 여자의 하반신에 서서히 밀어붙였다. 갑자기 여자의 몸이 석고처럼 딱딱하게 굳어졌다. 자신의 몸에 닿은 것이 무엇인지 알아차린 것이다.

　홍인표는 차가운 눈으로 여자의 하얀 목이 붉어지고 있는 것을 지켜보았다.　이 여자는 무슨 상상을 하고 있을까, 수치심인가 아니면 욕정인가.　하얗게 비어 있는 머리 속으로 하나의 모습이 선명하게 떠오르고 있었다.

　여자가 몸을 틀었지만 그는 용납하지 않았다.　하얀 여자의 알몸을 거칠고 굵은 밧줄로 묶어놓고 그는 온갖 자세로 여자를 강간하고 모욕주었다.　그는 여자에게 소리쳤다.　너 같은 사악하고 더러운 여자는 벌을 받아야 한다. 모든 욕정의 공모자들이　빽빽하게 둘러서서 그 모습을 구경하고 있었다. 그는 그들에게 소리쳤다.

　보아라, 이 더러운 새끼들아.　나는 너희들과 다르다.　나는 이 더러운 여자를 벌 주고 있다.　내가 너희들이 원하는 것을 해 주마.　너희들은 이걸 보고 초라한 그것이나 붙잡고 헐떡거려라.　침을 뱉듯 정액을 뽑아라.　보아라, 이 새끼들아.　모르는 체, 안 보는 체하면서 다 보고 있다는 것을 나는 알고 있다. 움직이지 마라, 이 더러운 여자야.　너는 모욕받고 더럽혀져야 한다.　너는 돌을 맞아야 한다.　모든 순결함을 더럽힌 죄, 아름다운 사랑을 번들거리는 욕정으로 바꾸어 버린 죄, 약속을 지키지 않고 믿음을 깨뜨리고 모두를 속인 죄, 천번을 돌로 맞아야 한다.　꿈틀거리지 마라.　고통을 받아들여라, 이 더러운 여자야…… 내가 너를 구할 것이다.　그 더러움에서 구해 줄 것이다.

　몽롱한 홍인표의 귀에 무슨 소리가 들렸다.　열차가 곧 왕십리역에 도착한다는 안내 방송이었다. 문득 홍인표는 한 혐오스럽고 초라한 인간을 발견했다.

102

사랑에 배신당한 초라한 치한 하나가 여자의 엉덩이에 붙어서 발기된 그것을 비비며 안간 힘을 쓰고 있었다. 그는 아무도 눈치채지 못하게 더러운 욕망을 채우려고 조바심을 내면서도 남들이 듣지 못하는 혼자 소리를 되풀이해 중얼거리고 있었다. 자신의 모습이었다. 홍인표의 가슴은 싸늘하게 가라앉았다. 때가 온 것이다.

그는 주머니 속에 쥐고 있던 과도의 칼날로 조심스럽게 코트 주머니의 바닥를 찢었다. 찢긴 곳을 통해 밖으로 나온 하얀 칼날이 코트 자락 속에 숨어서 부르르 떨리고 있었다. 더러운 여자 하나가 자신의 정체를 찢어발긴 것이다. 알몸으로 하얗게 엎드려 있는 이 더러운 여자가.

참을 수 없는 분노가 저릿한 쾌감과 함께 솟아올랐다. 정신이 아주 맑아지면서 모든 것이 밝고 섬세하게 다가왔다. 결행의 시간이 바로 앞에 있었다. 사람들이 내리기 위해 꿈틀거리고 있었다. 전철이 서서히 멎고 있었다.

아득한 홍인표의 머리 안쪽 높은 곳에서 통제관의 명령이 선명하게 하달되고 있었다. 모든 준비는 완벽한가? 칼은 준비되었는가? 주시하는 사람은 없는가? 몇 걸음 안에 결행해야 하는가? 도주로는? 표정은 준비되었는가……? 그는 계속적으로 하달되는 명령을 따라 다시 한번 모든 것을 점검했다. 완벽했다.

쏴아——하는 소리와 함께 전철이 완전히 멈추었다. 전동차의 문이 서서히 열렸다. 마지막 순간이었다. 그는 목표를 확인했다. 더러운 알몸의 여자가 도망가고 있었다. 사람들과 함께 열린 문을 통해 빠져나가고 있었다. 긴 머리와 하얀 목, 발기한 유두와 검은 숲 속의 부풀어오른 붉은 습지의 질척함.

  홍인표는 여자의 뒤를 바짝 따라 붙었다. 문 밖으로 나서면서 세 걸음 앞에 계단을 보았다. 코트자락 속에서 손이 아프도록 쥐고 있던 칼의 날 끝이 순간 위를 향했다. 여자의 금빛 목걸이와 하트 모양의 파란 귀걸이가 바로 눈앞에서 선명하게 보였다. 여자의 다급한 숨결에서는 여전히 비릿한 냄새가 났다. 그것이 터질 듯 부풀어 올랐다.

  여자의 둥근 엉덩이 사이로 어젯밤 더러운 정액을 빨아들이던 그것이 서서히 부풀어오르며 벌어지고 있었다. 순간 그는 여자의 더러운 습지에 자신의 차가운 그것을 힘껏 밀어넣었다. 여자의 몸을 비껴나면서 홍인표의 손은 조용히 코트자락 속으로 사라졌다. 무성영화의 한 장면처럼 천천히 여자는 계단을 굴러 내려갔다. 사람들이 슬로우 모션으로 움직이고 있었다. 아주 조용했다. 홍인표는 그 옆을 조용히 지나치는 자신의 모습을 볼 수 있었다. 아무도 자신을 보지 못했다. 그는 지하도를 따라 천천히 자신의 길을 걸어갔다.

  머리 꼭대기까지 치솟아오르는 쾌감이 전류처럼 온몸을 흔들었다. 심장이 터질 것 같았다. 꿈결 같았다.

6
지하철

사건 통보를 받은 최경감은 즉시 강형사를 데리고 현장으로 달려
갔다. 두 사람은 임시 수사본부가 있는 지하철 1호선 종로 3가역에
서 3, 2호선으로 전철을 두 번 갈아타고 사건이 일어난 지하철 2호
선 왕십리역에 도착했다.

지하철 방범수사대 왕십리역 출장소에서 사건 당시 제일 먼저 출
동했던 박순경이 짜장면을 먹고 있다가 두 사람을 맞았다.

"글쎄, 가 보긴 하겠지만 벌써 다 조사해 갔는데……."

40대 초반의 큰 키에 부쩍 마른 체격의 박순경은 별로 내키지 않
는다는 듯이 중얼거리며 휴지로 입을 닦고 앞장섰다.

두 사람은 휘적휘적 걷는 박순경의 뒤를 따라 사건 현장으로 갔
다. 사건이 일어난 국철 노선 쪽의 왕십리 역사는 지하에 있는 2호
선 쪽의 역사와는 달리 사람들 몇이 드문드문 앉아 있을 뿐 한산했
다.

피해자가 쓰러졌던 계단에는 핏자국의 흔적만 희미하게 보일 뿐

아무런 다른 자취도 없었다. 박순경이 손가락질하는 흔적을 밟고 한 여자가 무심히 지나가고 있었다.

"여기에요. 바로 이쪽 계단에 쓰러져 있었어요. 피가 고여 흥건할 지경인데도 사람들은 둘러서서 구경만 하고 있었어요. 하여튼 요즘 사람들 무섭다니까요. 그 여자 112 비상 출동 순찰차 아니었으면 아마 피를 너무 많이 흘려서 죽었을 거예요."

마지못해 나서던 처음의 태도와는 달리 박순경은 계단 위아래를 오르내리며 당시 정황을 자세히 설명했다. 그의 장황한 설명을 처음부터 끝까지 찬찬히 듣고 있던 최경감이 설명이 끝나자 준비해 둔 질문을 시작했다.

"그 피해자가 타고 온 열차 말인데…… 성북역에서 출발해서 용산까지 가는 국철 말이야, 자주 다니지 않는 것 같은데 몇 분마다 오지?"

"대략 한 시간에 석 대 정도 다닙니다. 20분에 한 대 꼴이지요. 물론 출퇴근 시간에는 조금 자주 다니는 편이지만요."

"어제 피해자가 타고 온 열차는 몇 시에 도착했나?"

"네, 8시 6분에 도착했습니다."

"그럼 다음 열차는 8시 25분경에야 도착한다는 이야기군. 열차 시각표가 있나?"

"저기 붙어 있습니다. 가끔씩 늦는 경우도 있지만 거의 정확하지요."

박순경이 저만치 승강장 가운데 붙어 있는 하얀 시각표를 가리켰다.

"응…… 그런데 열차가 도착하면 내리는 사람, 즉 2호선으로 갈아

106

타는 사람이 많은가?"

"보통 때는 모르겠지만 출근 시간에는 얼마나 많은 사람들이 한꺼번에 몰리는지 말도 못할 지경이지요."

"주로 출근길의 회사원들이겠지?"

"회사원들도 있지만 ㅎ대학교 학생들도 많아요. 여기서 갈아타거든요. 어제 그 여학생도 ㅎ대학교 학생이었잖습니까."

박순경의 대답을 들으며 고개를 끄덕거리던 최경감이 불쑥 강형사를 돌아보았다.

"강형사, 아까 우리가 수사본부에서 여기까지, 그러니까 종로 3가 역에서 이 역까지 오는 데 몇 분쯤 걸렸는지 혹시 기억하나?"

강형사는 무슨 영문인지 모르는 채 시계를 들여다보았다.

"글쎄요, 반장님. 한 20분쯤 걸린 것 같습니다만……."

"그래…… 자, 이제 병원으로 가지. 참, 박순경도 수고 많았어."

강형사는 영문도 모르는 채 서두르는 최경감의 뒤를 따라 발걸음을 재촉할 수밖에 없었다. 박순경은 멍한 표정으로 잠시 사라지는 두 사람의 모습을 지켜보더니 팔을 치켜올려 길게 하품을 하고는 몸을 돌려 휘적휘적 걸어가기 시작했다.

고딕풍의 건물은 당당한 태도로 높다랗게 서 있었다. 피해자가 입원해 있는 ㅎ대학교 병원이었다. 널따란 병원 앞 광장은 차들로 가득 차 있고 차들과 사람들이 분주하게 오가고 있었다. 최경감은 정문을 들어서면서 다시 육중한 건물을 올려다보며 이맛살을 찌푸렸다.

지은 지 얼마 되지 않은 건물의 외부는 멋지게 꾸며져 있었다. 세련되고 우아한 구조였다. 요즘-들어 이처럼 거대한 병원들이 날로 늘어나고 있었다. 멋있게 설계된 거대한 건물과 번쩍거리는 실내, 바쁘게 움직이는 차가운 표정의 많은 의사들과 최신의 고가 의료 장비를 갖춘 병원이었다. 의료 시설이 절대적으로 부족한 실정에서 큰 병원이 많이 생긴다는 건 나쁜 일이 아니었다. 하지만 최경감은 그런 병원들을 보면 언제나 불편하고 차가운 반감이 들곤 했다.

병원의 업무가 기계적으로 분화되어 마치 공장처럼 바쁘게 돌아가고, 환자들이 인간으로서 대접받지 못하고, 환자를 대하는 의사들이 단순한 조작을 하는 기능공처럼 행동한다는 사실도 마음에 들지 않는 한 이유였지만, 최경감에게는 그 이상의 이유가 있었다. 씁쓸한 기억이었다.

한충식이라는 살인범이 있었다. 고아인 한은 온갖 어려운 밑바닥 생활을 거치면서 자라다 어느 조직 폭력 집단에 속하게 되었는데, 역시 고아 출신으로 술집에 나가던 아내를 만나면서 둘은 손을 씻고 조그만 포장마차를 하며 성실하게 살고 있었다. 그러던 어느 날 옛날의 조직에서 그를 찾아왔다. 어떤 일에 꼭 그의 솜씨가 필요했던 것이다. 당연히 그는 거절했고 조직에서는 보복을 가해 왔다. 견디다 못한 그는 온갖 방법으로 자신을 괴롭히던 조직의 중간 간부를 살해하고 말았던 것이다. 그의 아내는 당시 임신 6개월이었다.

사건을 맡은 최경감은 끈질기게 추적해서 한을 검거했고, 정상은 참작되었지만 누적된 전과 때문에 그는 중형을 선고받았다. 그로부터 2년 뒤, 최경감은 초라하고 지친 그의 아내의 방문을 받았다.

아이가 죽는다는 것이었다. 평소에 살기 바빠서 돌볼 여유가 없이 그냥 내버려 두어도 별탈 없이 잘 자랐는데 갑자기 기침을 하고 열이 불덩이처럼 올라서 병원으로 데리고 가 보니 급성 폐렴이라고 했다. 빨리 치료를 받지 않으면 위험하다는데 병원에서는 돈이 없다고 치료를 거부한다는 것이다. 그녀는 병원 응급실에 아이를 혼자 눕혀 놓고 보증금을 구하려고 사방을 헤매다가 결국 최경감에게까지 찾아왔다며 울먹였다. 최경감이 서둘러 보증을 서서 겨우 치료를 시작했지만 이미 때가 너무 늦었었다.

그 뒤 그녀가 어떻게 되었는지는 알 수 없었다. 하지만 아이의 하얀 뼛가루를 뿌리며 말없이 붉게 일렁이는 강물을 바라보던 그녀의 눈빛을 잊을 수는 없었다.

최경감은 조금 전 거대한 병원 건물을 바라보면서 다시 한번 강가에 서 있던 그녀의 모습을 떠올렸던 것이다.

대형 유리로 된 로비의 자동 문이 스르르 열렸다. 최경감은 강형사의 뒤를 따라 로비로 들어섰다. 병원 특유의 냄새가 후끈한 온기에 실려 밀려왔다. 로비는 혼잡했다.

입원복을 입은 환자들, 면회객, 방문객, 그들의 보호자, 입원 수속이나 퇴원 수속을 하기 위해 원무과 앞에 몰려서 있는 사람들로 혼잡하게 들끓고 있는 사이로 가운을 착용한 의사들과 간호사들이 활기차게 움직이고 있었다. 최경감은 로비 안의 냄새와 소음과 북적거림에 잠시 이맛살을 접었다. 갑자기 머리가 아파오는 것 같았다.

머리를 온통 붕대로 감은 한 소년이 신난다는 듯 링겔병을 매단 휠체어 위에 앉아 밀려오고 있었다. 휠체어를 밀고 있는 어머니인 듯한 여인의 얼굴에는 근심스런 기색이 가득 했다. 소년이 지나가는 바로 옆, 긴 의자 위에는 마치 해골처럼 깡마르고 검붉은 얼굴을 가진 한 노인이 퀭한 눈을 멍하니 천정으로 향한 채 앉아 있었다.

광대뼈가 튀어나온 그의 얼굴은 새카맣게 타 있었고 수수대처럼 마른 몸에는 환자복이 헐렁하게 걸쳐져 있었는데, 마치 저승 사자와 동행하다 그가 잠시 다른 영혼을 데리러 어디로 간 사이에 지친 다리를 쉬며 돌아오기를 기다리고 있는 것 같았다.

최경감의 미간 사이로 짙은 주름이 잡혔다. 고통과 불행과 가난의 냄새가 크레졸의 냄새와 뒤섞여 진하게 머리를 흔들었기 때문이었다.

이 도시의 어디를 가도 만원이듯이 병원에도 역시 사람들로 가득 차 있었다. 병원에 와 보면 세상에 이토록 아픈 사람이 많다는 것에 새삼 놀라곤 하는 것이다. 큰 병원이든 작은 병원이든 늘 치료를 기다리는 사람들로 가득 차 있었고, 특히 대학병원은 붐비는 시장판과 조금도 다를 바 없었다. 거대한 병원 건물 곳곳에서, 응급실과 입원실과 진료실 앞에도 사람들이 줄지어 서 있거나 여기저기 삼삼오오 늘어앉아 있는 것이다. 고통과 가난에 찌든 초라한 얼굴들이 우글대는 복도를 지나다 보면 세상이 고해라는 부처의 말이 새삼 실감나게 느껴지는 것이다. 직업상 병원을 자주 드나드는 편이지만 최경감은 늘 병원을 찾을 때마다 그런 실감을 새삼스럽게 느끼곤 했다.

저만치 앞서 간 강형사가 원무과 담당 직원에게 신분증을 제시하며 무어라 떠들고 있었다. 자신감 넘치는 힘찬 몸짓이었다. 최경감은 그의 몸에서는 활기가 밖으로 퍼져나오는 걸 느낄 수 있었다.

최경감은 강형사 곁으로 다가갔다. 강형사는 직원이 내민 차트에 적힌 피해자의 인적 사항을 부지런히 수첩에 적어 내려가고 있었다. 둘은 산부인과 병동으로 갔다.

강형사가 내민 신분증을 보고 안으로 들어갔다 나온 간호사는 진료를 끝낸 여자가 문을 열고 나오자 두 사람을 들여보냈다. 손을 씻고 있던 여의사가 두 사람이 들어오는 것을 보자 서둘러 손을 닦고 미소를 띤 얼굴로 다가왔다.

생각과는 달리 후덕한 인상이었다. 안경만 아니라면 그냥 평범한 주부라고밖에 생각할 수 없을 만큼 평범한 중년 여성의 모습이었다.

"경찰에서 오셨다구요?"

"바쁘신데 죄송합니다."

"아니에요. 앉으세요."

그녀는 소탈하게 웃으며 두 사람을 소파로 안내했다.

"어제 오셨던 분들이 아니시군요."

자리에 앉으며 그녀가 말했다.

"네, 저희들은 소속이 다릅니다. 실은 다른 사건을 수사하고 있는데 이번 사건과 연관성이 많아서 좀 자세히 알아보기 위해 이렇게 찾아왔습니다."

"참 무서운 세상이에요. 얼마 전에도 비슷한 환자가 온 적이 있었지요. 면도칼을 가지고 다니다가 여자의 드러난 허벅지만 보면 긋고 도망가는 정신병자의 소행이라나요……."

"네, 요즘 들어 부쩍 그런 사건이 많지요."

최경감은 장황해지려는 그녀의 말을 끊으며 간략하게 용건을 설명했다. 그녀는 쉽게 이야기의 핵심을 파악했다.

"그러니까 상처의 위치와 형태를 정확하게 알고 싶단 말씀이시군요? 당시의 상황을 알아보기 위해서."

"바로 그렇습니다."

강형사가 반색을 하며 당겨 앉았다. 그녀는 일어나서 책상으로 가더니 환자의 임상 차트를 찾아 돌아왔다.

"상처는 좌측 회음부에서 질강으로 이르는 비스듬하게 벌어진 자창상입니다. 길이는 8cm가량 되고요. 칼은 경찰에서 회수해 갔어요."

강형사가 물었다

"방향은 어느쪽입니까?"

"왼쪽에서 오른쪽으로 10도 가량 비스듬하게 나타나 있어요."

최경감과 강형사는 잠깐 마주 보았다. 최경감이 물었다.

"환자의 상태는 어떤가요?"

"일단 외과적으로는 큰 문제가 없습니다. 수술로 회복될 수 있는 정도의 상처니까요. 그리고 산부인과적 기능, 즉 성기능이나 출산 기능은 일단 기간이 지나봐야 하겠지만 중대한 손상은 없는 것 같아요. 하지만……."

의사는 사무적인 어조로 말하다가 이 대목에 이르러서 눈살을 찌푸리며 말을 흐렸다.

강형사가 다그치듯 물었다.

"그런데요?"

"문제는 다른 데 있습니다. 환자가 마취가 풀리면서 발작을 한번 일으켰어요. 지금은 진정 상태이긴 합니다만……."

최경감은 무언가를 생각하는 듯한 표정으로 고개를 끄덕거렸다. 대화 내용을 수첩에 적고 있던 강형사가 고개를 들었다.

"피해자를 만날 수는 있겠지요?"

여의사는 고개를 저었다.

"글쎄요, 되도록이면 사람들과의 접촉을 피하는 게 좋아서 면회

자나 면회 시간을 통제하고 있습니다. 환자에게 낯선 사람들을 만나게 한다는 건 별로 좋지 않다는 판단이 되는군요. 심한 우울증 증세를 보이는 것 같기도 하구요."

정중한 거부였다. 외모와는 달리 역시 의사답게 단호한 부분이 있었다. 그건 의사의 권한이기도 했다.

"하지만 저희들은……."

강형사가 뭐라고 나서는 걸 최경감이 손을 들어 제지했다. 시간이 좀 걸리더라도 사실을 설명하고 이해를 구해야 할 것 같아서였다. 최경감은 정중한 태도로 윤미라 사건의 전모를 범행 사실, 방법, 발생 장소, 시간 등으로 나누어 조목조목 상세하게 설명하기 시작했다. 현재로 볼 때 두 사건은 동일범으로 보이며, 그래서 꼭 환자를 만나야만 다시 일어날지도 모르는 제 3의 범행을 막을 수도 있다는 자신들의 입장을 전달하는 것으로 설명은 끝났다.

고개를 끄덕이며 이야기를 듣고 있던 여의사는 최경감의 이야기가 끝나자 길게 한숨을 내쉬며 입을 열었다.

"네에, 그렇다면 조금 이해가 되기도 하는군요. 그런 발작을 일으킨 이유와 그 뒤에 나타난 우울 증상 같은 것이 말이에요."

강형사가 고개를 들며 물었다.

"그런 발작이라니요?"

"네, 마취가 깨면서 아주 심한 욕설과 경련을 일으켰는데 그 욕설의 내용이 주로 남성들…… 특히 남자의 생식기에 관련된 부분들이 많았어요."

여의사의 말끝이 약간 머뭇거리며 볼이 약간 붉어지는 듯했다. 하지만 이내 그녀는 담담한 사무적 어조로 돌아갔다.

“저도 처음에는 그 증세를 보고 의아심을 가졌어요. 물론 마취가
깨면서 나타나는 증상은 주로 억압된 무의식의 발로라고 합니다
만 젊은 여자의 입에서 나올 소리는 아니거든요. 또 물론 상처를
입은 곳이 좀 특별한 곳이긴 하지만 단순히 사고를 당해 상처를
입었다는 사실만으로 그런 증상이 나타난다는 것은 좀 이해하기
힘들었지요. 오늘 그 이야기를 들으니까 무언가 좀 풀리는 듯한
느낌이 드는군요.”

그녀는 고개를 끄덕거린 뒤 탁자 위에 올려진 두 손바닥을 맞붙인
채 잠시 생각을 하다가 고개를 들었다.

“좋습니다, 협조를 해야만 하겠군요. 하지만 최대한 짧게 끝내셔
야 합니다. 물론 제가 입회를 해야 하구요.”

피해자가 있는 입원실 앞에서 기다리고 서 있던 최경감은 무심코
담배를 꺼내 물다가 도로 집어넣었다. 그때 미리 들어가서 환자와
이야기를 나눈 여의사가 문을 열고 말했다.

“들어오세요.”

두 사람은 안으로 들어섰다. 옆으로 창문이 나 있는 아주 자그마
한 독실이었다. 안쪽으로 침대가 하나 놓여 있고 그 위에 20대 초
반의 여자가 누운 채 들어오는 두 사람을 바라보고 있었다. 두 사람
이 다가가자 여자는 눈을 내리깔며 쥐고 있던 여의사의 손을 꼭 잡
았다. 최경감이 나지막한 목소리로 입을 열었다.

“겁내지 말아요, 아가씨. 우린 나쁜 사람이 아니니까. 간단하게
몇 가지만 묻겠어요. 대답할 수 있겠어요?”

여자가 고개를 숙인 채 조그맣게 고개를 끄덕였다. 하지만 여의
사의 손을 잡은 그녀의 손에는 더욱 힘이 들어가 있었다. 의사가 그

녀의 등을 부드럽게 쓰다듬었다. 최경감이 부드럽게 입을 열었다.
강형사가 들고 있던 수첩을 폈다.

"한두 가지만 대답해 주시면 됩니다. 마음을 편하게 가지세요.
먼저 어제 아침에 어느 역에서 전철을 탔는지, 그리고 동행이 있
었는지에 대해 말해 주시겠어요?"

"신이문역에서 탔고 혼자였어요."

나지막했지만 의외로 또렷한 목소리였다.

"실례지만 어젯밤에 누구랑 같이 있었나요, 집은 거기가 아닌 걸
로 알고 있는데?"

여자가 고개를 숙였다. 잠시 후 조그마한 목소리가 흘러나왔다.

"……남자 친구랑요."

"음, 그래요…… 그러면 전철을 타고 왕십리역에 내릴 때까지 상
황을 조금만 생각나는 대로 말해 줄 수 있겠어요?"

"잘 모르겠어요…… 그냥……."

"뒤에 남자가 있었지요?"

"……네."

"언제부터 그 남자가 있다는 걸 느꼈나요?"

"모르겠어요…… 언제부터인지도, 왜 그렇게 되었는지도……."

여자가 고개를 흔들었다. 여의사가 여자의 등을 쓰다듬으며 고개
를 들어 최경감을 쳐다보았다. 차가운 눈빛이었다.

"알겠습니다. 한 가지만 더 묻겠어요. 혹시 그 남자에 대해서 기
억나는 것은 없나요, 얼굴이라든가 옷차림이라든가……?"

"몰라요, 무서워서 뒤를 돌아보지도 못했어요. 금방 내릴 거니까
조금만 참자고 생각하고 있었는데……."

“키는 어땠어요? 뒤에 있어도 느낄 수는 있었을 텐데.”

“……작은 편이라는 생각이 들어요. 무서워요…… 더 이상 아무 것도 생각나지 않아요. ”

여자가 고개를 흔들었다.

“됐어요, 아가씨. 끝났습니다. 푹 쉬도록 하세요. ”

최경감은 여의사에게도 인사를 한 다음 강형사와 함께 밖으로 나왔다. 입원실 복도를 지나 엘리베이터 앞에 선 강형사가 확인이라도 하듯 물었다.

“반장님, 동일범임에는 의심의 여지가 없을 것 같은데요?”

“음…….”

신음처럼 한 마디 뱉은 최경감은 입을 꾹 다물고 이마를 찌푸린 채 점점 내려오는 빨간 엘리베이터 번호판만 바라보고 서 있었다.

로비를 지나 유리문을 빠져나올 때까지 묵묵히 걷던 최경감이 갑자기 몸을 돌려 웅장하게 솟아 있는 건물을 올려다보았다. 강형사도 엉겁결에 따라 올려다보았지만 아무것도 보이지 않았다.

“……뭐가 있습니까, 반장님?”

“아니야. 아무것도. 그냥 생각이 좀 복잡해서 말이야.”

“네?”

최경감은 강형사의 어깨를 툭 쳤다.

“아니야, 그래, 이제 자네는 어디로 갈 생각인가, 지금?”

“담당 수사관을 만나야 하지 않겠습니까? 그 남자 친구 진술서와 확인해야 하기도 하구요.”

“그래, 그래야겠지. 그럼 먼저 가 보도록 해. 난 시경에 좀 들러야겠어.”

최경감은 사람들 틈에 끼어 사라지는 강형사의 건장한 어깨를 바라보며 잠시 그대로 서 있었다. 갑자기 낯선 거리에 홀로 남은 듯 까닭 모를 외로움이 아련히 솟았다. 이게 무슨 쓸데없는 생각인가. 이게 늙었다는 건가.

문득 빠르게 다가오는 요란한 경적 소리가 날카롭게 최경감의 주의를 일깨웠다. 앰블런스가 파란 불을 빙글빙글 돌리면서 정문을 통과해 응급실 앞으로 달려가고 있었다. 차가 도착하자 곧 뒷문이 열리고 두 사람이 달려들어 들것 위에 누운 피투성이가 된 환자를 들고 링겔병을 든 간호사와 더불어 황급하게 응급실 안으로 사라졌다. 아마 교통사고 환자인 것 같았다. 시간을 사이에 두고 죽음의 신과 인간이 치열하게 전투를 벌이고 있었다.

최경감은 숨을 한번 들이쉰 뒤 담배를 꺼내 물고 불을 붙였다. 약해져서는 안 되는 것이다. 그는 연기를 힘차게 내뿜은 뒤 공중전화를 찾기 위해 고개를 두리번거렸다. 아까 그 피해자를 만나고 난 뒤부터 갑자기 딸에게 꼭 전화를 해야겠다는 조바심이 들었던 것이다. 저만치 공중전화 앞에는 전화기마다 사람들이 뱀처럼 길게 늘어서 있었다. 최경감은 발길을 돌렸다.

공통점

범행장소: 승강장 환승 통로로 가는 계단
　때　　 : 전동차의 문이 열리고 사람들이 쏟아져나오는 때
범행방법: 전동차 안에서 추행, 나오면서 칼로 국부를 가격(왼손잡
　　　　　이일 가능성 높음)

흉기특징: 둘 다 과도로 날 길이 **10cm** 정도, 날 끝이 예리하게 갈
       려 있음
피 해 자 : 20대 초반 여성, 대체로 큰 키에 미인형
탑 승 역 : 지하철 1호선 신이문역
기   타 : 두 사건 모두 피해자가 전날 밤 남자와 정사를 가짐

표1. 지하철 노선도―별첨

표2. 중간역 현황

	발 생 역	발생시간	피해자 탑승역	중간역	열차 시발역
사건1.	1호선 종로3가	08 : 29	1호선 신이문	7개역	의정부
사건2.	국철 왕십리	08 : 06	상동	3개역	성북

＊중간역―사건1. 신이문,휘경,회기,청량리,제기동,신설동,동대문,종로5,종로3
       사건2. 신이문,휘경,회기,청량리,왕십리(상왕십리,신당,동대문 운동장,
       을지4, 을지3, 종로3)

표3. 중간역 소요시간 현황

사건1.	신이문	휘경	회기	청량리	제기동	신설동	동대문	종로5	종로3
	7:58	8:01	8:04	8:09	8:13	8:17	8:21	8:25	8:29

사건2.	신이문	휘경	회기	청량리	왕십리
	7:52	7:55	7:58	8:02	8:06

표4. 예상 소요 시간표

왕십리	환승통로,대기시간	상왕십리	신당	동대문 운동장	을지4	을지3	종로3
8:06	총 5분(8:11)	8:14	8:17	8:21	8:24	8:27	8:31

어깨가 뻐근해져 왔다. 강형사는 키보드에서 손을 떼고 팔을 들어 길게 기지개를 켰다. 의자 뒤로 등을 젖히고 고개를 두어번 좌우로 돌려 목을 풀었다.

강형사는 모니터를 내려다보았다. 보고서도 거의 끝나가고 있었다. 이걸 작성하기 위해 오늘 새벽부터 오전 내내 지하철에서 시달렸다. 강형사는 책상 위에 놓인 재떨이를 당겨 놓고 담배를 피워 물었다.

어젯밤 두 피해자가 탄 신이문역 근처 여관에서 잠을 자고 새벽부터 전철을 타고 사건 현장을 왕복했던 것이다. 물론 단순히 전철의 운행 시간을 알려고 한다면 운행과의 표준 운행 시간표를 이용해 앉아서 계산할 수도 있었다. 하지만 실제 출근길의 열차는 시간표대로 운행되지 않았다.

또 환승 통로로 이동하는 시간이나 열차를 기다리는 시간 같은 것은 계산할 수 없었다. 요컨대 운행과의 운행 시간표는 죽어 있는 시간표였다.

무엇보다도 실제로 경험할 필요가 있었다. 범인과 똑같은 시간대에서 같은 열차를 타봄으로써 당시의 상황——혼잡함, 밀착도, 소요 시간 등을 확인할 필요가 있었던 것이다. 이런 수사 방식은 최경감에게 배운 것이었다. 모든 것은 현장에 있다. 농사꾼에게는 흙이 모든 것의 터전이듯이 수사의 터전은 현장이다 라고 그는 입버릇처럼 말하곤 했다.

강형사는 오늘 아침을 떠올리며 눈을 지그시 감았다.

아직 이른 아침인데도 제법 많은 사람들이 열차를 타기 위해 몰려들고 있었다. 역사는 아직까지 그렇게 붐비지는 않았다. 피살자가 탄 곳으로 추정되는 자리에 서서 조금 기다리자 금방 열차가 천천히 미끄러져 들어왔다. 1호선 열차였다. 강형사는 전동차의 문을 들어서면서 시계를 보고는 수첩을 꺼내 시각을 기록했다.

거기서부터 종로 3가역까지 8개 역을 지날 때마다 그는 멈춘 시각과 출발한 시각을 기록했다. 이윽고 열차가 종로 3가역에 이르자 강형사는 열차에서 내리면서 마지막 시각을 기록했다. 내린 곳은 바로 사건이 일어났던 그 장소였다.

강형사는 역의 맞은편으로 가서 반대쪽으로 가는 전동차를 타고 아까와 같은 행동을 반복했다. 이윽고 처음 차를 탄 신이문역에서 내린 강형사는 다시 계단을 이용해 맞은편으로 갔다. 그리고 왕십리를 경유하는 용산행 국철 열차가 오기를 기다렸다.

잠시 후 국철을 탄 강형사는 역시 아까와 마찬가지 방식으로 두번째 사건이 일어난 왕십리역까지 갔다. 출근 시간이 가까이 온 탓인지 열차 안은 벌써부터 혼잡해지기 시작했기 때문에 시각을 체크하는 것도 쉬운 일이 아니었다.

왕십리역에서 내린 강형사는 문 앞에 있는, 사건이 일어난 계단을 따라 걸어 내려가 2호선으로 갈아탔다. 그는 역에서 내리는 시각과 갈아타는 곳까지 걸어가는 데 걸리는 시간, 그리고 2호선을 타고 을지로 3가역으로 오는 동안의 시간들도 꼼꼼하게 기록했다. 그리고 다시 한번 반복하기 위해 다시 신이문역으로 갔다. 벌써 러시아워였고 사건이 일어난 시간대였다.

사람들로 빼곡이 들어찬 열차의 문이 열리자 사람들의 물살에 휩쓸려 강형사는 자신도 모르게 전동차 안으로 들어가 있었다. 강형사는 안쪽으로 파고 들어갔다. 무엇보다도 수첩을 펼쳐들 공간이 필요했던 것이다. 사람들의 눈총을 받으며 겨우겨우 열차의 연결 통로 쪽으로 들어간 강형사는 수첩을 꺼내서 얼굴 앞으로 들어올렸다. 다행히 앞사람의 어깨 사이로 수첩을 보고 기록할 만한 공간을 확보할 수 있었다.

역을 하나씩 지나며 도심으로 가까와 오면서 전동차 안은 더욱 복잡했다. 강형사는 주위의 사람들에 둘러싸여 겨우 버티고 서서 시계를 보고 수첩에 적느라 정신이 없었다. 마침내 열차가 종로3가역에 도착했지만 강형사는 내릴 수가 없었다. 너무 깊숙이 들어와 있었던 탓에 사람들을 헤치고 문 쪽으로 가는 순간, 기다리고 있던 사람들이 몰려들었기 때문이었다. 마치 파도와 맞서는 기분으로 강형사는 그들을 헤치고 나왔지만 온몸이 땀으로 흥건히 젖어 있었다.

무슨 소린가에 문득 강형사는 생각에서 깨어났다. 아기의 울음소리였다. 강형사는 재떨이에 담배를 비벼끄고 마루로 나왔다. 안방에서 아기가 칭얼거리는 소리가 들렸다. 강형사는 방문 앞으로 다가갔다. 아기를 달래는 아내의 잠이 덜 깬 목소리가 들렸다. 강형사는 조심스럽게 방문을 열었다. 조심한다고 했지만 문소리는 의외로 크게 들렸다. 희미한 불빛 아래 아기를 다독거리던 아내가 고개를 돌리는 모습이 보였다. 강형사는 손가락을 입술에 갖다 댔다. 그리고 아기 머리맡에 쪼그리고 앉았다.

칭얼거리던 아기는 다시 잠에 빠져들어가고 있었다. 쌕쌕 하는 숨소리가 희미한 등불 안의 방안 풍경과 어울려 아주 평화로운 느낌을 주었다. 강형사는 젖살이 올라 포동포동한 아이의 볼을 가만히 만져보고는 다시 자기 방으로 건너왔다.

보고서를 마무리하고 고개를 들자 어느새 책상 위의 반투명 유리창으로 파란 새벽빛이 스머들고 있었다. 강형사는 담배를 빼어 물고 작성된 보고서를 한장 한장 넘겨보았다.

두 사건이 모방 범죄나 우연의 일치가 아닌 동일범의 소행인 것은 의심할 여지가 없었다. 문제는 지금 보고서에 적혀 있는 일련의 역들과 운행 시각들이 무엇을 말해 주는가 하는 점이었다.

강형사는 윤미라 사건부터 범인이 왜 그런 장소에서 범행을 저질렀는지 그 필연성을 찾으려고 애써 왔다. 그래서 일단 범인이 자신을 은폐하기 위해서 철저히 계산한 것이라는 가정을 세웠다. 하지만 그 가정은 여러 가지 허점을 갖고 있었다.

어떤 사람을 죽이기 위해서라면 얼마든지 다른 장소가 있을 것이고 또 알리바이 조작에 필요해서 그 장소를 선택했다는 것이 논리적으로 수긍이 가지 않았다. 왜냐하면 발각될 가능성이 아주 높은 위험을 무릅쓰지 않고도 얼마든지 다른 방법으로 알리바이를 조작할 수 있기 때문이었다. 더군다나 자신과 관련이 없는 불특정한 사람을 대상으로 삼는다면 애당초 알리바이 조작이 필요없고, 따라서 사람들이 없는 곳을 이용하는 것이 훨씬 나은 방법이었다.

또한 아무리 철저히 계산했다고 하더라도 너무 정교하다는 느낌을 지울 수 없었다. 일부러 그런 상황을 치밀하게 연출한다는 것도 왜 그렇게 해야만 하는 것인지에 대해서는 설명할 수가 없었다. 결국 강형사는 범행 장소가 말해 주는 어떤 필연성에 주목할 수밖에 없었다. 그것은 범인의 생활 반경이 빚어낸 우연의 일치라는 보다 설득력 있는 가능성이었다.

첫번 사건에서 범인이 적어도 지하철 1호선 의정부역과 종로 5가역 사이에서 열차를 탔다는 사실이 드러났다. 두번째 사건이 일어난 열차는 성북에서 출발한 용산행 열차였다. 그 두 열차의 공통 노선은 청량리 이북의 1호선역들이다. 따라서 설령 범인이 고의로 수사의 초점을 흐리기 위해 그렇게 했다 하더라도 어쨌든 범인은 청량리 북쪽 1호선 지하철 노선 주변, 특히 두 피해자가 탄 신이문역 주변에 연고지를 가지고 있을 가능성이 많은 것이다.

8시 29분과 8시 6분이라는 두 개의 시각도 무엇인가를 말해 주고 있었다. 왜 하필이면 이 시간에 범행을 저질러야만 했는가 하는 것이 강형사가 주목한 부분이었다. 두 개의 시각은 혼잡한 출근 시간대였다. 우선 가정해 볼 수 있는 것은 범인이 자신을 숨기기 위해 혼잡한 출근 시간대를 이용한다는 사실이고, 두번째는 범인은 실제로 출근을 하기 때문에 그 시간에 범행을 저지르는 경우였다.

두 사건이 일어난 8시 29분과 8시 06분으로 돌아가서 그 시간 차 23분이 말해 주는 것은 무엇일까? 보통 회사의 출근 시간은 9시이다.하지만 정상적인 회사원이라면 적어도 8시 40분 혹은 50분까지는 출근해야만 한다. 특히 남의 눈에 특별하게 보이지 않으려면 더욱 그래야 한다. 그런데 두 역 사이에 보통 걸리는 시간이 약 20분이라는 사실은 무엇을 말하고 있을까? 혹시 범인이 종로 3가역 근처에 직장을 가지고 있는 회사원이라면……?

여기서부터 강형사의 머리 속이 바빠지기 시작했다.

대부분의 지하철 통근자는 아침마다 타는 곳이 일정하다. 그들은 시간에 쫓기는데다 출근길의 혼잡함을 피하기 위해 문이 열리면 바로 계단이나 환승 통로가 나오는 곳에서 탄다. 따라서 범행 장소가 둘 다 환승 통로로 향하는 계단이라는 사실은 적어도 통근자의 경험이 개입될 개연성이 높은 것이다.

또 하나, 두 사건의 현장 주변 목격자들은 모두 하나같이 특별한 사람을 보지 못했다고 증언하고 있다는 점이다. 강형사는 이 증언이 오히려 범인의 모습을 표현해 주는 말이라는 생각을 했다. 즉 범인이 당시 주위 사람들과 다를 바 없는 차림새를 하고 있었다는 말이 된다. 특히 왕십리역의 경우에는 젊은 학생들이 많은 곳이었는데도 특별히 눈에 띄지 않았다는 말은, 즉 나이를 많이 먹지 않은 평범한 젊은이의 모습을 하고 있었다는 말이 되는 것이다…….

등뒤에서 삐익 하고 문 여는 소리가 들렸다. 강형사는 고개를 돌렸다. 반쯤 열린 문으로 아내가 들어왔다. 등뒤로 다가온 아내는 양팔로 목을 안듯이 끌어안으며 물었다.

"바빠?"

"아니, 다 끝났어."

강형사가 고개를 뒤로 젖히고 팔을 뒤로 돌려 아내의 목을 안으며 대답했다. 그리고 팔에 힘을 주어 아내의 얼굴을 당겼다. 가벼운 입맞춤이 끝났다.

"웬일이야, 잠꾸러기가? 더 안자고."

"영 잠이 안 와. 자기 혼자 앉아 있을 걸 생각하니까 마음이 아파서 그런가 봐."

"아이구, 눈물이 나는데!"

"이이가 정말? 남의 진심을 무시하고 있어? 이렇게 잠 안 자도 괜찮아?"

"나는 괜찮아. 좀더 자지?"

"괜찮아……."

아내가 다시 목을 껴안았다. 입맞춤을 하다 말고 강형사는 문득 좋은 생각이 떠올랐다.

"커피 한 잔 할까? 내가 타올게."

"정말? 자기가?"

"그래, 오랫만에 단둘이서. 어때?"

"좋지. 맛있게, 응?"

"걱정 마. 꼼짝 말고 여기 앉아 있어."

강형사는 방문을 열고 부엌으로 갔다. 커피 포트에 물을 올려놓고 찻잔 두 개를 꺼냈다. 그는 차숟가락으로 하나의 잔에 커피 한 스푼 반, 설탕 한 스푼 반, 프림 두 스푼을 넣고 다른 잔에는 커피 세 스푼, 설탕 한 스푼, 프림 두 스푼을 넣었다.

7
은신

사무실 안은 조용했다. 네 평 남짓한 작은 공간 안에 맞은편 미스 박의 단말기 키 두드리는 소리만이 이따금 정적을 깨며 단조롭게 울렸다. 술이 덜 깬 불쾌한 얼굴로 느지막이 출근한 오부장은 또 사우나를 하러 갔는지 금방 밖으로 나가 버리고 사무실에는 지금 홍인표와 미스 박 둘밖에 없었다.

먹느냐 먹히느냐의 살벌하게 돌아가는 치열한 시장 경쟁의 전쟁터인 회사 내에도, 마치 포연 자욱한 전장에서도 깊은 숲 속에 숨어 있는 옹달샘이 있듯이 사각 지대는 있었다. 바로 빌딩 한구석에 있는지 없는지 모르는 이 조그만 사무실이 그런 곳이다.

꽤 중요한 요직인 자재부장으로 있다 일련의 불명예스러운 수뢰 사건으로 인해 좌천당한, 그래서 한시라도 빨리 여기를 빠져나가기 위해 안간힘을 쓰고 있는 부장이나, 그저 시간이나 보내기 좋고 업무도 별반 힘들 게 없어 그저 그렇게 지내는 미스 박과는 달리 홍인표에게는 이곳이 마치 자신을 위해서 만들어진 부서처럼 아주 만족스러운 곳이었다.

　처음 입사해서 총무부로 발령난 홍인표가 맡은 일은 대리점의 물품 딤보로 설정된 부동산을 정리해서 대금을 회수하는 일이었다. 대리점이 부도를 내거나 부실한 영업으로 문을 닫게 될 경우 미리 설정해 놓은 부동산을 압류해서 경매처분까지 하는 그런 일이었다. 하지만 홍인표는 그 일을 감당할 수 없었다.

　사람을 만나서 다투고 싸우고 시한을 정하고 유예하고 마침내 통보를 하고 처분을 하는 그런 복잡한 일, 더군다나 사업이 실패해서 실의와 좌절에 빠진 사람에게 더욱 큰 결정적 타격을 가하는 그 일의 성격은 애당초 그와는 맞지 않았다. 더구나 미영의 배반으로 인해 몸과 마음이 갈피를 잡지 못하고 있을 때였기 때문에 더욱 그랬다.

　당시, 홍인표의 심신은 극도로 피폐해져 있었다. 그날 이후 밤거리를 돌아다니고 나서부터 만사가 귀찮았다. 일에 대한 의욕도, 어떻게 살아야겠다는 생각도 없었다. 게다가 심한 공포에 시달리고 있었다. 모든 것이 두렵기만 했다. 사람을 만나는 일도 두려웠고 어떤 일을 시작하는 것도 두려웠다. 아침에 일어나는 일도 두려웠고 밤에 잠드는 것도 두려웠다.

　악순환이 계속되었다. 홍인표는 두려움을 잊기 위해 술과 음란 비디오를 탐닉했고 잠시 동안 모든 걸 잊을 수 있었다. 하지만 술이 깨고 비디오 화면이 다 지나가면 더욱 심한 갈증과 두려움이 기다리고 있었다. 그러면 다시 그것들을 잊기 위해 술과 음란 비디오를 탐닉할 수밖에 없었다.

　심해져 가는 이유 없는 두려움과 함께 홍인표를 더욱 괴롭히는 또 다른 하나는 악몽과 환각이었다.

 깨어 있을 때도 잠이 들어서도, 그의 머리 속에는 기이하게 꿈틀거리는 벌거벗은 여자들의 알몸과 그들이 내지르는 온갖 신음 소리, 일그러진 표정들이 붉고 하얀 배경을 뒤로 하고 기이하게 얽혀서 펼쳐지고 있었다.

 길에서 젊은 여자를 보거나, 회사에서 여사원들과 마주치면 그의 머리 속에는 늘 아름답고 생생한 환각이 스쳤다. 안아 달라는 듯 날씬하고 매혹적인 허리와 만져 달라는 듯 노출된 하얗고 늘씬한 다리와 아무것도 모른다는 듯 새침하고 순결한 표정의 얼굴이 그를 발기시켰다. 그는 그녀를 발가벗겨 기둥에 묶고 몽둥이로 죽도록 때리고 싶었다. 그녀를 능욕하여 절정의 순간에 목을 조르고 싶었다. 그는 저 순결한 체하는 더러운 여자가 얼마나 많은 남자와 접촉을 했을까 생각했다. 저 여자가 관계를 할 때 어떤 자세로 엎드려 있을까. 절정에 이르면 저 얼굴이 어떻게 일그러질까. 저 하체는 휘어지고 다리를 치켜들고……

 뒤이어 가슴이 마구 떨리고 남성이 무섭게 발기했다. 그러면 그는 가까운 화장실로 달려가곤 했다. 그는 화장실 문을 잠그고 이를 악물고 남성을 학대했고, 사정의 순간까지 세상의 모든 여자를 죽이고 능욕했다.

 낮에는 그래도 일을 한다거나 혹은 다른 생각을 함으로써 그 모습을 지울 수 있었지만 저녁만 되면 견딜 수 없었다. 그래서 그는 밤의 순례를 시작할 수밖에 없었다.

 밤거리를 늦도록 헤매다 술에 절은 몸으로 집으로 들어가 다시 비디오 테이프를 틀었다. 그리고 사들고 온 술을 마시면서 그 화면을 보다가 지쳐 잠이 들곤 했다. 지쳐 쓰러져 자면서도 그는 밤새 악몽에 시달렸다. 아침이 되면 너무나 지쳐서 일어날 힘조차 없을 지경이었다.

하루도 술이 취하지 않으면 잠들지 못했다. 물론 정상적으로 식사도 하지 못했다. 끼니를 거르는 일이 점차 잦아졌다. 처음에는 억지로라도 몸을 유지해야 한다는 생각에 끼니를 챙겼으나 그것도 점점 귀찮아졌다. 아침에 일어나기가 힘들어지고 거울을 보는 것이 두려워졌다. 체중은 점점 줄어들었고 얼굴은 깡마르면서 검어지기 시작했다. 몸이 약해진다는 것을 깨달으면서부터 불안감도 점점 심하게 느껴졌다.

그런 몸과 마음의 상태로 정상적인 사회생활이 될 수가 없었다. 우선 부장을 비롯해서 상관들의 눈초리가 심상찮아지더니 마침내 동기들의 태도에서도 경원시하는 것이 확연히 드러났다.

점점 자신의 업무를 동료에게 넘겨주는 일이 잦아졌고 결국 업무에 적응하지 못한다는 이유로 그는 조사통계부로 발령되었다. 한직인 조사통계부로의 발령은 좌천이었고 업무도 낯설었지만 홍인표로서는 오히려 다행이었다. 우선 사람들과 접촉하지 않을 수 있다는 것, 사람들의 시선에서 멀리 떨어져 있다는 것만으로 살 것 같았다. 업무도 숫자들과 씨름하는 단순한 것이어서 별 어려움이 없었다. 홍인표로서는 안식처를 얻은 셈이었다. 그리고 그 사건이 일어났다.

그날도 지친 몸을 이끌고 억지로 집을 나섰다. 그리고 출근길의 젊은 여자들을 지나치며 또다시 떠오르는 환각에 잠겨 있었다. 그즈음 그의 상상은 단순히 알몸이라든가 부부 관계의 모습을 상상하

는 데 그치는 것이 아니라, 실제로 자신이 마치 영화의 주인공처럼
그 여자를 발가벗겨 온갖 방법으로 성폭행하고 나서 목을 조른다든
가, 날카로운 칼로 하얀 알몸을 지그시 그어 그 위에 번져나오는 새
빨간 피를 상상하는 정도로까지 발전하고 있었다.

그렇게 전동차 안에 있는 여자들의 다리를 훔쳐보며 온갖 상상을
즐기고 있었는데 갑자기 눈에 확 들어오는 한 여자가 있었다. 그 여
자는 미영과 아주 닮아 있었던 것이다. 키와 몸매, 그리고 옷차림과
헤어 스타일이 그날 밤의 미영을 너무도 선명하게 떠올리게 했던 것
이다. 여자를 보는 순간 갑자기 걷잡을 수 없을 만큼 온몸이 떨려왔
다.

그는 어쩌자는 생각도 없이 무언가 강한 자력에라도 끌린 듯 여자
의 뒤로 다가갔는데, 그때 여자의 목에서 붉은 반점을 발견했다. 화
장품으로 가리기는 했지만 그는 즉시 그것이 어젯밤에 남자가 만들
어 준 것이라는 것을 알 수 있었다. 그것을 바라보고 있는 순간 여
자가 고개를 돌려 눈이 마주쳤고 여자는 뱀이라도 보는 듯한 표정을
지으며 고개를 돌리더니 사람들을 헤치고 안쪽으로 갔다.

그는 사람들 사이를 뚫고 들어가는 여자의 뒷모습을 가만히 바라
보며 서 있었다. 간들거리는 귀걸이와 가는 목걸이를 한 가느다란
하얀 목에 난 붉은 반점과 검은 스타킹을 신은 팽팽한 허벅지가 꿈
틀거렸다.

바로 그 순간, 갑자기 머리 속이 무언가 팍 하고 터지며 밝아지면
서 그 사이로 증오와 살의가 꿈틀거리며 솟구쳐 올랐다. 순간적으
로 그는 주머니 속에 넣은 손아귀 안에 칼이 있다는 사실을 새삼 깨
달았다. 그저 상상 속의 소도구로 그냥 별뜻 없이 만지작거리고 있

었던 그 칼이 갑자기 비린내를 풍기며 퍼득거리기 시작했다.

홍인표는 그제서야 어젯밤의 일들이 끊어진 필름처럼 다시 떠올랐다. 어젯밤에도 술이 만취가 되어 들어왔고, 길거리에서 칼을 하나 샀었다. 집으로 들어와 칼을 꺼내 들었고, 헐떡거리며 칼을 갈았고, 자루를 잡고 무어라 소리치며 마구 휘둘렀고, 마침내 무언가에 대한 결의를 다지며 그 일을 위해 외투 주머니 속에 넣어두던 그런 장면들이었다.

홍인표는 칼자루를 힘주어 잡았다. 딱딱하고 실팍한 질감이었다.

순간 근육과 관절이 딱딱하게 굳어지면서 온몸에 충만하는 어떤 힘 때문에 그는 몸을 부르르 떨었다. 꽤 오랫동안 참고 기다렸던 어떤 결전의 순간이 임박했다는 느낌이었다. 그것은 외로움이었다. 그는 막막한 들판에서 오랫동안 기다려 왔던 적과의 조우를 맞이한 마지막 패잔병과 같은 기분이 들었다. 혼자 남았지만 싸우지 않을 수 없었다. 그는 여자의 뒤로 다가가 아픈 자기의 남성을 여자의 몸에 밀착시켰다. 그리고 그 다음 장면들이 흑백 영화의 느린 화면처럼 천천히 지나갔다. 여자가 저항을 멈추었을 때 그는 모든 행동의 준비를 완료하고 있었다. 모든 것이 아주 익숙한 느낌이었다. 그는 자연스럽게 주머니 속에 손을 넣은 채 주머니 밑창을 찢었다. 찢어진 천으로 혹시나 묻어 있을 칼자루의 지문을 지우기 위해 오랫동안 문질렀다. 그리고 그 천으로 칼자루를 감아 쥐었다. 그리고 전동차의 문이 열리자 오랜 연습 끝에 나오는 숙련된 솜씨처럼 단순하고도 정확한 동작으로 준비된 행동을 마칠 수가 있었던 것이다. 그 모든 장면에는 머리가 터질 것 같은 짜릿한 쾌감이 더불어 소용돌이치고 있었다. 홍인표는 중얼거렸다.

"참을 수 없었을 뿐이다."

그는 자신의 소리에 놀라 흠칫했다. 누군가가 옆에 있는 것 같은 생각이 들었기 때문이었다. 하지만 부장의 의자는 여전히 비어 있었고 미스 박은 전화기에 매달려 누군가와 정신없이 수다를 떨고 있을 뿐이었다. 아마 친구가 남자를 소개시켜 준 모양이었다.

홍인표는 책상에 펼쳐 놓은 서류를 내려다보았다. 하지만 서류에 빽빽하게 적혀 있는 숫자들이 마치 살아 움직이는 작은 벌레들처럼 스물거리는 것 같았다. 홍인표는 고개를 좌우로 한번 흔들고 자리에서 일어나 밖으로 나갔다.

복도를 돌아가자 흡연 장소 겸 간이 휴게실이 있었다. 홍인표는 자동 판매기에서 커피를 한 잔 빼서 마시면서 담배를 피워 물었다. 뜨거운 커피를 몇 모금 마시고 담배연기를 뿜어내자 마음이 조금 가라앉았다.

연기를 내뿜으며 홍인표는 복도 끝에 있는 쓰레기통 앞으로 갔다. 그는 일회용 종이컵을 쓰레기통에 버리고 밖을 내다보았다. 커다란 유리창 밖으로 을씨년스런 하늘이 잔뜩 찌푸리고 있었다. 그는 아래를 내려다보았다.

건물 아래로 잔디밭이 파랗게 물이 오르고 있었다. 잔디 사이로 하얗게 피어 있던 목련이 벌써 지고 있었다. 잔디에 떨어진 하얀 꽃송이들이 파랗게 솟아오르는 잔디 위에 갈색으로 변하면서 오그라들고 있었다. 물끄러미 그 모습을 내려다보고 있는 홍인표의 머리 속에 수채화처럼 하나의 장면이 오롯이 떠올랐다.

미영을 처음 만난 날이었다. 둘은 교정 뒤쪽에 있는 연못 앞 벤치에 앉아 있었다. 연못의 맑은 수면 위로 파란 하늘이 그대로 비치고 있었고 그 주위로 목련꽃이 하얗게 피어 있었다. 꽃은 이미 만개해서 그중에 일부는 벌써 시들고 있었다. 홍인표는 무슨 말을 할까 망설이며 앉아 있었다.

그때 문득 꽃잎이 몇 개 소리도 없이 떨어져 내렸고 미영이 조용히 말했다.

"목련은 지는 모습이 너무 슬퍼요."

홍인표는 지금도 생생하게 그 순간을 기억하고 있다.

미영은 노란색 체크 무늬의 남방 셔츠와 빛 바랜 청바지를 입고 있었다. 셔츠는 바지 안으로 집어넣어 윗자락을 폭이 넓게 펴고 있었고 빛 바랜 청바지는 오히려 깨끗하고 수수한 느낌을 주었었다. 그리고 반쯤 걷힌 소매 사이로 드러난 그녀의 하얗고 생기 넘치는 팔목의 살결이 눈부시게 빛나고 있었다. 미영은 쓸쓸한 표정으로 말없이 떨어진 꽃잎만 바라보고 앉아 있었다. 아득하고 황홀했던 순간이었다. 한 여자를 사랑하게 될 한 남자의 운명이 결정될 순간이었다. 가난하고 힘든 사랑이 시작되는 순간이었다.

미영은 홍인표가 자취하던 집 딸 은희와 단짝 친구였다. 그때 그녀는 인문계 고등학교를 졸업하고 재수를 하는 것도 아니고 취직을 하는 것도 아닌 상태로 빈둥빈둥 놀다가 은희와 함께 대학교 앞 레스토랑에서 아르바이트한답시고 그 집을 자주 드나들었다.

우연히 그녀를 한번 본 홍인표는 단번에 반했고, 없는 주변을 동원해 주인집 딸에게 그녀를 만나게 해달라고 졸랐다. 그렇게 해서 둘은 만나기 시작했고 홍인표의 첫사랑이 시작된 것이었다.

미영도 그를 싫어하지는 않았다. 처음에는 별로 탐탁치 않게 생각하는 눈치였지만 홍인표의 열정에 서서히 끌려들어왔다. 점점 만나는 횟수가 잦아졌고 이따금 자취방에 밑반찬 같은 것도 가져다 주기도 했다. 그러던 어느 날 육체 관계까지 가지게 되었다. 밤 늦게까지 같이 있던 그녀가 갑자기 집으로 돌아가지 않겠다고 말했던 것이다. 홍인표에게는 그녀가 첫여자였다.

그 다음날 아침 세상은 얼마나 다르게 보였던가. 홍인표는 아직도 그 다음날 아침에 둘이서 말없이 커피를 마시던 광경을 잊지 못한다. 그 뒤로도 둘은 이따금 관계를 가졌었고 마침내는 허름한 산부인과에서 그들의 아기를 저세상으로 보냈다.

홍인표는 그녀를 사랑했다. 많은 이야기를 나누고 많은 약속을 하며 사랑은 깊어 간다고 생각했다. 그런데 그 모든 것들이 산산이 부서져 흩어져버린 것이다. 그리고…….

홍인표는 아아 하는 신음을 깨물며 고개를 저었다. 그는 유리창에 지그시 이마를 기댔다. 차가운 냉기가 뜨거운 이마로 전해져 왔다. 갑자기 이마로 유리창을 와작하고 받아 부숴버리고 싶은 충동이 솟구쳐 올랐다. 그리하여 저 아득한 허공으로 펄펄 날아가고 싶었다.

목련이 지는 모습이 슬프던 그날의 빛나던 미영은 어디로 간 것일까? 무엇이 모든 것을 이렇게 만든 것일까?

한참만에야 홍인표는 유리창에서 이마를 떼었다. 마음을 진정한 것이다.

냉정해야 한다. 지나간 일은 지나갔다. 지금은 지금 할 일을 하는 수밖에 없다. 아직 준비해야 할 일이 많이 남아 있으니까…….

그는 최면을 걸 듯이 자신에게 계속해서 중얼거리며 태연한 얼굴로 사무실로 향했다.

서울특별시 경찰청 정보 2분실장 오광호 경감이 약속 장소로 정한 카페 '진달래'는 아담한 규모에 제법 분위기 있는 곳이었다. 부드러운 조명과 잔잔한 음악, 단순하면서도 짜임새 있는 실내장식이 서로 잘 어울려 있었다.

원래가 조용한 곳인지 아니면 아직 밤이 깊지 않아서인지 사람들도 별로 눈에 띄지 았았다.

안으로 들어선 최경감은 실내를 한 바퀴 둘러보았다. 오경감은 보이지 않았다. 최경감은 카운터 뒤쪽 진열장 위에 걸린 시계를 보고는 한쪽 구석에 있는 테이블로 가서 앉았다. 약속 시간이 5분 정도 지나 있었다.

최경감은 고급스러워 보이는 실내를 둘러보다 문득 씁쓸한 기분이 들었다. 아직도 일선을 뛰면서 포장마차에서 소주를 마시는 것이 편안한 자신과 어느새 이런 집을 단골로 두고 술을 마시는 것이 당연하게 되어 버린 친구가 비교되었던 것이다. 최경감은 쓴웃음을 지으며 담배를 꺼내 물었다.

담배 한 대를 다 피울 무렵 문이 벌컥 열리며 오경감이 들어왔다. 오경감은 이내 최경감을 발견하고 다가왔다. 훤칠한 키에 마른 얼굴은 예전과 다르지 않았지만 단정한 양복 차림에 은테 안경이 세월의 흐름을 말해 주고 있었다.

"오랫만이야."

오경감은 최경감의 손을 잡고 잠시 그의 눈을 응시하다가 맞은편 의자에 털썩 주저앉았다. 마치 어제 본 사람을 다시 만난다는 듯 심상한 태도였다. 기다렸다는 듯 주인 여자가 다가왔다. 복스러워 보이는 얼굴의 30대 후반의 여자였다.

“오사장님, 얼굴 잊어 먹겠어요.”

“스카치하고 치즈. 그리고 오늘은 내 친구와 할 이야기가 있어
요.”

오경감은 간단하게 주문을 하고 여자를 보냈다.

오경감은 어색한 듯 씩 웃고는 손마디를 두둑 꺾었다. 그가 무언
가 이야기의 실마리를 풀려고 할 때 하는 버릇이었다. 최경감이 먼
저 입을 열었다.

“리스트 잘 받았네.”

“리스트? 아, 그거? 도움이 되겠던가?”

“물론이지. 고맙네.”

오경감은 손을 내저었다.

“그런 말 말게. 그건 내가 해야 될 일일 뿐이야. 자네가 아니더라
도…… 한데.”

오경감은 최경감의 얼굴을 찬찬히 살폈다.

“너무 무리하지 말아…… 얼굴이 많이 안됐어. 어차피 수사란 풀
려나갈 때가 되어야 풀리는 거 아닌가.”

“그렇긴 하지.”

최경감이 한숨 쉬듯이 말했다. 그걸 누가 모르는가. 하지만 일선
의 수사관이란 그렇게 생각할 수가 없다는 걸 저 친구는 잊은 것일
까.

“1호선 청량리역 이북, 2, 30대 남녀, 종로, 을지로 부근 연고자
공통 리스트였지, 아마?”

“음.”

“A급 명단에 몇 명 정도 되던가? 나도 살펴보지 않아서 말이야.”

"200명 정도……."

"리스트 보니까 뭐가 좀 나올 것 같던가?"

"……."

최경감이 대답 없이 오경감을 쳐다보았다. 오경감이 어색함을 풀기 위해 일부러 자꾸 질문을 만들고 있었던 것이다. 눈이 마주치자 둘은 피식 웃었다.

때마침 술과 안주가 왔다. 오경감이 반색을 하며 술병을 들었다.

"자, 한 잔 받게. 억지로 나온 건 아니지? 하지만 자네와 꼭 한잔 하고 싶었네."

"아니야. 나도 가끔씩 자네 생각이 났어. 기회가 없었을 뿐이지."

최경감은 얼음을 넣는 오경감의 손을 물끄러미 바라보며 혼잣말처럼 중얼거렸다. 오경감이 술잔을 들며 말했다.

"들지."

"음."

맵싸한 향기가 코를 쏘면서 뜨거운 액체가 식도를 타고 내려갔다. 오경감이 술잔을 내려놓으며 말했다.

"몇년 만이야? 10년 넘었지?"

"12년 만이야……."

잠시 말이 끊겼다. 최경감은 다시 술잔을 들었다.

오경감은 경찰에 투신해서 어려웠던 형사 초년 시절에 만난 사이였다. 둘 다 실력과 근성이 뛰어나 쉽게 의기투합할 수 있었고 둘이 힘을 합쳐 많은 사건을 해결해 나갔다. 어떤 사건이라도 둘이 달려들면 풀리지 않는 것이 없을 정도였다. 어려운 일을 접할수록 둘은 젊음과 패기와 묘한 라이벌 의식으로 더욱더 끈질기게 덤벼들곤 했다. 그래서 두 사람은 늑대와 하이에나라는 별명을 얻었다.

 범죄의 황야를 달리는 거친 세월을 보내면서 세월이 둘 사이의 우정을 피보다 진하게 맺어주었다. 우정의 황금기가 펼쳐졌다. 오경감이 자신의 누이동생을 최경감에게 소개하고 시집 보낸 것도 그 무렵이었다. 그리고 세월이 흐른 것이다.

"미안하네……."

최경감이 술잔을 응시하며 나직이 말했다.

"쓸데없는 소리 말고 술이나 들자."

오경감이 찡그리듯 웃으며 잔을 들었다. 최경감도 따라 술잔을 들었다. 수많은 감회가 가슴을 채우고 있었지만 무슨 말을 어떻게 해야 한단 말인가?

 간헐적으로 한 마디씩 의미 없는 말을 주고 받으며 둘은 빠른 속도로 잔을 비웠다. 술병이 비어 가고 그만큼의 취기가 전신을 감쌌다. 음악 소리가 저만치 멀어진 것을 느끼면서 오경감의 얼굴 위로 아내와 딸의 얼굴이 흐릿하게 떠올랐다.

"가야겠네."

오경감은 갑자기 일어나는 최경감을 놀라서 바라보았다.

"왜 그래?"

"가 봐야 되겠어. 술이 너무 취해."

"정말 갈 텐가?"

"음."

오경감은 술잔을 내려다보며 고개를 끄덕였다. 최경감은 한번 말을 꺼내면 마음을 바꾸지 않는다는 걸 그는 잘 알고 있었다. 세월이 흘러도 그건 변함없을 것이다.

138

“할 수 없지…….”
그는 일어나 손을 내밀었다. 취한 눈이 약간 흔들렸다.
“잘 가게. 나는 한잔 더 해야겠어.”
“잘 있게.”
“종종 연락 줘.”
“그러지.”
자기가 지금 책임지지 못할 말을 하고 있다고 느끼면서 최경감은 대답했다.
오경감은 최경감의 손을 꽉 쥐고 흔들고는 다시는 안 볼 사람처럼 등을 돌리며 자리에 앉았다.
밖으로 나온 최경감은 고개를 들어 하늘을 올려다보았다. 별빛 하나 없는 도시의 밤하늘이 뿌옇게 흐려진 채 도시의 불빛에 역광으로 빛나고 있었다. 최경감은 미진한 갈증을 채우기 위해 저만치 보이는 포장마차로 걸음을 옮겼다.

밤이 깊었다. 붉은 방범등이 둥글게 바닥을 비추고 있는 골목길을 홍인표가 천천히 들어섰다. 한 손으로 감싼 불룩한 코트 자락으로 보아 무언가 품속에 들어 있는 것 같았다. 그는 지하로 통하는 철문 앞으로 다가와 주위를 둘러본 뒤 한 손으로 주머니에서 열쇠를 꺼냈다. 열쇠 고리에는 예닐곱 개의 열쇠가 매달려 있었다. 대문 열쇠와 현관 열쇠, 그리고 쇠톱 토막을 갈아 만든 이상한 모양의 만능 키 몇 개였다. 만능 키는 고등학교 때부터 가지고 다니던 물건이었다.
고등학교 때 아버지가 열쇠 상점을 하는 친구가 있었다. 그 친구는 이 만능 키로 보통 자물쇠는 어렵지 않게 열어 보이곤 했다. 홍인표는 몇 차례 협상 끝에 마침내 중간고사 시험에 커닝을 도와주는 조건으로 어렵게 손에 넣었다. 서울로 올라온 뒤 한동안 서랍 속에 던져두고 잊고 지냈는데 얼마 전에 불현듯 생각이 나 다시 찾아내서 열쇠고리에 끼워 놓았던 것이었다.

　홍인표는 대문 열쇠를 제쳐두고 비슷하게 생긴 만능 키 하나를 골라 잡았다. 앞으로 이 키를 사용할 일이 많기 때문에 미리 연습을 해 둘 필요가 있었던 것이다. 몇 차례 시도 끝에 마침내 문이 열렸다.

　현관문도 마찬가지 방법으로 열었다. 집안으로 들어온 홍인표는 현관문을 잠근 뒤 그때까지 품속에 안고 있던 것을 꺼냈다. 밤색 무늬가 군데군데 박힌 하얀 강아지였다. 젖을 뗀 지 얼마 되지 않은 강아지는 손 안에서 바르르 떨고 있었다.

　강아지의 말간 눈을 보자 무언지 뭉클한 것이 가슴에 차 올라 홍인표는 살며시 강아지를 바닥에 내려놓았다. 강아지는 다리 사이로 꼬리를 말고 비틀거렸다. 홍인표는 장롱으로 가서 두툼한 헌 옷가지를 하나 골라 와서 바닥에 깔고 강아지를 그 위에 올려놓았다.

　어릿거리며 코를 두리번거리던 강아지는 이내 바닥에 배를 깔고 눕더니 눈을 감았다. 조그만 가슴이 유난히 발딱거렸다. 쪼그리고 앉아 그 모습을 지켜보던 홍인표는 문득 강아지가 배고플지도 모른다는 생각이 들었다.

　그는 냉장고를 열어보았지만 예상대로 냉장고는 텅텅 비어 있었다. 밤은 깊어 골목 모퉁이 구멍가게도 벌써 문을 닫았을 것이다. 잠시 난감해 하던 홍인표가 다시 선반을 뒤져보았다. 예상대로 선

반 위에는 오래 전에 먹다가 남겨둔 수프 반 봉지가 구겨진 채 남아 있었다. 홍인표는 냄비에 물을 붓고 수프를 끓였다.

홍인표는 다 끓은 수프를 커다란 그릇에다 옮긴 뒤 주걱으로 잘 휘저었다. 수프가 먹기 좋을 만큼 식자 그는 조그만 접시에 담아 강아지 코앞에 들이밀었다. 강아지는 귀찮은 듯 눈을 껌벅거리더니 접시에 코를 대고 냄새를 맡고는 조금씩 혀로 핥기 시작했다. 홍인표가 중얼거렸다.

"뽀삐야……."

강아지를 안고 오는 동안 곰곰 생각하다 제일 마음에 드는 이름을 찾아낸 것이 바로 뽀삐였다. 광고에 나오는 이름이라는 게 걸렸지만 그래도 강아지와 제일 잘 어울렸고 자신의 마음에도 쏙 들었기 때문에 홍인표는 그 이름으로 결정했다.

강아지는 입맛이 도는 듯 점점 맛있게 핥더니 이내 접시의 바닥이 드러났다. 접시의 밑바닥을 핥던 강아지가 혀로 코끝을 한번 훑고는 고개를 돌려 홍인표를 바라보았다. 홍인표는 접시를 가져다 남은 수프를 담아 강아지에게 주고 방안으로 들어왔다.

책상 앞에 앉은 홍인표는 서랍 속에서 두툼한 노트를 꺼냈다. 지금까지 둘러본 지하철역들에 대한 상세한 내용이 적혀져 있는 노트였다. 홍인표는 노트 앞부분의 지금까지 적혀진 내용을 죽 한번 훑어보고는 새 페이지를 펼쳤다. 그리고 하얀 종이 위에 오늘 답사한 동대문역의 내부를 세세한 부분까지 떠올리며 필요한 것들을 차례로 메모하기 시작했다.

지하철 동대문역

1호선과 4호선의 환승역.

1호선은 지하 2층…… 지하 1층은 대합실, 지하 2층은 승강장이다. 상행선은 성북, 의정부 방향, 하행선은 수원, 인천 방향, 인접역은 신설동, 종로 5가…… 승강장 양쪽으로 붙어 있고…….

4호선은 지하 4층…… 1-매표소, 대합실, 2-역무실, 3-환기실, 전기실, 4-승강장의 순서…… 상행-상계, 하행-사당…… 인접역-동대문 운동장, 혜화…… 가운데 폭 20미터 가량의 승강장…… 양쪽 선로…….

출입구-이스튼 호텔, 동대문 지하 상가 쪽…… 이대 병원 입구 쪽…… 4호선 대합실과 2호선 환승 통로 사이에 철 구조물…… 높이 1.2미터 정도…… 넘으면 바로 이대 병원 쪽 출입구…….

지하철 방범 수사대 위치-4호선 대합실 왼쪽 중간, 출입구 30미터 가량…… 창고, 전기실, 물 탱크실, 배수 펌프실, 오수 펌프실, 역무실…….

계단, 에스컬레이트…… 네 번 꺾어 환승 통로로…….

환승 통로-길이 약 100미터, 중간 지점-화장실 남 옆 오수탱크실, 여 옆 물탱크실…….

홍인표는 역의 구조를 대충 그려놓고 자신에게 필요한 부분들을 하나하나 적었다. 그는 정확하고 세세한 것들까지도 선명하게 기억해 냈다. 퇴근 후 지금까지 계속 동대문역을 배회하면서 정신을 집중해서 살폈기 때문이었다.

한참 후 노트에는 지하철 동대문역 전모의 세세한 부분들이 드러났다. 그는 노트를 덮고 머리 속으로만 그림을 그려보았다. 그의

142

머리 속에도 마찬가지 그림이 그려졌다. 그는 다시 노트를 펼쳐 확인해 보았다. 빈틈이 없었다. 추가해야 할 사항은 첫차와 막차 시간과 배차 간격 같은 것들뿐이었다. 그는 다시 한번 모든 걸 확인해 본 뒤 노트를 서랍 깊숙이 간직했다. 사람의 기억이란 별로 믿을 게 못 되는 것이다.

일을 마친 홍인표는 방문을 열고 내다보았다. 강아지는 코를 배에 묻고 잠이 들어 있었다. 홍인표는 강아지가 깨지 않게 조심스레 다가가 쪼그리고 앉았다. 강아지는 코까지 가르릉가르릉 골면서 자고 있었다.

1호선 동대문역의 이스튼 호텔 방향 출입구와 연결된 바깥을 살피기 위해 매표소를 지나 지하도 계단을 오르는 중이었다. 어떤 허름한 사내가 종이 박스를 앞에 놓고 서 있었고 연인으로 보이는 남녀 한 쌍이 그 안을 신기한 듯 들여다보고 있었다. 홍인표도 다가가 그들의 어깨 너머로 안을 들여다보았다.

종이 박스에는 강아지 몇 마리가 들어 있었다. 한 배에서 난 듯 전부 다 밤색 무늬에 하얀 털을 가진 놈들인데 목욕을 시켜서 뽀얗게 만들어 놓아서 아주 깜찍했고, 지나가던 사람들도 귀엽다고 한번씩 들여다보고 지나갔다. 강아지들은 박스 바깥으로 나오기 위해 줄지어 앞발을 들고 박스를 긁어대면서 깡충거렸다. 그런데 그중 한 놈이 유난히 눈에 밟혔다. 비실비실하며 덩치 큰 다른 놈들에게 치여서 한쪽 구석에 밀려나 기를 못 펴고 있는 작고 못생긴 놈이었다. 환승 통로를 따라서 4호선역으로 가서 조사를 한 뒤 1호선역으로 와서 다시 확인하기 위해 거기로 갔을 때 다른 놈들은 다 팔려 가고 그 강아지만 종이 박스 한구석에 혼자 남아 있었다. 그놈이 뽀삐였다.

  홍인표는 귀엽게 볼록볼록하는 강아지의 배를 한번 만져보려고 손을 뻗다가 도로 거두었다. 평화로운 꿈을 방해하고 싶지 않았기 때문이다.

  방으로 들어온 홍인표는 이불을 깔고 그 속으로 들어갔다. 그리고 이불을 머리 끝까지 뒤집어썼다. 이불 속은 포근하고 아늑했다. 그는 눈을 감았다.

  내일 저녁에는 다음 환승역인 동대문 운동장역을 답사해야 한다 …… 생각에 잠겨 있던 그의 머리 속으로 오늘 저녁 내내 걸어다닌 동대문역의 구내가 떠올랐다. 1호선역…… 4호선역…… 긴 지하 통로…… 갑자기 뽀삐의 동그랗게 잠든 모습이 떠올랐다. 볼록거리는 배와 축 처진 귀…… 내일 아침에는 뭘 먹이나…… 홍인표는 깊은 꿈 속으로 빠져 들어갔다. 이 순간이 영원히 계속되었으면 좋겠다고 생각하면서.

8
접근

"따라서 첫째, 청량리 이북에 거주 혹은 연고지를 가진 사람일 가능성이 높고, 둘째 2, 30대 남자, 셋째로 종로 3가나 을지로 3가 근처에 직장이나 연고지를 가지고 있어 통근하는 사람일 가능성이 높습니다. 범인은 이 세 가지 중 한 가지에 속할지도 모릅니다. 물론 셋 모두에 공통적으로 속할 가능성이 가장 높습니다."

최경감은 지시봉으로 지도를 짚으며 말했다. 항공지도 위에 지하철 노선과 역들이 표시된 것이었다. 거기에는 종로 3가역과 왕십리역에 붉은 동그라미가 쳐져 있었고 사건 발생 시각과 환승 통로 등에 대해 여러 가지 숫자들이 그 옆에 적혀 있었다.

"아까부터 자꾸 가능성 운운하는데 지금까지 구체적인 증거나 진척된 상황 하나 없단 말이오?"

시경 강력과장 황경정이 못마땅하다는 듯 눈살을 찌푸리며 말했다.

최경감이 잠시 입을 다물고 있다가 간단히 말했다.

"그렇습니다."

"도대체 그렇다면 수사는 얼마만큼 진행되고 있는 거요?"

황경정이 소리쳤다. 둘러앉았던 다른 간부들의 시선도 곱지 않았다.

"세 가지 방향에서 진행하고 있습니다."

최경감의 묵직한 목소리가 약간 높아졌다.

"먼저 범인이 치한 혹은 도발적 성병질자일 가능성, 즉 다시 범행을 저지를 가능성이 높다는 판단 아래 지하철역을 감시하고 있습니다. 두 사건의 피해자들은 모두 지하철 안에서 심한 추행을 당했다는 것이 전문가들의 결론이었으며, 두 사건이 모두 다 전동차를 쏟아져나와 사람들이 엇갈려서 내리는 곳 바로 앞의 계단 앞에서 벌어졌다는 점은 범인이 그곳을 자신의 사각지대로 이용하고 있다고 생각합니다. 따라서 두 사건의 범행 대상이 된 여자들이 탄 신이문역과 종로 3가역 주위에 있는 역, 즉 종로 5가, 종각, 을지로 3가, 1가 등 역에서 환승 통로와 개표구로 향하는 계단 쪽에 인력을 배치해 감시하고 있습니다. 이건 예방적 측면에서도 필요하다고 봅니다."

최경감은 둘러앉은 간부들을 죽 둘러본 뒤 다시 말을 이었다.

"다음으로 우리는 약 4천 명의 리스트를 가지고 있습니다. 아까 말씀드린 세 가지 조건을 갖춘 사람들의 명단입니다. 그 조건은 첫째, 종로 3가역을 중심으로 도보로 2, 30분 내에 있는 회사나 상점에서 일하는 사람이며, 둘째 2, 30대의 남자이며, 셋째 청량리 이북에 거주하며 지하철로 출퇴근하는 사람입니다. 그중에서도 특히 신이문역 주변에 거주하고 종로 3가역과 을지로 3가역 주변에 근무하는 통근자를 1급 용의자로 보고 2백여 명 정도로 압축해서 거주지와 직장 양쪽을 병행해 알리바이 조사 및 탐문수사를 실시하고 있습니다. 마지막으로……."

최경감은 목이 걸려서 기침을 한 뒤 말을 이으려는데 황경정이 말했다.

"잠깐 물어볼 말이 있소."

그는 손가락으로 탁자를 톡톡 두드리며 말했다.

"그 1급 용의자라는 게 어떤 병력이나 전과하고는 상관없는 거요?"

"그렇습니다. 병력자는 이미 조사를 했고 동일 수법이나 유사 수법의 전과 기록도 검토를 했습니다."

"그래요……? 그렇다면 2백 명인가 하는 1급 용의자 중에서 범인이 없을 경우에는 어떻게 할 작정이오?"

최경감은 끓어오르는 화를 지그시 누르면서 대답했다.

"대상을 확대합니다."

"4천 명으로? 거기에도 없으면? 아니, 있는데도 찾아내지 못한다면 어떻게 할 거요? 도대체 지금까지 수사 실적이……."

"이봐요, 황과장. 보고나 다 듣고 이야기합시다."

황경정의 맞은편에 앉아 있던 종로 경찰서 강력과장 윤경정이 점잖게 말을 막았다. 최경감이 황경정을 노려보면서 천천히 말했다.

"중요한 건 어떻게 해서라도 그를 찾아내어야 한다는 것입니다. 그러기 위해서는 아무리 작은 가능성이라도 매달릴 수밖에 없습니다. 현재로선…… 그게 최선입니다."

낮은 목소리로 말을 끊은 최경감은 다른 간부들을 돌아보며 말했다.

"마저 보고드리겠습니다. 마지막으로 다각도의 보조 수사를 병행하고 있습니다. 아시다시피 여자 형사 기동대의 지원을 받아 지하철 내의 치한들을 적발해 조사하고 있습니다. 또한 범인은 치밀한 인물이며 충동을 즉석에서 터뜨리지 않고 참아가며 계획적으로 범죄를 저지를 수 있는 인물인데다 젊은 여자에 대해 뿌리깊은 증오심을 가지고 있는 것으로 생각됩니다. 범인이 지하철 내의 범죄가 불가능하다고 판단할 경우 그는 다른 방식의 범죄를 저지를 가능성이 많습니다. 따라서 살인 및 상해 사건, 특히 젊은 여성을 대상으로 저질러진 성범죄에 대한 공조 체계를 유지하고 계속적인 점검을 병행하고 있습니다. 이상이 대략의 수사 방법입니다. 여기서 저는 범인을 자극해서 무고한 사람들이 희생되는 것을 막고 모방 범행과 사회적 파문을 막기 위해 보도 통제를 건의합니다."

최경감은 지시봉을 테이블 위에 올려놓고 잠시 고개를 숙였다.

"그 동안 수사 실적이 없었다는 점 죄송스럽게 생각합니다. 하지만 우리 수사팀은 그 동안 열심히 일했고 앞으로도 최선을 다할 거라는 사실에는 변함없습니다. 조금 전에 갑자기 어떤 생각이 들었습니다. 지금 이 자리에서 이런 보고를 하는 것이 과연 무슨 의미가 있는 것인가? 나는 지금 범인을 쫓는 그 자리에 있어야 하는 것이 아닌가 하는 생각입니다. 보고는 이것으로 마치겠습니다."

말을 마친 최경감은 문을 향해 뚜벅뚜벅 걸었다. 윤경정이 붙잡으려고 일어서다가 최경감의 심상치 않은 기색을 눈치채고 도로 앉왔다. 최경감은 문을 쾅 하고 닫았다.

여기는 답이 없다. 범인이 있는 곳, 범인을 만날 수 있는 곳, 현장에서 몸으로 뛰어야 하는 것이다.

확실히 이상했다. 지하철 매표소와 승강장, 전동차 안에서도 전과는 다른 어떤 것이 느껴졌다. 뚜렷하게 나타나지는 않지만 분명히 어떤 것이 있었다.

오늘 아침, 홍인표는 지하철역을 빠져나와 회사로 가다가 며칠째 느껴지던 그것의 정체를 알아냈다. 그것은 누군가의 눈초리였다. 그러고 나자 며칠간 출근길과 퇴근길에서 느껴지던 어떤 은밀한 움직임이 조금 선명하게 나타났다.

신이문역에서 전철이 와도 앉아서 신문만 보고 있던 사내, 종로 3가역 신문 판매대에서도 못 보던 사내가 앉아 있었고, 지하철 계단 입구에 아침부터 할일 없이 서 있는 듯한 사람이 계속 보였다. 두번째 사건 이후 ‘무서운 지하철’, ‘경찰은 눈뜬 장님인가’, ‘변태 성욕자가 노리고 있다’ 등등의 선정적인 표제와 추측 일변도의 기사로 대서특필하던 신문이 며칠 안 가서 갑자기 아주 조용해졌다. 홍인표는 자신도 모르게 주위를 살피려는 듯 고개를 똑바로 하고 태연하게 걸었다.

그렇다. 곳곳에 보이지 않는 눈동자가 있구나.

회사로 들어와서도 계속해서 머리에 떠오르는 온갖 불안한 생각에 일이 손에 잡히지 않았다. 홍인표는 오늘까지 영업부로 넘겨야 되는 지역별 판매 현황 목록을 두 시간 가량 억지로 작성한 뒤 신문을 들고 휴게실로 갔다. 자동판매기에서 커피를 빼들고 마시면서 그는 신문을 자세히 훑어보았다. 그 사건에 대한 기사는 아무런 언급이 없었다.

그는 신문을 접어 쓰레기통에 집어넣고는 담배를 피워물었다.

그들은 얼마만큼 근접해 온 것일까?

홍인표는 창 밖을 바라보았다. 목련꽃은 이제 다 떨어져 앙상한 가지만 남아 있었다. 그는 이마를 유리창에 대었다. 유리창은 늘 차가웠고 정신을 맑게 해준다.

준비를 서둘러야겠다. 재형저축 해약한 돈과 집을 얻고 남은 현금도 가명 통장에 입금시켜 놓았다. 전세금도 회수해야 한다. 오늘쯤 집을 복덕방에 내놓을까? 하지만 위험을 자초하는 일일지도 모른다. 좀더 지켜보자. 전세금만 해결되면 돈 문제는 다 준비된 셈인데…… 지하철역들은 답사를 거의 끝냈고…… 하지만 섣불리 움직일 수는 없다…… 좀더 지켜보면서…… 아차, 무엇보다 먼저 집안 정리를 해야겠다…….

홍인표가 생각에 잠겨 있는데 뒤에서 또각또각 구두 소리가 들렸다. 그는 슬며시 유리창에 기대고 있던 이마를 떼며 태연하게 담배를 물었다. 담배는 꽁초가 되어 불이 꺼져 있었다. 그는 꽁초를 재떨이에 던져 넣으며 뒤를 돌아보았다. 미스 박이 다가오고 있었다.

"홍대리님, 여기 계셨군요?"

"왜요? 무슨 일이라도……."

무언가 나쁜 예감이 들었지만 그는 애써 태연한 표정을 지었다.

"인사과장님이 찾으세요. 전화가 왔는데 자리에 안 계신다니까 찾아보래요."

"무슨 일이라도 있는 겁니까?"

“글쎄요…… 하여간 빨리 오시래요.”

그녀는 귀찮다는 듯 간단하게 용건만 전한 뒤 뒤도 돌아보지 않고 사라졌다.

인사과장이 자기를 찾을 이유가 없었다. 인사 이동 시기도 아닐 뿐 아니라 전에 통계부로 발령날 때 한번 면담한 외에는 입사해서 얼굴 한번 본 적이 없었다. 혹시 업무에 무슨 착오가 있었다 해도 인사과장이 부를 사안은 아니다. 도대체 인사과장이 그를 찾을 이유가 없었다.

결국 홍인표는 의식적으로 억누르고 있던 어떤 불길한 가능성을 떠올렸다. 인정하고 싶지 않지만 이유가 있다면 그것밖에 없었다. 그것은 미스 박으로부터 인사과장이란 단어를 듣는 순간 직감적으로 떠올랐다. 하지만 그것을 무시한 채 다른 모든 가능성을 생각해 본 것이다. 뚜렷한 다른 이유가 없다면 그것인데 그럴 리도 없다. 그들이 어떻게 나를 찾을 수 있단 말인가?

홍인표는 떨리는 가슴으로 일단 화장실로 들어갔다.

거울에 비친 불안에 찌든 얼굴이 마음에 걸렸다. 눈가는 거뭇하게 변해 있었고 피부도 거칠해져 있었다. 무엇보다도 불면에 시달린 충혈된 눈이 마음에 걸렸다. 아무리 잘 봐 주려고 해도 죄의식에 시달리는 범죄자 같은 인상을 지울 수가 없었다. 이대로 태연하게 회사 밖으로 걸어나가 버릴까? 하지만 그건 자신이 범인이라는 것을 자인하는 것이나 다름없었다. 도망가면 그걸로 끝이다. 그는 안주머니에 든 칼을 옷 위로 한번 쓸어 보았다.

아닐 것이다. 만에 하나 그들이라 해도 단순한 탐문 수사일 것이다. 그는 안개처럼 피어오르는 불안을 애써 다독거렸다. 그렇게 생각하고 보니 적어도 체포하러 오지는 않았다는 사실은 확실해졌다. 그들이 만약 나를 잡으러 왔다면 인사과장을 찾을 이유가 없는 것이다. 하여간 도망갈 수는 없다. 그는 변기 뒤에 칼을 숨기고 물을 틀어 세수를 한 뒤 거울을 보았다. 거울 속에는 겁 많고 소심한 표정의 사내가 서 있었다.

두 번째 와 보는 인사과장실이었다. 홍인표는 조심스럽게 노크를 한 뒤 문을 열고 들어갔다. 응접 탁자에는 봄을 알려주듯 개나리가 몇 가지 화병에 꽂혀 있었다. 쥬스잔과 몇 가지 서류가 놓인 탁자를 사이에 두고 과장과 사내가 마주 앉아 있었다. 홍인표는 인사과장을 향해 공손하게 인사를 했다.

"부르셨습니까?"

홍인표는 첫눈에 사내의 정체를 알아볼 수 있었다. 문을 열고 들어와 인사를 하는 동안 홍인표는 바로 모든 것을 파악했다. 과장의 어색한 태도와 자신을 바라보는 사내의 눈빛 등이 심상치 않은 분위기를 풍기고 있었다. 사내는 틀림없이 형사였다. 그에게서는 날카로운 냄새가 풍겼다. 그것은 상처받은 짐승을 잔인하게 뒤쫓는 맹수의 냄새 같은 것이었다.

"음, 홍대리, 어서 와요."

과장은 가볍게 고개를 끄덕였다.

"홍대립니다. 아까 말씀하신 그……."

그는 사내에게서 고개를 돌려 홍인표를 보며 말했다.

"인사드려요. 경찰에서 오신 분인데 무슨 일이 있다고 그러시는구만. 자, 이쪽으로 앉아요."

과장은 둥글넓적한 얼굴에 사교적인 웃음을 띤 채 서로를 소개했다. 그의 얼굴에는 호기심과 불안감이 함께 섞여 있었다. 홍인표는 조심스럽게 과장이 가리킨 자리에 앉았다.

"통계 조사부에 근무하는 홍인표라고 합니다."

홍인표는 어눌한 말투로 자기 소개를 하며 고개를 숙였다. 하지만 눈이 마주치는 순간 홍인표는 사내의 서글서글한 눈빛이 순간적으로 빛나는 것을 놓치지 않았다. 등줄기로 오싹 하고 소름이 끼쳤다.

"이거 바쁘신데 죄송합니다."

의외로 맑고 부드러운 목소리였다. 사내는 주머니에서 지갑을 꺼내 앞으로 내밀었다.

붉은 줄이 사선으로 그인 수사관 신분증이었다.

"종로 경찰서 강력과 강창민이라고 합니다."

"네에…… 그러시군요."

홍인표는 신기한 것을 쳐다본다는 듯이 신분증을 자세히 들여다보면서 고개를 두어 번 끄덕였다. 강형사는 그런 홍인표를 잠시 바라보더니 먼저 입을 열었다.

"몇 가지 협조를 해주셨으면 하고 뵙자고 했습니다. 참, 갑자기 찾아뵈어서 불쾌하시리라 생각합니다. 양해를 부탁합니다."

"무슨 일인지 모르지만 협조할 수 있는 일이라면 해야겠지요."

홍인표는 궁금하다는 듯 사내의 얼굴을 쳐다보며 자세를 고쳐 앉았다. 용케도 목소리가 떨리지 않았다. 말을 시작하려던 형사가 머뭇거리며 인사과장을 쳐다보았다. 인사과장은 미적거리며 자리에서 일어났다.

"그럼 전 나가야겠군요. 이야기 나누십시오. 그리고 홍대리는 협조 잘해 드려요. 이야기 끝나면 식사라도 대접해 드리고⋯⋯."

과장이 나가자 형사는 목을 좌우로 두세번 돌려 두둑거리는 뼈마디 소리를 낸 뒤 천천히 이야기를 꺼냈다. 조사를 시작할 때의 버릇인 듯했다.

"약 50일 전에 지하철 종로 3가역에서 한 젊은 여자가 국부를 칼에 찔려 죽은 사건이 있었습니다. 아주 엽기적인 사건이지요. 정신병자의 소행 같기도 하구요. 그리고 보름 전쯤에 비슷한 사건이 일어났어요. 범행 수법으로 봐서 동일범의 소행이 거의 확실해요⋯⋯ 그런데 저희가 그 동안 수사한 바에 따르면 범인은 이 시내 어디에서 근무하는 회사원일 가능성이 아주 높은 것으로 나타났습니다. 물론 사건이 일어났던 지하철을 이용할 수 있는 지역에 사는 사람이어야 하겠지요. 하지만 이 서울에 인구가 얼마나 많습니까? 여기 종로 지역만 하더라도⋯⋯."

형사가 마치 홍인표와는 아무 상관도 없는 이야기를 하는 것처럼 태연하게 지껄이며 교묘하게 덫을 놓고 있었다. 그는 홍인표가 덫에 뛰어들기를 기다리고 있었다. 홍인표는 덫을 부숴버리기로 마음먹었다. 홍인표의 표정이 딱딱하게 굳어졌다.

"그러니까 제가 그 두 가지 사항에 다 해당된다는 말씀이군요? 시내에 근무하는 회사원이고 사건이 일어났던 지하철을 이용할 수 있는⋯⋯."

"바로 그겁니다. 홍대리께서 그 두 가지에 다 해당이 되죠."

그는 잠시 말을 끊고 탁자에 놓인 쥬스를 한 모금 마셨다.

"물론 그렇다고 홍대리께서 범인이란 말은 결코 아닙니다. 현재 그 두 가지 요건을 갖춘 사람들이 수천명이나 있어요. 또 전혀 의

154

외의 인물이 범인일 가능성도 있지요. 엄밀히 말해서 지금 하고 있는 수사는 목격자나 참고인을 찾는 일이라고 말할 수 있습니다. 아직도 사건 당시의 직접 목격자는 나타나지 않은 상태이니까요. 홍대리도 아시겠지만 출근길의 사람들이 얼마나 많습니까? 그런데 그렇게 많은 사람들이 분명히 범행 현장 주변에 있었는데 아직도 목격자는 나타나지 않고 있습니다……. 물론 누구든 수사 대상이 된다는 걸 기분 좋게 받아들일 사람은 없습니다. 하지만 현재로선 저희로서도 사람들을 찾아다니는 수밖에 없습니다. 이해해 주시기 바랍니다."

"좋습니다. 내가 뭘 협조해 드려야 합니까?"

홍인표의 표정은 여전히 굳어 있었지만 목소리는 많이 누그러졌다. 형사의 태도도 사무적으로 변했다.

"몇 가지만 질문하겠습니다. 수사에 도움이 될 수 있도록 협조를 부탁합니다. 물론 응하시지 않아도 좋습니다."

"시민의 한 사람으로서 도움이 될 수 있다면 당연히 그래야겠지요."

"고맙습니다. 우선 기본적인 사항부터 확인을 좀 하겠습니다."

형사는 먼저 봉투 속에서 두툼한 리스트를 꺼내 거주지 주소와 주민등록번호 등을 확인했다. 홍인표는 형사 몰래 탁자 밑에 꽉 쥐어져 있는 주먹을 펴서 손바닥의 땀을 바지에 문질렀다.

"출근시 교통편은 물론 지하철을 이용하시겠지요?"

"물론이죠, 잘 아시겠지만."

"늘 그렇습니까?"

"네, 항상 다람쥐 쳇바퀴 도는 식의 생활이죠. 아침에 일어나서 허겁지겁 출근하고 저녁에 피곤한 몸으로 퇴근하고…… 뭐 하루 하루가 다를 게 없습니다. 우리 같은 월급장이 생활이란 게 그런 것 아니겠습니까?"

"그렇지요."

목소리가 떨리지 않는다는 것을 확인한 홍인표는 마음을 풀었다는 표시로 다소 길게 이야기를 했고 강형사는 테이블 위에 놓인 타임 체크의 기록표를 펼쳐서 무엇인가를 찾으며 대꾸했다.

"아주 규칙적인 생활을 하시는 것 같아요?"

"네, 뭐든지 일상을 벗어나면 불안해져요. 길을 걸어도 걷던 곳으로만 걷고 뭐든 있어야 할 곳에 있어야 마음이 편해져요."

"출근 시각이 늘 일정하시군요? 그러니까 항시 8시 40분경에 출근하시는군요? 여기 2월 24일에 8시 41분, 3월 20일에는 8시 39분 출근이구요? 아참, 이날들은 범행이 일어난 날이죠."

그는 고개를 들어 홍인표의 얼굴을 쳐다보았다.

"혹시 무슨 특별한 기억 없습니까? 범행이 일어난 날도 틀림없이 지하철을 타고 출근하셨을 텐데."

"그랬겠지요. 하지만 저로서는 그날이 그날이에요. 특별하게 무슨 일이 일어났다면 기억하겠지만 기억이 없군요. 만일 사건을 목격했더라면 기억이 안 날 리는 없겠지요."

"혹시 출근하실 때 타시는 곳이 일정하지 않습니까? 그러니까 이용하시는 역 말고 전동차를 타는 곳 말이지요? 대부분 출퇴근하는 직장인들은 시간을 절약하기 위해서 일정한 곳에서 타고 내리거든요. 예컨대 내리면 바로 출입구가 있다든지 연결 통로가 있다든지 할 수 있는 곳 말입니다."

순간적으로 홍인표의 등줄기로 찬 바람이 일었다. 미처 생각하지 못했던 물음이었다. 어떻게 대답해야 할 것인가. 물론 형사가 말한 대로 늘 타는 곳이 정해져 있었다. 하지만 사실대로 말한다면 내리는 곳이 바로 범행 장소와 일치하게 된다. 그렇다고 이곳 저곳 아무 곳에서나 탄다는 것도 상식적으로 생각해 볼 때 거짓말이라는 인상을 줄 수 있을 뿐 아니라 조금 전에 스스로 규칙적이고 소심하다고 말한 것과 일치되지 않는다. 머뭇거릴 수도 없었다. 홍인표는 마른 침을 꿀꺽 삼켰다.

"물론이지요. 저도 늘 같은 곳에서 타고 내리지요. 혼란스러운 건 딱 질색이니까요."

"좋습니다. 그렇다면 이것 좀 확인해 주시겠습니까?"

형사는 의자 옆에 놓여 있던 두툼한 스크랩 노트를 탁자 위에 펼쳐 놓았다. 종로 3가 지하철역 내부 도면이었다.

"이 근처에서 내리시나요? 이쪽 계단으로 나가서 이리로 3호선 갈아타는 통로를 지나가는 게 회사로 출근하는 지름길인 것 같은데요?"

형사가 손가락으로 짚은 곳은 틀림없이 '그곳'이었다.

"그러니까 이게 역 내부군요. 음, 그런데 거기는 아닙니다. 여기서 내리죠. 그리고 이쪽 계단을 통해서 이리로 나오죠. 그쪽은 사람들이 많아서……."

홍인표는 손가락으로 뒤쪽의 출입구을 짚었다.

"그쪽은 너무 복잡해요. 저는 복잡한 것도 싫어하거든요. 혹시 제가 출근하는 걸 지켜보셨다면 제 말이 거짓이 아니라는 걸 잘 아실 텐데요."

손가락이 떨리지 않게 조심하면서 홍인표는 무심한 듯 말했다. 형사도 순순하게 대답했다.

"보지는 않았지만 홍대리의 말을 저는 믿습니다. 저도 사람들과 복잡하게 섞여 있는 걸 싫어하는 성격이거든요. 그렇다면 2월 24일과 3월 20일에도 역시 출근하실 때 여기로 나오셨겠군요?"

"물론입니다."

홍인표는 자신 있게 대답할 수 있었다. 형사가 그 당시에 대해서 알 수 없는 일이기 때문이었다.

"좋습니다. 그러니까 사건 당일에 아무런 것도 보지 않으신 게 확실하군요?"

"그렇습니다."

"네에…… 그런데 참으로 이상합니다."

홍인표의 가슴이 철렁 내려앉았다. 혹시 내가 말 중에 무슨 실수라도 한 게 아닌가 생각하면서 형사의 얼굴을 쳐다보았다. 하지만 형사의 얼굴은 의외로 담담한 편이었다. 홍인표는 숨을 멈추고 형사의 말을 기다렸다.

"이건 질문과는 별개의 이야깁니다만 그토록 많은 사람들이 타고 내리던 곳에서 범행이 벌어졌는데 범행 목격자가 나타나지 않는다는 사실입니다. 저는 분명히 목격자나, 아니면 적어도 이상하게 생각할 정도의 행동을 한 사람을 본 사람이 있다고 생각하고 있습니다. 그런데 없어요. 나타나지 않는 겁니다. 참으로 답답할 노릇이지요. 목격자만 나타나면 범인은 쉽게 잡을 수가 있는데 말씀입니다."

홍인표는 고개를 끄덕이며 어색하게 웃었다.

158

"그 말씀은 내가 혹시 범행 현장을 보고도 모른 체하는 그런 사람
들 중 하나라고 말씀하시는 게 아닙니까?"
형사가 고개를 흔들었다.
"하하, 그럴 리가 있습니까. 그냥 하도 답답해서요."
"저를 그렇게 생각하실지도 모르지만 실제로 저는 기억이 나지 않
습니다. 아마 내가 볼 수 있는 곳에서 사건이 벌어졌더라도 다른
생각 때문에 의식하지 못했겠지요. 그럴 수도 있지 않을까요?"
홍인표는 내심 안도의 숨을 내쉬며 겉으로 뻔뻔한 표정을 지었다.
혐의를 벗어나려면 그의 생각에 자신을 맞출 필요가 있었다. 예상
대로 형사의 눈에는 경멸의 빛이 떠올랐다.
"그러시겠지요. 골똘히 어떤 생각을 하다 보면 다른 게 눈에 들어
오지 않는 법이죠. 그게 무엇이든지간에."
그 뒤로도 냉랭한 분위기 속에서 한참을 더 질문과 답변이 계속되
었지만 홍인표는 무난하게 답변을 마칠 수 있었다. 왕십리역 사건
에 대해서는 한번도 그곳을 통해 출근해 보지 않았다는 답변으로 더
이상의 질문을 막았고 이야기는 별다르게 진행되지 않았다.
"하여간 수고하셨습니다."
형사가 주섬주섬 서류를 챙기면서 말했다.
"도움이 되었는지 모르겠군요."
"물론입니다. 많은 도움이 되었습니다."
형사는 일어서 손을 내밀었다. 홍인표도 두 손을 내밀었다.
"점심이라도 같이 하셨으면 좋을 텐데요."
"아닙니다."
둘은 나란히 복도로 나왔다. 복도를 나란히 걷던 형사가 말했다.

"참, 명함 한 장 주시겠습니까?"

"글쎄, 지금 가진 게 있는지 모르겠군요. 아, 여기 한 장 있군요."

홍인표가 수첩을 꺼내 명함을 찾았다. 명함을 내민 손을 보며 형사가 불쑥 말했다.

"홍인표씨 혹시 왼손잡이십니까?"

"네? 네…… 아닌데요. 무슨 문제가 있습니까?"

"아닙니다. 왼손으로 명함을 주시길래. 그럼."

형사는 명함을 받아들고 복도를 따라 걸어갔다. 복도를 돌아나가는 형사의 뒷모습을 보면서 홍인표는 깊이 한숨을 내쉬었다. 속옷이 땀으로 축축이 젖어 있었다.

홍인표는 사무실로 돌아왔다. 점심 시간이라 미스 박도 자리를 비워 사무실에는 아무도 없었다.

홍인표는 자기 자리에 앉아서 처음 형사를 만날 때부터 헤어질 때까지의 장면들을 차근차근 떠올려 보았다. 다 좋았는데 마지막 복도에서 약간 문제가 생겼다. 형사의 입에서 나온 왼손잡이란 말은 중요한 의미를 가지고 있는 것이 틀림없다. 얼떨결에 왼손잡이가 아니라고 부인하긴 했지만 그때 분명히 얼굴빛이 변했을 것이다. 형사가 일부러 명함을 청한 것일까?

홍인표는 곰곰 생각에 잠겼다.

가장 큰 문제는 자신의 모든 것이 그들의 시야에 무방비로 노출되어 있다는 사실이었다. 그들은 홍인표의 출근하는 노선, 회사는 물론 집까지도 알고 있었다. 스크랩 노트가 들어 있는 봉투 속에서 꺼낸 확대된 지도 위에는 많은 붉은 점들이 찍혀 있었다.

그중 점 하나는 분명히 홍인표의 집이었다. 그렇다면…….

단지 시간이 문제일 뿐이었다. 자신은 그들의 손아귀에 들어 있는 것이다.

홍인표는 고개를 세차게 흔들었다. 예상보다 빨랐지만 드디어 준비했던 일을 결행할 시기가 온 것이었다. 홍인표는 자리에서 벌떡 일어났다.

9
재회

최미영이 근무하는 영동개발 사무실은 나른한 분위기에 젖어 있었다. 할일 없이 사무실을 어슬렁거리는 직원들의 몸짓도 활기가 없었다.

한창 경기가 좋을 때는 쉴 새 없이 울리는 전화벨 소리와 바쁘게 드나드는 많은 사람들로 사무실은 북적거렸고, 거기에 맞추어 직원들의 동작도 빠르고 기운이 넘쳤다. 따라서 영업 실적에 의해 월급을 받는 각 팀 사원들은 말할 것도 없고 미영과 같은 여직원들도 바쁘지만 무언가 활기찬 하루하루를 보냈다.

하지만 계속해서 죄어오는 정부의 강력한 투기 억제책으로 부동산 경기가 얼어붙자 사무실은 한산해졌고 직원들도 하나 둘씩 줄어들고 있었다.

지금 미영의 옆자리에는 미스 윤이 경리 장부를 정리하고 있었고, 맞은편에는 전원 주택과 임야 전문인 김상무가 어깨와 고개로 수화기를 끼고는 두 손으로 서류를 뒤적거려 필요한 것을 찾으며 전화

속의 상대를 설득하느라고 혼자 바쁠 뿐 나머지 직원들은 그냥 앉아서 시간이나 보내는 맥 풀린 모습이었다.

미영도 그런 사무실의 분위기에 젖어 무료하게 앉아 펴든 여성잡지를 건성으로 읽고 있었다. 요즘은 신문 스크랩과 간단한 자료 정리, 전화 몇 통 받는 일이 주된 하루의 일과였다. 전화도 이따금 탐색조의 문의 전화만이 걸려올 뿐, 적극적인 매매 의사를 가진 전화는 걸려오지 않았다.

여성잡지를 내키는 대로 한 장씩 혹은 몇 장씩 넘기던 미영의 눈에 문득 띄는 제목이 있었다.

'남자는 변심했을 때 이렇게 변한다.'

기사는 남자가 변심하면 말투는 어떻게 변하고 행동은 어떻게 달라진다는 둥 대충 그렇고 그런 내용이었는데 미영은 서너 장 넘기다 괜히 마음이 산란해져서 잡지를 덮어버렸다. 요즘 들어 부쩍 심해진 사장의 이상한 태도가 떠올랐기 때문이었다.

처음 아파트를 얻어준 뒤 한 1년 정도, 사장은 1주일에 꼭꼭 두세 번은 와서 밀회를 즐기곤 했다. 밀회만 즐긴 것이 아니라 외식을 한다든가 쇼핑을 간다든가 하며 미영에게 자상하게 신경을 써 주었다. 그러나 그럭저럭 한 1년 지나자 알게 모르게 사장의 발길이 점차 뜸해지기 시작했다.

몇 달 전부터는 어쩌다 한번씩 들러도 별 말도 없이 덤벼들어 짐승처럼 씩씩거리며 제 욕심만 챙기곤 옷을 주워 입고 못 올데 온 사람처럼 휑하고 가버리곤 했다. 그러고는 한 달이고 보름이고 찾아오지 않았다.

미영은 귀찮지도 않고 오히려 다행이다 여기고 별 생각 없이 지냈는데 그 대신 점차 새로운 버릇이 생겼다.

사장은 생각날 때마다 근처에 있는 러브 호텔로 불러내서 대낮의 밀회를 요구하곤 했던 것이다. 주로 점심 시간을 이용하지만 어떤 때는 일과 시간에 불러내는 때도 있었다.

게다가 더욱 질색인 것은 직원들이 밖에 있는데도 사장실로 불러 놓고 노골적인 애무를 하거나 강요하는 일이었다. 사장은 그게 아 주 흥분되는 모양이었지만 미영으로선 견딜 수가 없는 짓이었다. 큰소리 치거나 드러내놓고 반항할 수도 없어서 그때마다 그의 요구 를 받아들이긴 했지만 완전히 노리개가 된 듯한 비참한 기분을 맛보 곤 했다.

행위를 할 때도 마찬가지였다. 사장의 요구가 점점 노골적이고 변태적으로 변해 가고 있었다. 온갖 자세와 행동을 강요하는 것은 물론 행위도 일방적으로 자기의 욕구만 만족시키는 걸로 끝났다. 미영은 그것도 견딜 수 없었다. 몸이 막 달아오르는데 사장은 어느 새 볼일을 마치고 몸을 돌려 옷을 주워 입는 것이다.

그것이 무엇을 의미하는지 미영은 잘 알 수 있었다. 한 마디로 이 제 미영은 사장에게 더 이상 투자할 가치가 없는 존재가 되어 버린 것이다. 물론 처음에는 그렇지 않았다.

입사한 지 한 달쯤 되던 날이었다. 이것 저것 자상하게 돌봐주는 바람에 경계심을 풀어버린 것이 문제였다. 호화로운 레스토랑의 잔 잔한 음악을 들으며 식사를 한 것까지는 좋았다. 하지만 그것이 미 끼인 줄 미처 생각하지 못했다. 더구나 억지로 권하는 바람에 몇 모 금 마신 술에 약이 들어 있을 줄은 상상도 못했다. 남자를 모르는 몸은 아니었지만 미영은 그날 처음으로 자신의 육체에 그토록 많은 욕망이 들어 있는지 알았다.

한번의 관계가 이루어지자 그 뒤는 모두 그의 요구대로 되어 갔다. 물론 거기에는 자신의 책임이 없는 것도 아니었다.

처음 관계를 맺고 나서 사장은 온갖 감언이설로 그녀를 달래고 유혹했었다. 하지만 사실 사랑한다는 맹세로 시작해서 아내와 이혼하고 같이 살자는 약속으로 끝을 맺은 그 달콤한 속삭임보다는 아파트를 얻어 준다는 말에 더 솔깃했었고, 무엇보다도 그를 통해 얻을 수 있는 물질의 안락함이 유혹적이었다. 게다가 어차피 버린 몸이었다. 이런저런 이유로 미영은 그의 제의를 받아들였고 1년 반 정도 관계를 유지해 왔다.

언젠가는 깨질 불완전한 관계라는 것을 잘 알고 있었지만 그래도 그녀로서는 나름대로 충실하려고 노력했었다. 하지만 소용없는 일이었다. 사장은 변했고 이제 그나마 마지막 남은 육체적 매력이 시들해지면 둘 사이는 끝이 날 것이 뻔했다. 문제는 그 시기가 언제인가 하는 것뿐이었다. 사장의 마음을 돌이킬 수 있는 방법은 없었고 그러고 싶지도 않았다. 할 수 있는 방법이라고는 가급적 깨끗하게 관계를 정리하는 것과 그에 앞서 보다 많은 것을 얻어내는 수밖에 없었다.

사장이 즐겨 쓰는 말이 있었다. 사장은 "돈으로 되지 않는 일은 없다. 단지 그 액수가 문제일 뿐이다"라고 즐겨 말했는데 그것은 사장의 인생 철학을 단적으로 말해 주고 있었다. 어쩌면 그 말이 옳은지도 몰랐다. 이제 조만간 사장은 돈으로 둘 사이의 관계를 청산하려 들 것이고 그렇다면 할 수 있는 일은 가급적 많은 돈을 받아내는 것뿐이다.

이런 저런 생각에 잠겨 있는데 전화벨이 울렸다. 미영은 무심코 수화기를 들었다.

"네, 영동개발입니다."

"나야……."

조심스러운 목소리가 들려왔다. 그녀는 습관적으로 주위를 살펴보았다. 그녀에게 주의를 기울이는 사람은 아무도 없었다. 그녀는 태연한 목소리로 말했다.

"네."

"지금 나와. 파라다이스 505호야. 알겠지?"

"……."

"왜 그래? 누가 곁에 있어?"

"아니에요."

"빨리 나와. 나 지금 급해. 미영이 알몸을 보고 싶어."

"……."

"왜 대답이 없어? 정말 이럴 거야?"

사장의 목소리에는 짜증이 묻어 있었다.

"……아니에요."

"그럼 빨리 나와."

사장은 잘라 말하고 전화를 끊었다. 미영은 잠시 수화기를 들고 있었다. 짤깍 하는 소리가 무겁게 귓속을 울리고 있었다. 그녀는 무표정한 얼굴로 수화기를 내려놓고 아무 일도 없는 것처럼 잠시 그대로 앉아 잡지를 뒤적거렸다.

잠시 후 미영은 자리에서 일어나 미스 윤에게 점심 약속이 있어 먼저 나가는데 조금 늦을지도 모른다고 말하고 밖으로 나왔다. 밖으로 나온 그녀는 회사 앞 큰길에서 택시를 잡았다.

러브 호텔 파라다이스는 택시로 10분쯤 걸리는 인근의 한적한 곳에 자리잡고 있었다. 택시에서 내린 미영은 태연하게 호텔의 커피숍으로 들어섰다. 커피숍 후문을 열면 바로 앞에 엘리베이터가 있었다.

그녀는 엘리베이터를 타고 5층으로 올라갔다. 빨간 양탄자가 깔려 있는 복도를 걸어 505호로 가는 동안 그녀는 약간 흥분되는 것을 느꼈다. 사장이 오늘은 또 어떤 식으로 행위를 할 것인가 상상되면서 저절로 숨이 가빠왔다.

벨을 누르자 잠시 후 벌거벗은 사장이 비누 거품이 묻은 눈을 찡그리며 문을 열었다. 살찐 알몸뚱이가 비누와 물기에 젖어 번들거렸다.

"어서 들어와."

그녀는 빨려 들어가듯 문 안으로 들어섰다. 사장이 짤깍 하고 문을 잠갔다.

"빨리 벗고 들어와."

욕실로 들어가는 사장의 허연 엉덩이와 주름진 목덜미에 맺힌 비눗물을 바라보며 미영은 가슴이 답답해지는 것을 느꼈다. 어쩌다 이렇게 된 것일까. 욕실에서 사장이 소리쳤다.

"뭘 해? 어서 들어오잖고."

그녀는 한숨을 한번 내쉬고는 하나씩 옷을 벗기 시작했다. 속옷까지 벗고 완전히 알몸이 된 그녀는 자신의 몸을 내려다보았다. 자신의 육체는 아직 탐스러웠다.

욕실로 들어온 미영을 세워놓고 사장은 맛있는 것을 손에 쥔 욕심

꾸러기 아이처럼 그녀의 알몸을 탐내기 시작했다. 그녀는 꿈틀거리기 시작했다.. 그녀의 몸은 사장의 애무와 육체에 길들여져 반응했고 그녀의 마음은 그의 돈이 주는 안락함과 달콤함을 뿌리칠 수 없었다. 어쩌면 그녀는 스스로 그 유혹에 몸을 던졌는지도 몰랐다. 끝없는 욕망의 늪으로……

　무언가 굴러떨어지며 사라져 갔다. 비릿한 땀냄새와 거친 숨소리가 방안에 가득 차 있었다. 감은 눈의 망막 위로 못 다 핀 열기들이 흐트러지고 있었다. 그 사이를 비집고 매캐한 담배연기가 흘러들어왔다.

　미영은 눈을 감은 채 밀쳐져 있던 시트를 끌어당겨 땀에 젖은 알몸을 감쌌다. 그리고 등을 돌려 벽을 향해 웅크렸다. 텔레비전에서는 아직도 알몸의 남녀가 지르는 신음소리가 흘러나오고 있었다.

　미영은 웅크린 채 가만히 누워 있었다. 비참한 기분이 들었기 때문이었다. 예전에는 그녀와 절정의 순간을 맞추기 위해 노력도 하고 정사가 끝나면 이마나 볼에다 대고 가볍게 키스라도 해주곤 했다. 진정이 아니란 걸 알지만 그래도 기분이 좋았다. 하지만 요즘은 그게 아니었다. 자기 마음대로 온갖 방식으로 즐기다가 혼자 만족하고 나면 몸에서 굴러 떨어져 씩씩거리다가 아무 말도 않고 슬그머니 담배를 집어 불을 붙여 물곤 했다. 그러다가 서둘러 일어나 옷을 주워 입는 것이다.

　침대가 쿨렁하면서 사장이 일어나 텔레비전을 껐다. 그녀는 감은 눈을 살며시 떠서 거울을 보았다. 침대 옆 벽에 붙은 커다란 거울을 통해 느긋하게 욕실로 들어가는 사장의 벌거벗은 뒷모습이 보였다. 짤막한 다리가 튀어나온 배를 힘겹게 지탱하고 있었다. 빈약한 엉덩이는 추하게 느껴졌다.

그녀는 문득 처음 본 홍인표의 벌거벗은 알몸이 떠올랐다. 두 번째였던가…… 실눈을 뜨고…… 청평 호반의 어느 여관이었지. 그는 무척 부끄러운 듯 욕실로 뛰어가며 말했다.

'눈 꼭 감어.'

샤워를 마치고 나온 사장이 서둘러 몸을 닦으며 아직도 누워 있는 미영에게 말했다.

"이봐, 안 갈 거야?"

미영이 대꾸를 않자 그는 더 이상 말하지 않고 부지런히 옷을 주워 입었다. 옷을 다 입고 난 그는 미영에게 다가가 누워 있는 그녀의 어깨를 흔들었다. 미영이 쳐다보자 그는 약간 머쓱한 표정을 지었다. 미영의 표정이 약간 심상치 않다는 것을 발견한 것이다.

"이봐, 미영이, 왜 그래? 빨리 옷 입지 않고. 회사에서 누가 눈치 채면 어쩌려고 그래?"

"그게 그렇게 두려운가요?"

사장이 눈길을 피하며 말했다.

"두렵긴…… 미영이 때문에 그러는 거지."

"난 두렵지 않아요. 도대체 요즘 왜 그러시는 거예요?

"내가 뭘?"

사장이 아무것도 모른다는 표정으로 되물었다. 미영은 말이 막혀 그를 빤히 노려보았다. 사장은 미영의 눈길에 잠시 움찔했지만 이내 표정을 웃음이 가득 담긴 얼굴로 바꾸었다. 그는 침대에 걸터앉아서 그녀를 안아일으켰다.

"우리 아가씨께서 화가 나셨군. 왜 그래? 무슨 어려운 일이 있으면 내가 다 들어줄 테니 말해 봐, 응?”

“내가 싫어졌죠?”

그녀는 짐짓 새침한 표정을 지었다. 사장은 이런 표정을 좋아한
다.

“그럴 리가 있나. 내가 미영이를 얼마나 좋아하는데.”

“도대체 언제까지 이런 식으로 지낼 거예요? 정말 지겹다구요.”

“글쎄, 그게…… 이봐, 그 놈의 마누라가 한사코 이혼만은 안 된다
고 버티고 있어서 그래. 애들도 있는데 어떻게 함부로 할 수도 없
고 말이야.”

어물어물 얼버무리며 사장은 속으로 웃었다. 이혼이라니 당치도
않은 소리였다. 남자가 바람 한번 피울 때마다 이혼한다면 백 번은
넘게 이혼했을 것이다.

“그럼 왜 그런 약속을 한 거죠? 나를 이렇게 만들어 놓고…….”

말을 하다 보니 저절로 눈물이 핑 돌았다.

“이봐, 미영이. 울지 마. 내가 약속을 안 지킬 사람인가. 조금만
참고 기다려 봐. 이혼이라는 게 그리 쉽게 되는 게 아니라는 걸
왜 모르나…… 응? 내가 미영이를 사랑하는 마음 미영이가 알잖
아? 그리고 나 지금 바빠 .”

사장이 토라진 아이를 달래듯 미영의 어깨를 토닥거렸다. 미영이
고개를 바짝 치켜들었다.

“바쁘니까 이제 나 같은 건 상관 없단 말이죠? 나 같은 건 어떻게
돼도 상관 없단 말이지요? 두고 보세요. 사장님이 날 버리면 내가
어떻게 하는지.”

“이봐, 미영이. 버리기는 누가 누구를 버려.”

말은 그렇게 하면서도 사장의 목소리에는 귀찮다는 기색이 역력했다.

"도대체 확실한 게 하나도 없잖아요. 이러다 길거리로 쫓겨나서 혼자 헤매다 죽을 것 같아 겁이 나요. 내가 오갈 데 없이 길거리를 헤매게 되면 그땐 어디 가서 유서 써 놓고 콱 죽어버릴 거라구요. 아시겠어요?"

귀찮다는 듯이 내려다보던 사장의 눈이 순간 번뜩했다. 노회한 그는 미영의 속셈을 금방 파악했다.

"이봐, 미영이. 왜 그런 소리를 해. 죽다니, 그게 무슨 소리야? 그리고 왜 미영이 집이 없어? 내가 사 준 아파트 있잖아?"

"그게 내 거예요?"

"알았어. 내가 믿어 달라는 뜻으로 그걸 미영이 이름으로 해줄게. 그러니까 염려 마. 미영이를 위해서 내가 집도 하나 못 마련할 사람인가. 이 영동개발 오사장이? 그러니까 그만 울고 어서 옷 입어. 운 표시 나면 사람들이 이상하게 생각할 게 아냐."

"정말이죠?"

"정말이야."

"언제요?"

"걱정 마, 곧 해줄게. "

그제서야 미영은 표정을 풀고 사장의 품안으로 파고 들어갔다.

"고마워요, 사장님."

사장은 입안에 쓴 침이 고이는 걸 느끼며 미영을 안았다. 아무래도 아파트 한 채가 날아가게 생긴 것이다. 몇 평 되지는 않지만 아파트 한 채라니…… 물론 여차하면 미영이 살고 있는 아파트를 주어

서라도 일을 마무리지을 생각도 하고 있었으니까 크게 손해 본다는 기분은 아니었지만 아까운 건 사실이었다.

　그는 사실 그 동안 미영이 일로 은연중에 골치가 좀 아팠다. 조만간에 관계를 정리해야겠다는 마음을 먹고는 있었지만 그게 쉬운 일이 아니었다. 아직까지 미련도 조금 남아 있는데다가 살살 구슬러서 돈이나 몇 푼 주고 떼어 버리자니 애가 영악해서 무슨 일을 벌일지도 모르는 판이라, 일단 아직은 가는 데까지 가보자는 심정으로 가끔씩 불러내서 즐기곤 했는데 의외로 쉽게 실마리는 잡힌 셈이다. 하여간 바람 한번 비싸게 피운 셈이었다.

　미영도 일단 그 정도라도 확보했다는 점에서 내심 만족하고 있었다. 어차피 깨어질 관계였다. 자신의 말처럼 사장과 결혼할 마음은 전혀 없었다. 다만 결혼을 고삐로 바짝 죄는 것이 앞으로 두 사람과의 싸움에서 유리한 위치를 차지할 수 있다는 판단에서 그렇게 말하고 행동할 뿐이었다.

　진정으로 사랑을 갈구하고 결혼을 하고 싶은 순진한 여자. 이것이 그녀가 맡은 배역이었다. 물론 유사시에 그녀는 유부남에게 짓밟힌 가련한 처녀의 역할을 할 각오까지 되어 있었다. 사장이 팔을 풀었다.

　"자, 이걸로 식사해. 난 벌써 약속 시간 늦었어."

　사장은 수첩에서 10만원권 수표 한 장을 꺼내 침대 위에 놓고는 서둘러 밖으로 나갔다. 사장이 나간 뒤 미영은 수표를 집어들고 잠시 바라보다 곱게 지갑 속에 넣었다. 그리고 샤워를 한 뒤 조심스럽게 화장을 만지고 밖으로 나갔다. 커피숍은 여전히 한산했다.

　미영은 커피숍에서 커피 한 잔을 마시고는 사무실 근처 경양식집에서 늦은 점심을 먹고 사무실로 들어갔다. 비프스테이크는 아주 맛있었다.

사무실의 분위기는 여전히 나른하게 늘어져 있었다. 김상무를 비롯한 몇 명의 남자 직원들이 미스 윤을 사이에 두고 앉아 잡담을 늘어놓고 있었다. 보나마나 뻔한 음담패설일 것이다. 하는 짓들로 보아 사장은 들어오지 않은 모양이었다.

미영은 그들을 한눈으로 흘긋 보고는 자기 자리로 갔다. 책상 위에는 메모 용지가 놓여 있었다. 미스 윤의 글씨였다.

전화…… 웬 남자……? 나중에 하겠음…… 12:30분

전화…… 같은 사람……? 나중에…… 1:10분

누군데 두 번씩이나 전화를 했을까 생각하며 미영은 의자에 털썩 주저앉았다. 온몸이 노곤한 게 어디 가서 한잠 잤으면 싶었다. 대낮의 정사는 너무 피곤하다. 정사는 시간도 공간도 분위기도 넉넉한 곳에서 즐기는 것이 가장 좋다. 시간에 쫓기는 정사, 게다가 금방 남자와 정사를 끝내고 또다시 아무 일도 없었다는 듯이 행동을 해야 한다는 것은 피곤한 일이 아닐 수 없었다.

얼굴을 붉히며 히히덕거리던 미스 윤이 미영을 보자 자리에서 일어났다.

“웃기고들 있네, 정말…… 뭐 맛있는 거 먹고 인제 와?”

“응…… 그런데 이게 뭐야?”

“최미영씨 찾는 웬 남자의 전화가 두 번 왔었다는 거지 뭐. 그런데 언니, 아무래도 좀 수상해?”

“무슨 말이야, 그게?”

“애인이지? 애인 생긴 거지, 응? 처음 듣는 목소리던데?”

누굴까? 남자라니. 남자한테 전화 올 일이 없었다. 미스 윤이 모르는 걸로 봐서는 거래처 사람도 아니고…….

"목소리가 어때?"

"글쎄, 낮은 목소리였는데 좀 가는 편이고…… 어때, 애인 맞지?"

미영은 픽 하고 웃었다. 얘가 만약 내가 조금 전까지 사장과 알몸으로 뒹굴고 있었다는 걸 알면 어떤 표정을 지을까.

"아니야, 그런 사람 없어. 조금 있다가 다시 전화 한다니까 자연히 알게 되겠지 뭐. 하여간 고마워."

"에이, 언니는…… 그런다고 뭐 숨겨지나?"

"알았어, 그만 가 봐. 나 지금 피곤해."

별로 신통찮은 대답에 실망했다는 듯이 미스 윤은 입을 한번 삐죽하고는 자기 자리에 앉았다.

누구일까? 사무실에만 오면 묘한 눈빛으로 쳐다보면서 추근대던 고려 개발의 박상무? 하지만 그러면 자기를 밝히지 않을 리 없었다. 사장과 친분이 두터웠기 때문에 자기 사무실처럼 큰소리를 치곤 하는데…… 더군다나 미스 윤도 목소리를 알 거구. 이름을 밝히지 않았다는 게 무언가 꺼림칙했다. 누굴까? 맑은 목소리라…… 혹시? 아니야, 그럴 리는 없구…….

그때 갑자기 전화벨이 울렸다. 미영은 흠칫 놀랐다. 미스 윤이 수화기를 들었다.

"네, 잠깐만 기다리세요. 언니, 전화야. 3번."

미스 윤이 들고 있는 전화기를 손짓하며 의미 있게 웃었다. 미영은 책상 위에 놓인 전화기를 집어 귀로 가져갔다. 경쾌한 멜로디의 음악이 울리고 있었다. 그녀는 접속 버튼 3번을 조심스럽게 눌렀다.

음악이 끊겼다.

"……여보세요?"

"……."

"여보세요? 전화 바꿨습니다."

은밀한 침묵을 깨고 낮은 목소리가 울렸다.

"나야, 미영이."

미영의 가슴이 철렁하고 내려앉았다. 예감이 사실로 나타난 것이다.

"……."

"미영이, 나야…… 인표."

"……."

"나야, 미영이. 내 말 듣고 있어……? 여보세요? 여보세요?"

"듣고 있어요."

미영은 떨리는 목소리를 가다듬으며 침착하게 말했다.

"오랫만이야…… 정말."

"용건이 뭐죠?"

미영은 딱딱한 어조로 빠르게 말했다. 잠시 침묵이 흘렀다.

"……우리 만나자."

미영은 말문이 막혔다.

"너를 꼭 한번은 만나야 돼. 만나서 할 이야기가 있어. 부탁이다."

어처구니가 없어 가슴이 답답해졌다. 다시 만나서 어쩌자는 말인가? 그녀는 또박또박 말을 끊었다.

"무슨 이야긴지 듣고 싶지도 않고 또 만날 생각도 없어요. 이제 그만 끊겠어요. 다시는 전화하지 마세요.”

홍인표가 다급하게 소리쳤다.

“끊지 마. 미영아, 잠깐만 내 말 좀 들어봐. 잠깐이면 돼.”

미영은 한숨을 내쉬었다.

“……말씀하세요.”

“할 말이 있어. 다시 만나 달라는 따위의 이야기는 아냐. 나는 여기를 떠날 거야. 영원히 말야. 마지막이야. 마지막 한번만 내 부탁을 들어줘.”

어딘지 모르지만 그가 영원히 떠난다는 말은 약간 충격적이었다. 마지막이라는 말에도 약간 마음이 흔들렸다.

“너를 만나지 않고는 도저히 떠날 수가 없어. 미영아, 마지막 부탁이다. 만약 이 부탁을 들어주지 않는다면 나는…… 어떻게 될지도 몰라…… 무슨 일을 저지를지도 몰라…… 제발…… 미영이, 피하지 마. 나는 어떻게든 너를 만나야 하니까.”

착 가라앉은 비장한 목소리였다. 미영은 가슴이 서늘해졌다. 그는 감정을 속일 줄 모르는 사람이었다. 그의 절박한 목소리로 보아서는 실제로 무슨 일이라도 저지를 수 있을 것 같은 생각이 들었다. 밤 늦게 아파트 앞에서 불쑥 나타난다거나 아니면 낮에 갑자기 사무실 문을 박차고 뛰어 들어와 고함이라도 지를지 모르는 일이다. 그리고 그런 꼴을 사장에게 보인다면 어떻게 될 것인가. 아파트고 뭐고 다 날아가 버리는 것이다.

그녀는 한숨을 내쉬었다.

“좋아요. 그렇게 해요.”

“고맙다, 미영이. 내겐 시간이 없어. 오늘 만났으면 해. 7시에

‘약속’에서.”

‘약속’은 별로 내키지 않았다. 하지만 미영은 더 이상 수화기를 붙들고 있기 싫었다.

어차피 마지막이니까…… 그녀는 선선하게 말했다.

“그래요.”

10
용서

ㄱ대학교 앞 사거리 정류장에서 좌석 버스를 내린 미영은 은희네 집 쪽으로 발길을 옮겼다. '약속'은 은희네집으로 들어가는 골목 어귀에 있었다.

오랜만에 걸어보는 길이었다. 한때는 거의 날마다 지나다니던 길이었다. 은희네집으로 놀러 와 둘이서 무작정 돌아다니기도 했고, 홍인표와 둘이서 많이도 걷던 길이었다. 하지만 아름답던 추억은 쓸쓸한 기억 속에 희미하게 남아 있을 뿐 지금은 낯선 사람들의 무심한 발걸음만 바쁜 거리였다. 저만큼 찻집의 돌출 간판이 보였다.

도대체 무슨 일일까? 무슨 일로 만나자고 하는지 알 수 없었지만, 하여튼 무언가 그에게 커다란 변화가 일어난 것 같은데…… 그것도 심각한 것 같아. 하지만 그게 나랑 무슨 상관이람. 약하게 굴어서는 안 된다. 하여간 빨리 일어서야지…….

생각에 빠져 있던 미영은 어느새 2층 찻집으로 오르는 나무 계단 앞에 서 있는 자신을 발견했다. 미영은 시계를 보았다. 7시 10분.

그는 아마도 창을 통해 내가 걸어오는 걸 지켜보고 있을 것이다.

계단을 다 오른 미영은 입술을 깨물고 심호흡을 한번 한 다음 무거운 찻집의 문을 지그시 밀었다. 언제나처럼 조용한 음악이 훈훈한 커피 향기와 함께 미영을 맞았다.

그 테이블은 비어 있었다. 홍인표는 아직 오지 않은 모양이었다. 한쪽 구석에 한 쌍의 남녀가 이마를 맞대고 있을 뿐 다른 손님은 없었다. 미영은 비어 있는 창 옆의 테이블로 가서 앉았다. 낯선 여종업원이 생수를 담은 물잔과 메뉴판을 가지고 다가왔다.

미영은 냉수를 한 모금 들이키고는 자리에 깊숙이 몸을 기댔다. 머리 속이 어수선했지만 물맛은 시원했고 의자도 여전히 편안했다.

잠시 앉아 있던 미영은 문득 맞은편 벽에 걸려 있는 시계를 보았다. 분침이 10분과 15분 사이에 머물고 있었다. 홍인표는 약속 시간을 철저히 지키는 사람이었다. 아무래도 무언가 잘못되어 가는 것 같았다.

미영이 무언가 불길한 느낌이 들어 그냥 일어나 가버릴까 생각하고 있는데 여종업원이 다가왔다.

"저, 실례지만 혹시 누굴 기다리세요?"

"그런데요?"

"전화가 왔습니다."

"나한테요?"

"네, 어떤 남자분인데 전화를 바꿔 달라고 하셨어요."

홍인표일 것이다. 미영은 일어나 카운터로 갔다. 바닥에 놓인 수화기 옆의 돼지 저금통에는 '100원이에요'라는 글자가 애교스럽게 쓰여져 있었다.

“여보세요.”

“나야, 미영이.”

역시 홍인표였다. 그는 잔뜩 숨죽인 목소리로 말하고 있었다.

“약속 시간이 지났어요.”

“알고 있어, 미영이. 그런데 혹시 누구 뒤따라온 사람은 없지?”

미영은 치밀어오르는 짜증을 억지로 삼켰다.

“무슨 말을 하는 거예요? 도대체 누가 따라와요. 그리고 이렇게
전화하는 이유는 뭐예요? 억지로 약속을 해놓고 이게 무슨 짓이에
요?”

“미안해, 미영이. 그럴 사정이 있어서 그래. 미안해.”

미영이 야무지게 말끝을 잘랐다.

“난 가겠어요. 더 이상 여기에 있어야 할 이유를 모르겠어요.”

“안 돼! 우린 만나야 해.”

칼날처럼 단호한 목소리가 고막을 울렸다. 갑작스런 고함에 미영
은 섬뜩하고 놀라 입을 다물었다. 잠시 침묵이 흘렀다. 다시 홍인
표의 가라앉은 목소리가 들렸다.

“미안하다, 미영아. 만나서 이야기하자. 거기는 별로 장소가 좋
지 않아. 다른 데서 만나자…… 우리 처음 만나 같이 간 곳 기억
이 나?”

도대체 뭘 하자는 건지 어이가 없어 미영은 잠자코 멍하니 서 있
었다.

“……교정 뒤 연못이었어. 목련이 지고 있었고.”

“……”

“지금 거기로 나와. 바로 그 벤치 앞으로. 꼭이야.”

찰칵 하고 전화가 끊겼다. 수화기를 제자리에 놓으며 미영은 긴 한숨을 내쉬었다. 점점 일이 이상하게 되어 간다는 느낌을 떨쳐 버릴 수가 없었다. 하지만 이왕 내친 걸음이었다. 지금 가버린다고 다시 찾아오지 않을 사람이 아니었다.

만나보면 어떻게든 결말이 나겠지 생각하며 미영은 자리로 가서 핸드백을 챙긴 뒤 밖으로 나왔다. 저녁 무렵인데도 교문에는 많은 학생들이 오가고 있었다.

어디선가 홍인표가 숨어서 자신을 지켜보고 있다는 느낌 때문에 자꾸 주위를 둘러보고 싶은 충동을 겨우 누르며 미영은 화강암으로 만들어진 아치형의 ㄱ대학교 교문을 들어섰다.

주위를 지나치는 대학생들의 표정은 밝고 아름다웠다. 그들에게는 무엇보다도 때묻지 않은 젊음이 있었다. 이야기하면서 웃고 떠드는 그들을 보면서 미영은 부러움과 안타까움을 느꼈다. 자신이 영원히 다가가지 못할 아름다운 세계가 거기 있었기 때문이었다.

교문에서 뻗어나간 도로를 따라 조금 걸어가면 왼쪽에 석조 건물이 나온다. 도서관 건물이었다. 미영은 건물 뒤쪽으로 뻗은 오솔길을 따라 걸었다. 언덕을 하나 넘자 푸른 동산으로 둘러싸인 호수가 나왔다. 노을의 잔영이 수면을 붉게 비추고 그 주위를 감싸고 어슴푸레한 어둠이 다가오고 있는 호반은 꿈을 꾸듯 아득했다. 벤치는 비어 있었다.

미영은 벤치 쪽으로 다가가며 주위를 둘러보았다. 호수 맞은편 기슭에 데이트하는 남녀 한 쌍과 좀 떨어져서 한 학생이 무심히 수면을 바라보고 있었다. 벤치 옆 개나리의 노란 꽃잎은 거의 떨어져 푸른 잎이 자라고 있었다.

그때도 지금과 비슷한 때였구나. 조금 일렀던가? 목련이 다 진 걸 보니. 그런데 도대체 무슨 일이람? 나타나지도 않고…….

무심코 벤치 쪽으로 다가가던 미영은 깜짝 놀랐다. 아무도 없던 것 같던 벤치 뒤쪽 사철나무 뒤에서 홍인표가 슬며시 나타났기 때문이었다. 그는 조심스럽게 사방을 두리번거리며 천천히 미영에게로 걸어왔다.

미영은 그를 보는 순간 등골이 서늘했다. 홍인표가 갑자기 나타난 탓도 있지만 그것보다는 그가 너무 많이 변해 있었기 때문이었다.

그는 양복을 입고 있었지만 후줄근했고 얼굴 피부는 거칠어져 있었다. 광대뼈가 유난히 튀어나온 것도 눈에 들어왔다. 게다가 더욱 놀라운 것은 그의 눈빛이었다.

예전의 소심하지만 선량하던 눈빛이 아니었다. 무언가 소름끼치는 빛이 번득이고 있었다. 게다가 촛점을 잃은 눈동자는 자리를 잡지 못하고 계속해서 불안하게 움직이고 있었다.

미영은 그 눈을 처음 보는 순간, 아까부터 예감했던 어떤 불길함이 사실로 다가오고 있다는 것을 확연히 느꼈다. 그녀는 입술을 깨물었다. 어떻게든 빨리 이야기를 마무리짓고 이 자리를 벗어나야 한다. 그리고 다시는 만나지 말아야 한다.

둘 사이가 점점 가까워졌다. 미영이 한 발짝 물러서며 홍인표를 쳐다보았다. 홍인표가 울 듯이 얼굴을 찡그렸다.

"와 주었구나, 미영아."

"네, 그래요. 도대체 무슨 일이죠?"

그녀는 일부러 화를 내며 그를 마주 쳐다보았다. 홍인표가 안타깝게 미영을 쳐다보고 있었다.

"일단 앉자. 앉아서 이야기하자."

홍인표가 벤치를 가리켰다.

"그럴 필요 없어요. 빨리 용건이나 말하세요. 무슨 미련이 남아
있죠? 우리 사이는 이미 끝났잖아요?"

"앉아. 앉아서 이야기해. 이런 식으로는 이야기 못하겠어, 제발."

"길게 있고 싶지 않아요. 그냥 이야기하세요. 빨리 가봐야 한단
말이에요."

"……그래."

홍인표는 할 수 없다는 듯 한숨을 내쉬었다. 그리고 잠시 망설이
다 갑자기 얼굴을 들어 그녀를 똑바로 쳐다보았다.

"난 한번도 너에게 무엇을 요구해 본 적이 없어. 그건 미영이도
인정할 거야. 하지만 오늘 나는 네게 처음이자 마지막으로 단 한
가지 부탁을 할 거야."

미영은 멍하니 그의 얼굴을 바라다보았다. 헤어진 지 몇 달 만에
만나서 불쑥 부탁을 들어 달라니. 하지만 그의 태도에는 간단히 무
시해 버릴 수 없는 무언가가 있었다.

"정말 어이가 없군요. 이제 와서 부탁이라니…… 좋아요, 그 부탁
이란 게 뭐죠?"

홍인표는 눈도 깜짝 하지 않고 미영의 눈을 노려보았다. 미영도
지지 않고 마주 쳐다보았다. 뚫어질 듯 쳐다보던 홍인표의 눈에서
서서히 물기가 맺혔다. 이윽고 그는 시선을 돌리며 나직이 중얼거
렸다.

"……나를 용서해 주는 일이야."

그가 무슨 말을 하는지 알 수 없었다. 하지만 의미를 전달하고 있
는 것은 그의 눈빛이었다. 분명한 것은 무언가 아주 좋지 않은 일이
일어날 것이라는 사실이었다. 그녀가 한 발짝 뒤로 물러서며 말했
다.

"용서라구요? 제가요? 정말 이해할 수 없군요. 무슨 뜻인지 이해
가 돼지 않아요. 말뿐 아니라 이런 인표씨의 태도도 말이에요.
하지만 좋아요. 인표씨를 용서해 드리죠. 이젠 됐죠? 그럼 이제
저는 가겠어요. 다시는 전화하지 말아요."

미영이 빠르게 말을 끝내며 돌아서는데 어느새 다가온 홍인표가
그녀의 팔을 움켜잡았다. 아주 억센 손길이었다. 뜨거운 손이 부들
부들 떨리고 있었다.

"이런 식이 아니야. 이래서는 안 돼."

"무슨 짓이에요. 이 손 놓으세요. 안 그러면 소리치겠어요."

팔을 뿌리치며 미영은 사방을 둘러보았다. 어느새 맞은편의 데이
트하던 남녀는 사라지고 없었다. 호수가에는 둘밖에 아무도 없었
다. 그녀는 와락 겁이 났다. 그녀는 소리를 질렀다.

"여보세요? 누구……."

순간, 홍인표가 한 팔로 소리치는 미영의 목을 감아쥐고 입을 틀
어막았다. 그리고 다른 손으로 주머니에서 무언가를 끄집어냈다.
단추를 누르자 하얀 손잡이 속에서 착 하는 소리와 함께 날카로운
칼날이 솟아올랐다. 그는 칼날을 그녀의 코앞에 대고 낮은 목소리
로 으르렁거렸다.

"더 소리쳐 봐. 너 때문에 두 명의 여자를 찔렀어. 바로 이 칼로
말이야. 한 여자는 죽었지. 너도 알 거야. 지하철에서 더러운 곳

을 찔려 죽은 여자 말이야. 바로 내가 그랬어. 이 칼로. 그러니까 너도 조심하는 게 좋을 거야. 소리치고 싶으면 소리쳐도 좋고. 지, 이제 앉아."

미영은 마치 인형처럼 홍인표가 잡아끄는 대로 벤치로 끌려가 앉았다. 머리 속이 하얗게 변하면서 온몸이 떨려오기 시작했다. 그녀는 벤치에 몸을 웅크리고 앉아 멍하게 그를 올려다보았다. 홍인표는 칼을 집어넣고 중얼거렸다.

"미안하다. 이럴 생각이 아니었어."

그는 고개를 흔들다가 갑자기 털썩 주저앉으며 그녀의 무릎을 껴안았다.

"미영아, 나는 지쳤어. 너무 힘이 들어. 이제 나는 떠나야만 해. 마지막으로 너를 한번 만나보고 싶었어. 만나서 너랑 마지막 밤을 보내고 싶었다. 너에게 용서를 받고 그 기억을 간직한 채 떠나고 싶어. 너만은 나를 용서할 수 있겠지?"

미영을 올려다보는 그의 얼굴이 일그러졌다.

"하룻밤이면 돼. 지금부터 내일 새벽까지. 새벽에 나는 떠날 거야. 그리고 다시는 나타나지 않을 거야. 제발 같이 있어 줘, 부탁이야."

홍인표는 울고 있었다. 미영은 두려움에 떨면서 그를 내려다보았다.

그녀는 억지로 힘을 내어 떨리는 목소리로 말했다.

"……전 가야 돼요. 이런다고 무슨 소용이 있겠어요."

"그냥 같이 하룻밤만 지내면 돼. 아무 일도 없을 거야. 마지막 소원이다. 만약……."

홍인표의 표정이 굳어졌다. 물기가 어린 퀭한 눈빛이 번들거렸다.

"허락하지 않는다면 나는 너와 같이 죽는 수밖에 없어. 빨리 말해. 어서!"

미영은 정신을 차릴 수 없었다. 홍인표가 연극을 하고 있는 것은 아니었다. 그럴 주변도 없을 뿐 아니라 지금까지의 행동으로 볼 때 그는 분명히 지금 정상이 아니었다. 아까 들은 끔찍한 말이 사실인지 아닌지는 모르겠지만 그의 입에서 나올 말은 아니었다. 더구나 그의 이상하게 변한 눈빛과 아까 꺼낸 칼을 보면 그가 저지른 짓일 수도 있었다. 그렇다면 갑자기 어떻게 변할지도 모르는 일이었다. 갑자기 칼을 꺼내 휘두른다면 어쩔 것인가. 그녀는 몸을 부르르 떨었다.

하지만 그의 부탁을 들어줄 수도 없는 일이었다. 물론 그와 하룻밤을 같이 보내는 것은 문제가 아니었다. 하지만 같이 지내다가는 무슨 일을 당할지 모르는 일이었다. 하여간 일단 흥분한 그를 달래는 것이 필요했다. 시간을 벌면서 그에게서 빠져나갈 방법을 생각하기로 하자. 그녀는 홍인표를 쳐다보며 고개를 끄덕였다.

"좋아요. 하지만 정말로 오늘밤뿐이에요."

홍인표는 긴 한숨을 내쉬며 고개를 숙이고 잠시 그대로 있었다. 이윽고 그는 천천히 고개를 들었다. 젖은 눈빛이 부드럽게 변해 있었다.

"고마워, 미영이. 정말로."

그는 미영의 팔을 부드럽게 잡아 일으키며 어깨를 감쌌다.

"자, 미영아. 나가자."

둘은 마치 싸운 뒤 화해한 연인들처럼 말없이 걸어서 교정을 빠져

186

나갔다. 홍인표는 무슨 생각을 하는지 하늘만 쳐다보고 뚜벅뚜벅 걷고 있었고 미영도 고개를 숙인 채 나란히 따라 걸었다. 하지만 미영의 머리 속은 어지러운 생각으로 가득 차 있었다.

어떻게든 그를 벗어나야 하지만 쉬운 일은 아니었다. 팔을 끼고 있을 뿐 아니라 그의 품속에 시퍼런 칼이 들어 있었다. 게다가 도대체 무슨 이유로 이러는지 알 수 없었다. 그걸 모르고는 섣불리 도망칠 수도 없을 뿐 아니라 만일 도망친다 하더라도 그 뒤에 무슨 일이 벌어질지 알 수 없었다.

"일단 술을 마시자. 이별주를……."

교문을 나선 홍인표가 불빛이 현란한 밤거리를 바라보면서 중얼거렸다. 거리는 번화하고 활기찼다. 싱싱한 젊은 남녀들이 웃고 떠들며 물결처럼 흘러가고 있었다. 환한 불빛은 모든 사람들의 얼굴을 밝게 비추고 있었다. 그 사이를 두 사람은 묵묵히 걸었다. 가게 밖에 내놓은 스피커를 통해 경쾌한 노래가 밤거리에 울려퍼지고 있었다.

말이 없이 살아가라고
아주 쉽게 충고하지만
세상 사는 어떤 사람도
강요하지 못해 나에게
어둔 미로 속을 헤매던 과거에는……

조그만 카페였다. 어두운 조명의 실내에는 잔잔한 음악이 흐르고 있었다. 둘은 마치 싸운 연인들처럼 한구석 테이블에 어색하게 마주앉아 있었다.

  위스키 한 병을 다 마실 때까지 홍인표는 아무 말도 하지 않았다.
그는 술잔을 앞에 놓고 앉아서 멍하니 그것을 내려다보고 있다가 갑
자기 술잔을 들어 훌쩍 마시고는 다시 잔에다 술을 채운 뒤 그 자세
로 돌아가는 것이었다. 이따금 그는 취한 눈을 들어 안절부절 못하
고 있는 미영을 바라보았다. 그렇게 말없이 바라보다가 다시 고개
를 숙여 술잔을 들어 입으로 가져갔다. 그렇게 그는 점점 술에 젖어
들어갔다.

  미영은 그 눈빛과 침묵의 분위기를 견딜 수가 없었다. 그가 무슨
생각을 하고 있는지 알 수도 없었다. 미영은 어색한 웃음을 띠며 홍
인표에게 조심스럽게 물었다.

  "무슨 생각을 하세요?"

  홍인표가 슬픈 눈길을 보냈다. 하지만 그는 미영을 응시하고 있
는 것이 아니었다. 그의 눈은 아득한 곳을 바라보고 있었다. 너무
도 많은 사연이 있지만 차마 말하지 못하는 그런 눈빛이었다.

  "아까 그 말…… 사실이에요……? 그…… 지하철……."

  홍인표가 가만히 눈을 감으며 말없이 고개를 끄덕였다. 미영은
오싹 소름이 끼쳤다. 그게 사실이라면 정말 무서운 일이 아닐 수 없
었다. 신문에 났던 기사가 떠올랐다. 범인은 아주 엽기적이고 변태
적인 정신병자일 가능성이 높다고 했었다. 그런데 그 사람이 지금
앞에 앉아 있었다. 어떻게 사람이 그렇게 변할 수 있단 말인가. 그
녀는 탐색하듯 다시 물었다.

  "왜…… 그런 짓을?"

  홍인표는 처연한 눈빛으로 미영을 바라보았다. 한참 뒤에야 그가

띄엄띄엄 말했다.

"그건…… 그 여자들이…… 미웠기 때문이지."

미영은 입을 다물었다. 이제 확실해진 것 같았다. 왜 그 여자들이 미웠는지도 알 수 있었다. 자기가 미웠기 때문에 대신 그 여자들을 찌른 것이었다. 어떻게든 도망가야만 했다. 하지만 어떻게? 어떻게 해야 하나? 그때 홍인표가 자리에서 일어났다. 몸이 약간 비틀거렸다.

"그만 가자, 미영아. 이제 우리 둘만 있을 곳으로 가자."

"전…… 가기 싫어요."

미영이 몸을 뒤로 빼며 울먹였다. 홍인표가 살그머니 팔을 잡았다.

"가자, 미영아. 두려워하지 마. 아무 일도 없을 거야. 그저 같이 있어 주기만 하면 되는 거야. 걱정 마."

미영은 걱정 말라는 말이 더욱 무서웠다. 소리를 치든지 몸을 빼서 달아나든지 어떻게든 해야만 했다. 하지만 홍인표가 팔을 잡는 순간 온몸에 힘이 하나도 없어지며 꼼짝 할 수가 없었다. 마치 풀섶에서 갑자기 뱀을 맞닥뜨린 새가 꼼짝도 못하고 떨면서 뱀이 다가오는 것을 보고만 있을 수밖에 없듯이 그녀는 홍인표가 끄는 대로 따라갈 수밖에 없었다.

밖으로 나온 홍인표는 택시를 잡았다. 택시를 타고 가는 동안 내내 무슨 방법이든 떠올리려고 애썼지만 어떤 것도 엄두가 나지 않았다. 택시 기사에게 애원해 볼까 생각해 보았지만 옆에 있는 홍인표가 무서워서 그럴 수도 없었다.

그러는 사이에 택시는 숲속에 있는 모텔에 도착했다. 파란 네온

사인등이 은은히 밝혀져 있는 모텔 입구에서 홍인표는 그녀의 어깨
를 감싸며 약간 취한 목소리로 말했다.
　“낮에 보면 정말 경치가 좋아. 언젠가 지나치면서 꼭 너랑 같이
　한번 와 보고 싶다고 생각한 곳이야.”
　하얀 유니폼의 종업원이 안내한 방은 깨끗하고 아담했다. 안쪽으
로 침대가 있고 침대 머리맡에는 실내 조명과 별도로 연한 창호지
빛깔의 수면등이 밝혀져 있었다. 방 가운데에는 한쪽 옆으로 자그
마한 탁자와 원형의 소파가 두 개 마주보고 놓여져 있었고 문 옆으
로는 욕실이 있었다.
　미영은 어떻게 해야 할지 몰라 우두커니 서 있었다. 홍인표는 양
복 저고리를 벗어 침대 위에 던지고는 둥근 소파에 털썩 주저앉았
다.
　“이리 와서 앉아, 미영아.”
　미영이 떨리는 다리로 다가갔다.
　“마주보고 앉는 것은 싫다.”
　홍인표가 비어 있는 소파를 자신의 옆으로 당기며 말했다. 미영
이 옆에 앉자 홍인표가 안심시키려는 듯 어색하게 웃어 보였다.
　그때 초인종이 울리고 종업원이 주문한 술과 안주를 가지고 왔다.
　홍인표는 미영의 잔에 술을 따르고 자신의 잔에도 채운 다음 잔을
들어 내밀었다.
　“자, 건배하자. 우리의 만남을 위해.”
　그는 자신의 잔을 들어 미영의 잔에 쨍 하고 가볍게 부딪친 다음
한 모금 들이키고 잔을 내려놓았다. 그리고 마치 술맛을 음미하듯
이 고개를 끄덕거리다 다시 잔을 들어 단숨에 비웠다. 그의 태도는

마치 유쾌한 일이 있는 사람 같았다.

미영은 마주 앉은 것도 옆에 앉은 것도 아닌 어색한 자세로 엉거주춤하게 술산을 들고 앉아 있었다. 그녀는 무슨 일이 일어날지 무섭고 답답해서 견딜 수 없었다. 차라리 자기에게 무슨 짓이라도 한다면 좋을 것 같았다. 예전처럼 뜨겁게 몸을 탐낸다면 얼마든지 들어줄 각오가 되어 있었다. 하지만 이렇게 폭풍 전야처럼 잔잔한 분위기는 오히려 숨이 막힐 것 같았다. 도대체 이 사람은 어떻게 하려고 이러는 것인가.

그때 낮은 목소리가 들렸다.

"미영아……."

그녀는 고개를 들어 홍인표의 옆얼굴을 쳐다보았다. 가는 목줄기와 광대뼈가 유난히 드러나 보였다. 우묵한 눈이 멍하니 천정을 쳐다보고 있었다.

"네게 할 말이 무척 많았는데……."

미영은 두려움 반 호기심 반으로 그를 지켜보았다.

"내가 아까 호숫가에서 용서해 달라고 말했지. 그 이유를 말해야겠지."

홍인표는 눈을 지그시 감았다.

"……널 보내고…… 나는 힘들고…… 외롭고…… 괴로웠다……어느 날……."

그는 참을 수 없다는 듯이 술잔을 들다가 술이 빈 것을 보고 술을 따랐다.

"어떤 여자를 보았지…… 그때 갑자기 나는 견딜 수 없었다……나도 모르게…… 하지만……."

그는 고개를 흔들었다.

"그건 네 탓이 아니었어. 넌 잘못이 없어. 내 잘못이었어. 내가 더러워져서 그런 거야. 나는 모든 걸 미워했어…… 너까지도…… 하지만 나는 이제 떠난다."

홍인표가 천천히 고개를 돌렸다. 미영은 덜컥 겁이 났다. 붉게 충혈된 젖은 눈동자가 자신을 들여다보고 있었다. 등줄기가 오싹했다. 이러다가 갑자기 발작하는 것은 아닐까. 아까 그 칼을 꺼내 휘두르는 건 아닐까. 무슨 수를 쓰더라도 따라오지 않는 건데. 어떻게 해야 하나.

하지만 홍인표의 목소리는 여전히 부드러웠다.

"그렇지만 화해하고 싶었다. 서로 용서하고 용서받고 떠나고 싶었다…… 고맙다…… 오늘 밤…… 이렇게 같이 지내면서 우리 모든 걸 서로 용서하자……."

미영은 흠칫 놀랐다. 어느새 그의 손이 다가왔기 때문이었다. 뜨겁고 떨리는 손이었다. 미영이 살며시 손을 빼려고 했지만 홍인표가 잡은 손에 그만큼 더 힘을 주었기 때문에 빠지지 않았다.

미영은 비로소 무언가 조금 뚜렷해지는 것 같았다. 그의 알 수 없던 말들이 이해되기 시작했다. 그는 자신을 원하고 있었다. 아주 뜨겁고 간절하게 원하고 있었다. 외로웠기 때문에 그에게는 사람이 필요했던 것이다.

'용서'라는 말도 이해할 것 같았다. 그건 결국 마음 홀가분하게 도망가고 싶다는 표현인 것이다. 누구든 혼자만의 비밀을 간직하기는 힘든 법이다. 한 사람에게라도 비밀을 털어놓고 싶은 것이 사람의 마음이다. 바로 그렇게 해서 자신이 선택된 것이었다. 아직도 사랑의 미련이 남아 있는, 마지막 밤을 화려하고 뜨겁게 장식할 수 있는 여자가 바로 자신이었기 때문이었다.

미영의 머리 속에 모든 것이 분명해졌다. 그가 원하는 대로만 해 준다면 이 밤을 무사히 넘길 수 있다는 분명한 확신이 섰다. 그리고 내일이면 어떻게든 끝인 것이다. 여차하면 경찰에 신고라도 할 수 있다. 그래, 원하는 대로 해주자. 그래서 오늘 밤을 무사히 넘기자.

미영이 천천히 자리에서 일어났다. 홍인표가 따라서 고개를 들었다. 그녀는 홍인표의 옆으로 가서 무릎을 꿇었다.

"미안해요, 정말……."

미영은 울먹이는 목소리로 말하면서 홍인표의 무릎을 껴안았다. 그의 몸이 꿈틀했다. 그녀는 홍인표의 무릎에 얼굴을 비비며 중얼 거렸다.

"나 때문에…… 미안해요. 뭐라고 해야 할지 모르겠어요. 미안해 요…… 이 말밖에 할 말이 없어요."

미영의 뜨거운 숨결이 홍인표의 허벅지를 간지럽혔다. 홍인표의 한 부분이 굳어지고 있는 걸 미영은 느낄 수 있었다. 홍인표의 두 손이 부드럽게 미영의 머리결을 쓰다듬었다.

"괜찮아, 미영아."

"정말 미안해요."

"날 용서할 수 있지?"

"용서받을 사람은 난데요, 뭐."

"고마워……."

홍인표가 미영의 턱을 받쳐들었다. 뜨거운 입술이 조심스럽게 미 영의 이마로 다가왔다. 나비처럼 가벼운 입맞춤이 잠시 머뭇거리다

가 코끝을 스쳐 조심스럽게 입술로 다가왔다. 미영도 주저없이 그
를 맞았다. 길고 뜨거운 입맞춤이었다. 공포로 굳었던 미영의 온몸
이 나른하게 풀리면서 서서히 달아올랐다.

"저리로 가요. 여긴 불편해요."

잠시 입술이 떨어진 틈을 타서 그녀가 가쁜 숨을 내쉬면서 침대를
가리켰다.

그것은 사랑의 신에게 바쳐지는 제사였다. 신에게로 향하는 정성
스런 마음이 엄숙한 의식으로 표현되듯이 홍인표의 애무는 지극한
정성으로 진행되었다. 그녀의 알몸은 제단이었고 제물이었으며 신
이었다. 하얀 제단이 조금씩조금씩 붉게 물들기 시작했다. 강신의
시간이 다가오고 있었다. 신에게 바쳐지는 하얀 제물이 간헐적으로
비명을 지르며 꿈틀거리기 시작했다. 신탁의 움직임이 제단을 흔들
기 시작했다. 제사장은 여전히 정성스러웠다. 신은 손을 내밀어 제
사장을 어루만졌다. 이제 그 정성에 보답할 차례였다. 신은 제사장
을 눕혔다. 정욕의 신이었다.

정욕의 신은 제사장의 몸 구석구석에 쾌락의 상을 내렸다. 머리
끝에서 발끝까지 뜨거운 숨결이 스치고 지나갔다. 곳곳에 숨어 있
던 쾌락의 불길이 아우성치며 튀어올랐다. 제사장의 온몸이 감사의
환희로 달아올랐다.

이제 마지막으로 정욕의 신은 제사장의 몸에 자신이 내려준 신탁
의 상징을 부드럽게 점령했다. 그것은 강신의 아우성으로 뜨겁게
솟아 있었다. 정욕의 신은 희롱의 혀로 신탁의 상징과 신에게로 울
리는 방울을 흔들었다. 제사장의 몸이 꿈틀거리며 휘어졌다. 이제
강신의 시간이 점점 가까워지고 있었다.

194

　홍인표는 더 이상 견딜 수가 없었다. 쾌락은 더없이 크게 부풀어 있었지만 그의 마음 한구석에서는 차가운 분노가 칼날처럼 시퍼렇게 솟아오르고 있었다. 이것은 둘 사이에 한번도 해 본 적이 없는 더러운 행위였다. 누구에겐가 길들여진 더러운 행위였다. 이런 것이 아니었다.

　그는 사랑을 원했다. 하지만 지금 그의 사타구니에는 더러운 욕정의 덩어리가 헐떡이고 있다. 쾌감과 전율과 증오의 파도가 해일처럼 밀려왔다. 홍인표는 힘차게 몸을 뒤집었다.

　정욕의 신은 대지처럼 누워 제사장이 바치는 제사를 받아들였다. 그것은 거칠고 힘찬 제사였다. 뜨거운 대지의 쾌락의 소나기가 쏟아져 내렸다. 빗살처럼 쏟아져내리는 소나기를 피하려고 대지는 이마를 찌푸리며 꿈틀거렸다. 바람은 힘차게 몰아치고 파도는 산맥처럼 밀려왔다. 줄을 지어 밀려오는 파도는 언덕에 부딪치면서 천둥 같은 소리를 내며 하얗게 부서져 일렁이며 밀려가고 뒤이어 끝없이 파도의 물결이 힘차게 밀려왔다.

　까만 하늘이 내려앉고 별들이 하얗게 부서지면서 드디어 대지는 활처럼 휘어졌다. 모든 것이 산산이 부서지면서 대지는 견딜 수 없어 활짝 열었던 온몸을 굳게 다물었다. 마침내 신과 제사장이 하나가 되는 강신의 순간이 이루어진 것이다. 바로 그때였다.

　앙상한 두 개의 손이 이마를 찡그리며 안간힘을 쓰고 있는 정욕의 신의 가느다란 목으로 다가왔다. 젖혀진 하얀 목 옆에는 파란 핏줄이 불거져 꿈틀거리고 있었다. 살며시 목을 감아쥐고 떨리던 두 손은 이윽고 천년의 견고함으로 굳게 잠겼다.

　미영은 간신히 눈을 떴다. 땀과 눈물로 범벅이 된 일그러진 얼굴

이 흐릿하게 보였다. 미영은 온몸을 비틀며 요동쳤다. 얼굴이 터질
듯 팽팽히 부풀어올랐다. 출구가 막힌 가슴속의 공기가 미친 듯이
울럭거렸다. 하지만 모든 것은 견고했다. 어떤 발버둥도 그 견고함
을 부수지는 못했다.

짧지만 아주 긴 시간이 흐르고 그녀는 조용히 저항을 멈추었다.
비로소 그녀는 자유로움을 느낄 수 있었을 것이다. 그것은 영원했
다.

그녀는 이 세상에서 사라졌다. 그녀의 모든 슬픔과 욕망과 아름
다움도 더불어 사라졌다. 남은 것은 차갑게 식은 하얀 알몸뚱이밖
에 없었다.

무수히 많은 생각의 단편들이 어지럽게 흐트러져 맴돌고 있었지
만 아무리 애를 써도 어느 것 하나 잡을 수가 없었다. 홍인표는 자
꾸만 몽롱한 속으로 빠져들어갔다. 어디선가 희미하게 새들이 지저
귀는 소리가 들렸다.

홍인표는 얼핏 정신이 들었다. 서서히 의식이 밝아오고, 순간 불
현듯 모든 것이 떠올랐다. 그는 침대에서 튕겨지듯 벌떡 일어났다.
전율이 온몸을 휩쓸고 지나갔다. 그는 자신을 내려다보았다. 몸에
는 아무것도 걸치지 않고 있었다.

홍인표는 공포를 누르며 억지로 몸을 돌렸다. 커다란 하얀 알몸
뚱이가 다리를 벌린 채 추한 몰골로 누워 있었다. 다리 사이로 시커
먼 음모가 구겨져 말라붙어 있었다. 소름이 전신에 돋아나면서 구
역질이 났다. 그는 다리를 후들후들 떨면서 옆걸음으로 다가가 시
체의 발치에 있는 자신의 옷을 들고는 문 앞으로 왔다.

온몸이 후들거려서 제대로 옷을 입을 수도 없었고 손이 떨려서 단추를 잠그는 데도 한참씩이나 걸렸다. 겨우 옷을 입고 그는 바닥에 주저앉았다. 몸이 떨려 견딜 수가 없었다. 그는 앉은 걸음으로 탁자로 가서 술병째 벌컥벌컥 들이켰다. 뜨거운 열기가 뱃속에서 피어올랐다. 머리 속에 어지럽게 맴돌던 생각들이 조금씩 분명하게 떠오르기 시작했다. 그는 경악했다.

이럴 수는 없다. 이렇게 될 수가 없다. 이건 꿈이야.

그는 고개를 돌렸다. 하지만 거기에는 여전히 하얀 알몸뚱이가 누워 있었다. 그는 조심스럽게 침대로 다가갔다. 손을 뻗어 살며시 만져보았다. 차갑고 매끄러운 감촉이 전해져 왔다. 시체였다. 갑자기 욕지기가 치밀어올랐다.

그는 손으로 입을 막은 채 욕실로 달려갔다. 멀건 액체를 몇 번이고 토해내자 조금 속이 가라앉았다. 찬물을 틀어 입을 헹구고 눈물 콧물투성이의 얼굴을 씻자 조금 정신이 들었다. 하지만 다시 오한이 엄습해 왔다. 홍인표는 덜덜 떨면서 욕실을 나와 방구석에 쭈그리고 앉았다.

어쩌다 이렇게 된 것일까? 아니, 무슨 일이 벌어졌나? 뭔지 모르지만 일단 여기를 빠져나가자. 그리고 그 다음에 무얼 하지. 계획대로라면 어디론가 분명히 가기로 했는데 그게 잘 생각이 나지 않는다. 내가 왜 이러는 걸까? 정신을 차려야 한다. 어쨌든 일단 여기를 나가야 한다. 빨리……

그는 창으로 가서 살며시 커튼을 젖혔다. 무성한 나뭇잎 사이로 어둠을 헤치고 새벽이 밝아오고 있었다. 부지런한 새들이 가지 사이를 활기차게 날아다니고 있었다. 박명의 새벽 하늘에 그리운 얼굴이 아련히 떠올랐다. 어머니!

그렇다. 나를 용서해 줄 사람이 늘 거기에 있었던 것이다. 서둘러야 한다. 정신을 바짝 차리자.

홍인표는 커튼을 닫고 몸을 돌렸다.

그는 침대로 다가가 침대 아래쪽에 말려져 있는 시트를 펴서 누워 있는 알몸뚱이를 덮었다. 얼굴을 덮으면서 잠깐 머뭇거렸지만 오래 주저하지 않았다. 이건 미영이 아니다. 미영은 이곳에 없다. 미영은 이제 이 세상 어디에도 없다.

홍인표는 서둘러 방안을 점검했다. 우선 빠뜨린 물건이 없는지 살펴보았다. 넥타이가 구겨진 채 바닥에 떨어져 있었고 담뱃갑과 라이터는 탁자 위에 있었다. 그는 다시 한번 찬찬히 살펴보았다. 아무 이상이 없었다. 그는 수건을 찾아들었다.

홍인표는 탁자와 창문, 술병과 글라스, 욕실 내부의 모든 꼭지와 스위치, 세면대, 탁자와 침대 주위, 현관 스위치, 현관 도어…… 등 손을 댔던 곳과 손이 갈 만한 모든 곳을 물을 적신 수건으로 꼼꼼히 닦아냈다.

지문을 지운다고 경찰이 자신을 찾아낼 수 없을 거라는 생각은 아니었다. 미영의 신원이 밝혀진다면 그 연장선상에서 자신을 찾기란 쉬운 일이었다. 미영의 친구 은희를 통해서 쉽게 찾아낼 것이다. 그럼에도 지문을 지우는 이유는 시간이 필요해서였다.

홍인표는 지문만 채취되면 하루 이틀 사이에 신원이 드러난다고 알고 있었다. 엄마를 만나기 위해서는 그것보다는 많은 시간이 필요했다. 조금이라도 시간을 벌어야 했다.

그는 다시 커튼을 젖혀 바깥을 쳐다보았다. 박명의 푸르름이 사라진 자리에 뽀얀 새벽 안개가 들어서고 있었다. 떠나야 할 시간이 되었다. 방안을 한 바퀴 둘러본 그는 마지막으로 침대를 보았다. 거기에는 여전히 무언가가 있었다. 하지만 그것은 아무것도 아니었다. 더 이상 두렵지 않았다.

그는 수건으로 도어 손잡이를 감싸쥐고 조심스럽게 비틀었다.

복도는 죽은 듯이 고요했다. 희미하고 붉은 간접 조명만이 카페트를 은은하게 밝혀 주고 있었다. 그는 등으로 문을 밀었다. 짤깍하고 문이 걸리는 소리가 들렸다.

프런트에는 아무도 없었다. 현관의 유리문을 열자 차갑고 습한 공기가 밀려 들어왔다. 홍인표는 밖을 향해 한 걸음 내디뎠다.

사랑했던 여인을 혼자 남겨두고 어깨를 웅크린 채 한 사내가 새벽 안개 속으로 천천히 사리지고 있었다. 그는 용서를 받고 싶었지만 결국 받지 못했다.

11
조우

　강형사는 정보과의 컴퓨터 단말기 앞에 앉아서 명단 분류 작업을
하고 있었다.
　사건 용의자로 명단이 확보된 사람의 숫자는 약 8천 명이었다.
그중 청량리 이북 지하철 승차 가능 구역에 살면서 종로 3가와 을지
로 3가를 중심으로 하는 도심 지역에 직장이 있거나 출퇴근하는 2,
30대 남자의 숫자는 약 4천 명 가량이었다.
　수사반에서는 일단계로 범위를 최소한으로 줄여 A급 명단을 작성
했다. 즉 영역을 신이문역 승차 가능 구역 거주자이면서 종로 3가,
을지로 3가의 겹치는 적색 부분에 직장을 갖고 있는 2, 30대 남자로
좁힌 것이었는데 숫자는 약 2백 명 정도였다.
　강형사는 어제로 A급 명단에 대한 일차적인 탐문수사를 마쳤다.
발이 부르트도록 돌아다니고 있지만 누구 하나 똑바로 혐의를 들
사람이 보이지 않았다. 그도 그럴 것이 막연히 당일의 행적과 알리
바이, 목격 여부, 출근 경로 등을 조사하는 식이었는데 출근길의 알

리바이를 누가 댈 수 있으며 범인이 설사 있다 하더라도 내가 범인이오 하지 않는 이상 알아내기가 어려운 처지였다. 그렇다고 멀쩡하게 근무를 하고 있는 사람을 무턱대고 의심할 수도 없는 노릇이었다.

더구나 하나같이 사건 당일날 아무것도 보지 못했다는 데는 기가 찰 노릇이었다. 못 볼 리가 없었다. 하나같이 비슷한 길로 비슷한 시간대에 출근하는 사람들이었다. 그런데 아무도 못 보았다는 것이다. 강형사는 그들의 반질반질한 얼굴을 한 대씩 갈겨주고 싶은 생각을 겨우 참곤 했다.

강형사는 모니터 화면에 떠오른 명단을 천천히 훑기 시작했다. 만일 여기서 없다면 다시 4천 명 되는 명단을 들고 뛰어다녀야 한다. 4천 명을 만나러 발이 부르트도록 다녀야 하는 것이다. 만나면 일일이 한 이야기를 또 하고 했던 질문을 또 하고 때로는 유도 심문 같은 식으로 머리 싸움도 해야 하고…… 견딜 수 없는 노릇이었다.

강형사는 명단의 제일 뒤쪽에서부터 훑어 올라오고 있었다. 어제 찾아간 다섯 군데 회사와 세 군데 상점에서 만난 11명의 용의자들의 명단이 제일 아래쪽에 자리잡고 있었다.

모니터에는 용의자들의 신상 명세가 자세히 나와 있었다. 공안 정보망을 이용해 시경 정보과에서 분류, 작성한 데이터 베이스 프로그램이었다.

강형사는 컴퓨터의 커서를 이동해서 자료의 밑에서부터 한 사람씩 훑어나가기 시작했다. 한 사람씩 기본적인 데이터와 진술을 비교해 별다른 혐의점이 없으면 커서를 한 칸 위쪽으로 옮겼다. 세 사람째 비교를 끝내고 위쪽으로 커서를 옮겼다.

홍인표, 25세, 경남 진양군. 성북구 석관동. 종로구 낙원동. 미혼. 전과 없음. ㄱ대학교…… 혈액형 A, 키…….

강형사는 어제 본 그의 모습을 떠올려 보았다. 마른 얼굴에 날카로운 눈매였다. 순진한 표정 뒤에는 감추어진 무언가가 있었고 어쩐지 초조한 인상을 주었다. 하지만 대부분의 사람들은 죄가 없어도 형사라는 존재를 만나면 그런 표정을 짓는다. 괜히 주눅 들고 무슨 죄를 지은 느낌이 들고 그러다 보면 괜히 오기가 나서 뻣뻣하게 굴기도 한다.

하지만 이 친군 무언가 이상한 느낌이 들어…… 복도에서 왼손잡이가 아니라며 깜짝 놀라던 그 표정…….

강형사는 다시 한번 노트를 보면서 홍인표의 진술을 곰곰 떠올린 뒤 명세표 뒤 '비고'란에 키보드로 ○을 쳐 넣고 위쪽으로 커서를 옮겼다. 주의 대상자인 것이다. 현재까지 ○을 쳐 넣은 사람은 40명 정도 된다. 지하철을 교통 수단으로 이용하지 않고 막노동이나 밤에 출근하는 사람을 제외한 사람에다 진술이든 신상이든 무언가 의심나는 것이 있는 사람들이다. 물론 이것도 장님 코끼리 더듬기나 다름없는 막연한 방법이었다. 하지만 어쩔 것인가. 이나마도 하나씩 가능성을 줄여 나가는 수밖에.

그때 전화벨이 울렸다. 강형사는 모니터에 눈을 준 채 수화기를 집어 들었다.

"강형사? 정릉에 있는 ㅎ모텔에 살인 사건이야. 20대 여자가 피살되었다는군. 지금 현장검증팀이 출발했어. 서둘러야 할 거야." 시경 정보과 제 1분실장 오경감이었다.

막상 전화가 걸려왔지만 강형사는 쉬 자리에서 일어나고 싶은 생각이 없었다. 이런 정보는 1주일에 몇 가지씩은 늘 왔고 따라서 1주일에 몇 번씩은 헛걸음을 했기 때문이었다. 오늘도 그저 그런 사건일 것이다.

하지만 일단은 현장으로 달려가지 않을 수 없었다. 만에 하나라도 유력한 단서라도 있을지 모르는 일이었다.

강형사는 컴퓨터에 현재까지의 작업을 기억시킨 후 모니터를 끄고 사건이 일어났다는 정릉의 ㅎ모텔로 가기 위해 사무실을 나섰다.

ㅎ모텔은 정릉 푸른 숲 속의 아담한 5층 대리석 건물이었다. 주위의 경관은 아주 수려했다. 숲 사이로 난 길을 따라 정문을 들어서자 양쪽으로 대리석 해태가 서 있는 현관 입구에는 정복 순경 둘이 서서 인원 통제를 하고 있었다. 강형사는 신분증을 보이고 안으로 들어갔다.

로비에서는 조사를 받기 위해 늘어선 투숙객들과 그들을 통제하는 사복 형사, 경비를 맡은 정복 경관과 호텔 경비원들로 붐비고 있었다. 강형사는 경비원에게 다가가 신분증을 꺼내 보였다. 현장은 3층이었다.

계단을 올라가자 왼쪽 복도 끝에 사람들이 몰려서 있었다. 현장 보존을 위해 출동한 관할 파출소장과 관할 경찰서 형사반장, 시경 강력과장 등 간부들이 열려진 문 앞에 모여 서서 이야기를 나누고 있었다.

강형사는 다가가 인사를 하고 그들이 비켜 주는 틈으로 방안을 살펴보았다. 현장 감식이 한창 진행 중이었다. 한 요원이 욕실에서 지문을 채취하고 있었으며 다른 요원은 시체가 누워 있는 주위를 옮겨 다니며 여러 각도로 사진을 찍고 있었다. 현장 검증이 거의 끝나 가고 있었다. 다른 한 요원이 진공 청소기로 바닥을 훑을 준비를 하고 있었다.

침대 옆에는 뚱뚱한 체구의 사내가 플래시 불빛에 번쩍거리는 시체를 지켜보고 서 있었다. 경찰학교 동기생인 하형사였다. 눈살을 찌푸리며 돌아서던 그가 강형사를 발견하고 다가왔다.

"다 끝났는데 뭐하러 와?"

"어떻게 된 거야?"

"치정 살인 같아. 남자랑 둘이서 들어왔다는데 정사를 가진 후 살해되었고, 목이 졸렸어."

하형사가 턱짓으로 침대를 가리켰다. 사진을 다 찍은 감식 요원이 시체 위에 하얀 시트를 덮고 있었다. 강형사는 다가가 시트를 들쳐보았다.

안면에 검붉은 울혈이 나타나 있고 목에는 손자국이 뚜렷이 나 있는 것이 전형적인 교살의 증거였다. 울혈로 변한 피부 색깔이 기분 나쁜 인상을 주었지만 전체적으로 바탕은 잘 생긴 얼굴이었다. 여자의 얼굴을 보면서 강형사는 자신이 담당한 두 사건의 피해자 얼굴을 떠올려 비교해 보았다.

요즘 젊은 여자들의 얼굴은 거의 다 닮은 구석이 많았다. 아주 특이하게 생기지 않았다면 나름대로 꾸며서 비슷비슷하게 만드는 재주를 가지고 있었다. 그래서 강형사는 여자들의 꾸며진 얼굴은 잘 분간하기 힘들었다.

찬찬히 비교해 보자 무언가 비슷한 구석이 있는 것 같기도 했다. 죽어서 변한 얼굴이기 때문에 자세한 부분은 모르겠지만 무언가 바탕이 닮은 것 같았다. 시원한 이목구비가 이국적인 분위기를 풍기면서도 어떻게 보면 몹시 야해 보이는 그런 얼굴이었다.

강형사는 찬찬히 뜯어보았다. 그렇게 생각해서 그런지 상당히 닮은 것 같기도 했다.

강형사는 옆으로 다가온 하형사에게 물었다.

"키는 어떤가?"

"여자치고는 큰 편이더군. 그냥 이렇게 봐도 크게 보이지 않나."

"글쎄, 난 잘 모르겠어. 시체는 원래 커 보이니까 말이야."

"늘씬한 편이야. 어떤 놈이 저런 아까운 여자를 죽였는지 이해가 되지 않는군."

"뭐 나온 것 없나?"

"여자 핸드백, 소지품, 술병, 컵, 이런 쓸데없는 것들이지."

"지문은?"

"술을 마시기는 마셨는데 말이야, 병이고 잔이고 아주 깨끗해."

"지웠군."

"그래, 스위치와 출입문 손잡이도 깨끗이 지웠어. 영리해."

그는 설레설레 고개를 흔들었다.

"숙박부는?"

"가짜 주소야. 이름, 주민등록번호 전부 엉터리로 적어 놓았더군."

"프런트에서는 뭐 좀 나왔나?"

"그냥 그래. 기억하는 거라곤 20대 후반, 작은 키에 마른 체격이라는 정도야. 그나마 기억하고 있는 건 여자는 이쁘고 키도 늘씬한데 반해 남자가 초라해 보였기 때문에 한번 더 본 덕분이라는 거야. 모레쯤 몽타쥬가 나오겠지."

하형사는 목덜미에 흐르는 땀을 닦으며 말했다. 실내는 약간 더
웠다.

"신원은 확인됐나?"

하형사는 두툼한 자신의 왼쪽 가슴을 툭툭 치며 말했다.

"여기 있어. 참, 자네 차 가지고 왔지?"

"응, 그런데?"

"그럼 나가자구. 시체 옆에 계속 있어 봐야 좋은 기분이 들지는
않을 거야."

하형사는 강형사의 등을 밀며 문 앞에서 이야기를 나누고 있는 날
카롭게 생긴 사내에게로 갔다.

"반장님, 저는 먼저 피살자의 회사로 가보겠습니다."

"그래, 그럼 수고하라구. 강형사도 같이 갈 텐가?"

사내가 강형사를 돌아보았다.

"네, 같이 가기로 했습니다. 무언가 의심쩍은 부분이 있다나요."

강형사가 말하기도 전에 하형사가 재빨리 대답했다.

"그래? 어떤 점이 그런가?"

"아, 아닙니다…… 그냥 좀 피해자들의 얼굴이 좀 닮은 것 같기도
하고……."

강형사의 당황해 하는 기색을 눈치챈 반장은 빙그레 웃으며 하형
사를 쳐다보았다.

"자네가 선수를 쳤구먼. 같이 가고 싶어서 말이야……."

하형사가 씩 웃었다. 그의 넓적한 얼굴이 잘못을 저지른 어린애
처럼 변했다. 반장도 따라 웃으며 강형사를 돌아보았다.

"그래, 최반장님은 잘 계신가?"

"……네."

"그래, 원래 철저하신 양반이라서 말이야."

그는 말끝을 흐리면서 무언가를 생각하는 듯했다.

"……하여간 하형사 좀 도와줘. 물론 자네 일이 먼저고 말이야."

그는 강형사의 어깨를 두들겼다.

"네, 그럼 다음에 뵙겠습니다."

"음, 그리고 최반장님께 안부 전해. 건강하시라고 말이야."

로비에는 아직도 투숙객들에 대한 조사가 진행되고 있었다. 한쪽에서는 통제를 맡은 사복 형사에게 잘 차려 입은 50대의 신사가 소리소리 지르고 있었다.

"글쎄, 도대체 몇 시간을 잡아 놓는 거야. 그리고 내가 뭘로 봐서 조사를 받을 사람같이 보여? 내가 누군지 알어? 전화 한 통이면 너희들은 당장 모가지야 모가지. 이것들이 사람을 뭘로 보고 있어……."

둘은 사내를 지나쳐 밖으로 나왔다. 싱그러운 풀과 나무의 향기가 실린 공기가 상쾌했다. 강형사는 주차장으로 걸어가다 하형사를 돌아보았다.

"꼭 같이 가야 하나?"

"무슨 소리야? 같이 가야지."

"괜히 시간만 낭비할 것 같아."

"쓸데 없는 소리. 자네도 의심쩍은 구석이 있잖아? 그냥 넘어갈 거야? 그리고 차도 좀 태워 주고."

강형사는 잠시 생각하다 고개를 들었다.

"회사가 어디야?"

"좋았어, 역시 자넨 좋은 친구야."

하형사는 양복 안주머니에서 비닐 표지의 접혀진 카드를 꺼냈다.

"직장인 의료 보험증이야. 으음…… 영동개발. 최미영. 영동 쪽이군…… 업종, 부동산 중개 법인이구먼. 아차, 전화를 걸어놓고 간다는 게 그만…… 잠깐만 기다리게. 우선 전화부터 걸고."

하형사의 뚱뚱한 몸이 허둥지둥 유리문 안으로 사라졌다. 강형사는 그대로 서서 호텔을 둘러싸고 있는 주변의 산과 숲들을 둘러보았다.

뒤쪽으로 울울한 산이 병풍처럼 펼쳐져 있고 좌우로 물이 흐르는 계곡을 끼고 있었다. 나무들은 지금 한창 연초록의 잎들을 피워 올리고 있었다. 모텔은 마치 그 속에 안긴 듯 앉아 있었다. 아까 들어올 때도 참 경치가 좋다는 생각을 했었지만 자세히 보니 정말 좋았다.

하지만 바로 그 속에서 인간들은 서로 죽이고 배반하는 것이다. 저만치 하형사가 뒤뚱거리며 뛰어오고 있었다.

'영동개발'이 입주하고 있는 건물은 강남의 개발 지역에 많이 신축되고 있는 업무용 빌딩들 틈에 끼어 있었다. 신축 중인 빌딩 유리창에는 '사무실 임대 문의'라는 글씨가 군데군데 붙어 있었고 곳곳에 분양 광고 현수막도 내걸려 있었다.

미스 윤의 이야기를 다 들은 뒤 하형사가 물었다.

"그러니까 같은 남자로부터 세 번째 온 전화군요?"

"네, 목소리가 같았어요."

"그때 최미영씨의 표정은 어땠나요?"

"전화기를 들고는 한동안 멍한 표정을 지었어요. 얼굴이 하얗게 되어 가지고 힘이 하나도 없는 듯……."
"놀란 것 같았지요?"
"네."
"확실히 '만나고 싶지 않아요. 전화 끊어요'라고 했단 말이지요?
그리고 나중에는 '알았어요'라고 했고?"
"네."
"그리고는?"
"네, 언니는 전화를 끊고 한동안 깊은 생각에 잠겨 있었어요. 무슨
말을 붙일 수 없을 정도로 심각한 표정이었어요."
"남자 관계에 대해 이야기한 적 없었어요? 여직원이 둘밖에 없어
서 잘 통할 것 같은데."
"아니에요. 그런 일은 없었어요. 입사한 지 1년이 다 되어 가지만
아직까지 개인적인 이야기는 한번도 없었어요. 같이 놀러도 다
니고 집으로 찾아가서 이야기도 나누고 싶었지만 언니는 그런 면
에 대해선 아주 철저했어요."
이제 더 이상 물을 것이 없었다.
"알았어요. 아가씨는 이제 나가 보세요."
일어나서 나가려던 미스 윤이 머뭇거리며 물었다.
"그런데…… 언니에게 무슨 일이 생겼나요?"
"어젯밤에 죽었어요. 호텔에서."
하형사가 화난 듯이 말했다. 그녀는 하얗게 질린 얼굴로 허둥지
둥 사장실을 빠져나갔다.
그때 사장이 조심스럽게 말을 꺼냈다.
"저…… 두 분께 드릴 말씀이 있습니다."

“말씀하십시오.”

수첩에 무언가를 적으며 하형사가 대수롭지 않게 대꾸했다.

“에, 수사를 하시면 다 밝혀질 일이기도 하거니와 또 수사에 협조한다는 의미에서라도 미리 말씀드리는 것이 나을 것 같아요. 사실은⋯⋯.”

강형사와 하형사는 잠시 서로 마주 보고는 고개를 돌려 사장을 주시했다. 사장이 말을 꺼내기 힘든 듯이 계속 머뭇거리고 있었다. 하형사가 재촉했다.

“무슨 말씀인지 어서 하세요.”

사장은 마침내 결심한 듯이 고개를 들었다.

“사실은 어제 낮에는 저와 같이 있었어요. 그러니까 아까 미스 윤이 말한 낮 동안 빈 시간 말이지요.”

두 사람은 사장의 얼굴을 빤히 쳐다보았다. 하형사가 다그쳤다.

“무슨 뜻이지요, 그 말이?”

“그러니까⋯⋯ 나랑 같이 호텔에 있었어요. 파라다이스라고⋯⋯ 에⋯⋯ 그곳에서⋯⋯.”

강형사가 사장의 얼굴을 물끄러미 쳐다보았다. 두툼한 눈꺼풀에 싸여 조그맣게 찢어진 눈 속에서 노란 눈알이 쥐처럼 부지런히 움직이고 있었다.

알 만한 사연인 것이다. 돈 많은 유한 족속들의 행태와 그리고 그런 족속들과 어울리는 젊은 여자들이 얽힌 사건들. 강형사가 불쑥 소리쳤다.

“무슨 뜻인지 알겠어요. 그런데 왜 처음부터 그런 말을 하지 않은 겁니까?”

강형사의 말이 자신을 의심하는 것이라고 생각했는지 사장은 다급하게 손을 내흔들었다. 마치 취조라도 당하고 있는 듯한 태도였다.

"나는 아닙니다. 그건 살인과는 전혀 상관없는 일입니다. 그래서 말하지 않은 겁니다. 나는 어젯저녁에 거래처 사장과 같이 있었어요. 확실합니다. 조사해 보시면 아시겠지만."

하형사가 말을 잘랐다.

"물론 조사해 보면 알겠지요. 이제부터는 수사상 필요한 질문입니다. 언제부터 그녀와 그런 관계였습니까?"

갑자기 딱딱해지는 두 형사의 태도에 위축감을 느꼈는지 사장은 탁자 위에 놓여진 생수를 한 모금 마시고는 중얼중얼 늘어놓기 시작했다.

"한 2년 정도 됩니다. 처음 입사해서 참한 얼굴에 일솜씨도 야무지고 해서 이것저것 신경을 써주고 귀여워하다 보니 그만 정이 들었고 그러다 어떻게 깊은 관계까지 가게 된 거지요. 그렇지만 둘 사이에는 별다른 문제점은 없었습니다. 저도 가정이 있는 몸이고 걔도 많은 것을 요구하지는 않았어요. 이것 저것 필요한 것 사주고 가끔씩 용돈도 넉넉하게 주고…… 그리고 걔가 지금 살고 있는 집도 내가 마련해 준 겁니다. 가끔씩 들르기도 하고…… 뭐 그런 거 아닙니까……?"

뻔한 대답이었다. 사장의 동그란 얼굴을 한 대 후려갈기고 싶은 충동을 참느라고 강형사는 숨을 깊이 들이쉬었다. 하지만 무슨 소용이 있는가. 몇 가지 필요한 조사를 마친 두 사람이 자리에서 일어섰다.

　두 사람이 사무실을 나와 엘리베이터를 기다리는데 사장이 허둥
지둥 달려왔다.
　"수고가 많으신데 이거 식사라도…… 변변찮습니다."
　그는 하형사의 주머니에 봉투 하나를 쑤셔넣었다. 하형사가 사장
의 비굴하게 웃는 얼굴을 잠시 보다가 주머니에서 봉투를 꺼냈다.
　"이 돈으로 댁의 아이들이나 부인에게 맛있는 거나 사 드리시오."
　때마침 엘리베이터가 열렸다. 뭐라고 말을 붙이려는 사장을 뒤로
하고 둘은 엘리베이터로 들어섰다.
　밖으로 나온 둘은 먼저 사장이 말한 파라다이스 호텔로 갔다.
　"맞습니다. 이따금 오시죠. 어제도 왔었어요."
　프런트 계원은 정확하게 확인해 주었다.
　호텔을 나온 둘은 근처 자판기에서 음료수를 하나씩 빼들고 주차
시켜 둔 차 옆으로 가서 쭈그리고 앉았다.
　"아이구 다리야. 이놈의 팔자는 역마살을 타고 났는지."
　하형사가 고개를 쳐들고 음료수를 한 모금 마시고는 손수건을 꺼
내 얼굴을 닦았다.
　"사장이 거짓말하는 것 같지는 않아. 자네 생각은 어때?"
　"혹시 귀찮아질까봐 지레 말해 버리는 건 맞아. 죽일 이유도 없
고."
　"그건 그래. 돈 많은 인간들은 문제가 생기면 돈으로 해결하지."
　강형사가 캔을 손바닥으로 굴리면서 말했다.
　"그래…… 돈이면 다 되니까. 그렇다면 최미영을 죽인 남자는 누
굴까? 모텔 종업원은 분명히 반항하지 않고 나란히 들어오는 걸
봤다고 그랬으니까 적어도 깊은 관계라고 볼 수 있는데……."

“사장 몰래 숨겨둔 남자겠지.”

“그럴 수도 있겠지. 하지만…… 그것도 아니야. 아까 그 아가씨 말이야, 미스 윤인가? 전화를 받고 놀라서 얼굴이 핼쓱해지더라는 말 말이야. 내 생각 같아서는 오래 전에 헤어진 남자가 아닌가 싶은데. 배신한 남자의 갑작스런 출현, 놀라는 여자, 그리고 약속 ……뭐 이런 정도의 각본이 아닐까?”

“그럴 듯한 이야기군. 그쪽부터 찾아봐야겠어.”

하형사가 다 마신 캔을 손으로 우그려뜨렸다. 잠시 생각에 빠져 있던 하형사가 중얼거렸다.

“하여간 무서운 세상이야. 이래 가지고 어떻게 멀쩡한 처녀라고 믿고 장가들겠나, 내참.”

“그러게 나처럼 일찍 장가를 들어야지. 능력이 없는 걸 누굴 탓하겠나. 안 그래?”

말을 하던 강형사는 문득 아내의 얼굴이 떠올랐다. 사흘 동안 집에 들어가지 못했던 것이다. 아기의 얼굴도 삼삼하게 떠올랐다.

졸업하고 발령을 받자마자 홀어머니의 성화에 못이겨 선을 봤고, 그렇게 만난 지 석 달 만에 번갯불에 콩 구워 먹듯 치른 결혼식이었다. 그 동안 만난 것이 여섯번 남짓했다. 신혼 여행을 가면서도 은근히 걱정이 되었었다. 하도 험한 일을 많이 겪다 보니 세상에 순결한 여자가 있을 수 있다는 것을 믿을 수 없었고 아내도 어디서 무슨 짓을 하다가 시집 왔는지 알 수 없었기 때문이었다.

그런데 아내는 그 모든 걱정을 말끔히 지워 주었다. 첫날 밤 아내가 남긴 빨간 흔적을 보고 얼마나 기뻤던지 그는 내심 춤이라도 추고 싶었을 정도였다.

"자네 말이 맞는 말이야. 하긴 누가 오려고 하기나 해야 말이지. 더러워서 내참. 어떤 놈은 몇이라도 데리고 사는데 말이야."

하형사가 중얼거리더니 슬그머니 말꼬리를 돌렸다.

"아무래도 사장과 만나기 전에 사귄 남자가 맞아. 그쪽에다 촛점을 맞춰야 할 것 같아."

강형사가 고개를 끄덕였다.

"의외로 쉽게 풀릴 수도 있겠어."

"그래, 별로 어렵지는 않을 것 같아. 유류품을 수색하고 친구나 가족들에게 물어보면 무언가 나오겠지. 그건 그렇고, 자네 이야기를 좀 하지. 어떤가? 아무래도 이 사건과는 연관이 없는 것 같지?"

"그래."

그때 하형사의 허리에서 삑삑 하고 신호음이 울렸다. 그는 허리에 찬 호출기의 단추를 눌러 보고는 자리에서 일어났다.

"호출이야. 잠깐만 기다리게. 전화 한 통만 하고."

하형사가 전화기를 찾아 두리번거리며 걸어갔다.

이제 그만 돌아가야 할 모양이었다. 이 사건은 아무래도 치정에 얽힌 단순한 사건이었다. 현재까지 공통점이라고는 젊은 여자가 살해된 점과 동행한 남자가 20대 중반의 젊은 남자라는 사실뿐이었다. 그런데 이상하게 무언가가 자꾸 마음에 걸렸다.

잠시 생각한 끝에 강형사는 그것이 지하철 사건의 피해자인 두 여자와 살해당한 최미영이 가지는 어떤 공통점이라는 사실을 생각해 낼 수 있었다.

그래, 닮기는 좀 닮았어. 약간 시원하게 생긴 얼굴, 키도 전부 늘

씬하고…… 하지만 그것이 뚜렷한 무슨 증거가 될 수도 없고……그냥 막연한 인상이 닮았다는 정도인데…… 이거 내가 너무 억지로 일을 풀려고 하는군.

하형사가 투덜거리며 걸어왔다.

"젠장, 이번에는 달동네야."

"왜?"

"최미영 집으로 연락이 안 된다는군. 전화를 걸어도 받지 않는다는 거야. 정릉 갔다 영동 갔다 이번에는 산동네로 기어올라갈 판이야…… 이봐, 강형사. 이왕 여기까지 온 거 같이 가지? 혼자서 무슨 재미로 가겠나."

강형사는 약간 망설였다. 오랜만에 만난 친구와 동행도 하고 싶었지만 이미 동일범은 아닌 것 같고 자신의 업무도 아닌 일에 계속 따라 다닐 수도 없는 노릇이었다.

"글쎄, 별로 소용이 없을 것 같은데. 할 일도 있고 말이야."

강형사가 말꼬리를 흘렸다.

"이봐, 그러지 말고 가자구. 혹시 알아? 모르는 일이야, 사건이라는 건. 그 집에 자네 사건 범인이 숨어 있을지 누가 알아? 자넨 수사관이잖아. 수사는 끝까지 추적해야 하는 거라구. 자, 빨리 차에 타……."

하형사가 억지를 부리며 소매를 잡아끌었다.

"글쎄, 이것 좀 놔봐. 알았어, 알았다구."

강형사는 두 여자와 닮은 최미영의 얼굴을 떠올리며 시동키를 돌렸다.

산동네에 있는 집은 주소만으로 찾기는 정말 어렵다. 산동네 입구 파출소는 시위로 비상이 걸려 있었고, 강형사와 하형사는 봉천동 산꼭대기에 다닥다닥 붙은 판자집 사이로 난 구불구불한 미로를 땀을 한 바가지나 흘리며 헤맨 끝에 겨우 최미영의 집을 찾을 수 있었다. 그것도 헤매다 지친 끝에 찾은 복덕방 노인의 안내로 겨우 찾은 것이었다. 담배값이나 하라며 5천원짜리 지폐 한 장을 쥐어서 노인을 돌려 보낸 뒤 둘은 집안을 살펴보았다.

녹슨 함석문이 반쯤 기울어진 채 열려져 있었고 그 사이로 문들이 촘촘히 붙어 있는 것이 보였다. 비좁은 마당 한켠에 있는 수도 가에서 아기를 엉덩이에 걸친   여자가 빨래를 하고 있었다. 아기는 고개를 옆으로 힘없이 기울인 채 잠들어 있었다.

조심스레 문으로 들어서는 두 건장한 남자를 보고 여자는 비누거품이 묻은 빨래를 든 채 자리에서 일어섰다.

"누구세요?"

"놀라지 마세요, 아줌마. 이 집이 최미영이란 아가씨네 집이 맞죠?"

"그런데요? 누구세요?"

하형사가 여자에게 다가서며 말했다.

"최미영씨와 어떻게 되시죠? 우린 경찰입니다."

여자가 한 발짝 뒤로 물러섰다.

"경찰에서 어쩐 일로…… 난 이 집에 세들어 사는 사람이에요."

여자는 두 사람을 살펴보면서 등에 업힌 아기를 추스렸다. 하형사의 등뒤에 있던 강형사가 한 발짝 앞으로 나서면서 물었다.

"혹시 집에 식구 아무도 없습니까?"

“미영이 엄마는 시장에 장사 가고 안 계세요. 은영이는 야간조니까 지금 자고 있을지도 모르겠네요.”

“은영이오?”

“네, 미영이 동생이에요. 공장에 나가는데 식구라곤 아주머니하고 둘밖에 없지요. 미영이 집 나간 뒤로는요. 한데……?”

“동생은 어느 방에 있어요?”

강형사가 말끝을 잘랐다. 여자들의 궁금증에 한가하게 대답하고 있을 시간이 아니었다.

여자는 강형사의 표정을 살피고 아이를 다시 한번 추스리며 앞장섰다.

“이쪽으로 오세요.”

그녀는 두 사람을 데리고 마루가 있는 안채로 갔다. 좁은 마루에는 인형들이 가득 널려져 있었다. 봉제 공장에서 나온 일거리 같았다.

영세한 하청 공장은 단순한 공정을 산동네 영세민 주부들의 일손에 떠맡기고 있다는 걸 알고 있었다. 언젠가 강형사는 그 일거리를 맡아서 받는 돈이 너무 적다는 사실에 놀란 기억이 있다. 하루 종일 쉬지 않고 일해도 만원이 되지 않을 정도였던 것이다.

실밥 뜯기, 뒤집기 등 단순 공정의 단가가 1, 2원 정도였다.

여자는 인형들을 대충 한쪽으로 밀어 놓으며 안에 대고 소리쳤다.

“은영이 자?”

“일어났어요. 왜요?”

마루 안쪽의 여닫이문이 열리면서 한 처녀가 나왔다. 그녀는 밖으로 나서다가 마당에 서 있는 낯선 사람들을 보고는 멈칫했다. 은영이라는 아가씨인 모양이었다.

은영은 긴 머리에 빛 바랜 밤색 골덴 바지와 하얀 티셔츠 차림이었다. 잠이 덜 깬 얼굴이 약간 창백하고 피로한 표정으로 보였지만 예쁜 편이었다. 강형사는 오늘 낮에 본 최미영의 얼굴을 떠올렸다. 많이 닮아 있었다.

그녀가 조심스럽게 걸어나오는 것을 지켜보면서 강형사는 마음이 착잡했다.

강형사는 지금처럼 직접 이런 소식을 전해야 하는 경우를 가끔씩 겪는다. 그럴 때면 자신이 저지른 짓도 아닌데 정말 면목 없다는 생각이 들면서 그냥 답답하고 화가 날 뿐 어떻게 말을 해야 할지 쉽게 엄두가 나지 않는다. 이제는 조금 면역이 될 법도 한데 막상 부닥치면 여전히 어렵고 막막할 뿐이었다.

수사관 생활, 특히 강력 사건을 담당하는 수사관은 늘 살인과 폭력 같은 사건들을 만난다. 강력 사건이란 단순히 흉포한 범죄만을 뜻하는 것이 아니었다. 그것은 당하는 사람들에게 돌이킬 수 없는 커다란 피해를 입히는 사건이라는 뜻을 품고 있다. 특히 살인 사건의 경우는 더욱 심각하다.

물론 수사관의 입장으로서는 단순한 하나의 사건에 불과할 수도 있다. 하지만 피해를 당한 사람이나 가족에게는 마른 하늘에 날벼락 같은 너무도 큰 일이 아닐 수 없다.

한 집안의 가장을 잃은 가족들의 슬픔과 절망감, 사랑하는 연인과 부모, 자식, 형제를 잃은 사람들의 절망과 비통은 뭐라고 표현할 수 없을 만큼 엄청난 것이다. 게다가 단순히 소식만 전할 뿐이라면 그래도 견딜 만하다. 하지만 그보다 더한 일이 뒤에 기다리고 있는 것이다.

슬픔과 비탄에 지친 가족들을 잡고 앉아 조그마한 무슨 단서라도 잡기 위해 꼬치꼬치 캐물어야 하는 일은 정말 곤혹스러운 일이 아닐 수 없었다. 피해자가 밖에서야 어떤 일을 하고 다니든지 안에서는 그저 사랑하는 가족일 뿐이었기 때문에 그들에겐 정말 가슴 아픈 질문이 되는 경우도 종종 있었다.

더군다나 슬픔에 잠긴 가족이나 친지들까지도 의심스런 눈초리로 지켜보지 않을 수 없는 미묘한 사건도 더러 있었다. 주로 재산이나 치정에 얽힌 범죄의 경우인데 의외의 가장 가까운 곳에서 종종 범인이 숨어 있기 때문이었다.

하지만 울며불며 괴로워하는 가족들에게 피해자의 감추고 싶어하는 부분을 밝히면서까지 얻어야 되는 결정적인 단서도 있는 것이다.

그래서 강형사는 어차피 맡겨진 짐을 지지 않을 수 없는 심정으로 그들을 대하곤 했는데 지금이 꼭 그런 경우였다.

“미영이 때문에 왔대. 경찰이래, 경찰.”

“언니요? 미영이 언니 말이에요?”

그녀는 직접 물어보기가 두려운 듯 여자에게 되물었다.

“네, 경찰에서 나왔습니다.”

하형사가 한 발 다가서며 신분증을 꺼내 그녀 앞에 내밀었다. 그녀는 신분증은 보지 않고 그것을 내민 하형사의 얼굴을 쳐다보았다.

“그런데 무슨 일이시죠? 언니에게 무슨 일이 있나요?”

불길한 예감을 느낀 듯 그녀의 목소리는 팽팽하게 긴장되어 있었다. 하형사의 넓적한 얼굴이 난처한 듯이 어색하게 변했다. 넉살 좋은 하형사도 이 순간에는 역시 막막한 모양이었다.

"실은 최미영씨가……."

"내가 말하지."

하형사는 강형사의 말을 가로막았다. 그는 마치 쓴 약을 삼키듯 이마를 찌푸리며 말했다.

"오늘 아침에 피살체로 발견되었습니다."

"네에……? 뭐라구요?"

찢어지는 듯한 목소리가 쨍 하고 울렸다. 그녀의 두 눈이 찢어질 듯 크게 열렸다.

고개를 돌려 비스듬히 하늘을 쳐다보고 있는 강형사에게 아이를 업은 여자가 달려들며 소리쳤다.

"아니, 세상에! 미영이가 어떻게 되었다구요?"

"살해되었어요. 살인 사건입니다."

하형사가 화를 내며 소리쳤다.

순간 쿵 하는 소리가 들렸다. 은영이 마루에 주저앉으며 그대로 비스듬히 허물어졌다.

강형사는 재빨리 마루로 뛰어올라가 은영을 부축했다. 눈을 감은 그녀의 얼굴이 핏기 하나 없이 새하얗게 변해 있었다. 갑작스런 충격으로 쇼크를 받은 모양이었다.

강형사는 그녀를 안아들고 방으로 들어가 깔려 있는 이불 위에 눕히고 베개를 가져다 다리에 받쳐 놓았다. 그리고 여자를 시켜 옷을 느슨하게 풀고 팔다리를 주무르게 한 다음 밖으로 나왔다. 잠시 진정하면 별문제는 없을 것 같았다.

잠시 후 여자가 밖으로 나와 은영이 깨어났다는 전갈을 했다. 여자는 미영의 어머니가 있는 시장으로 간다며 허둥지둥 밖으로 달려 나갔다. 여자의 등에 업힌 아이의 두 다리가 인형처럼 대롱대롱 흔들렸다.

두 사람이 들어서자 은영은 풀어졌던 옷섶을 여미면서 힘없이 몸을 일으켰다.

"말해 주세요. 정말이에요? 아까 그 이야기?"

그녀는 아직도 믿을 수 없다는 듯이 하형사를 올려다보며 안타까운 눈초리로 물었다. 하지만 하형사는 그녀가 간절히 바라는 그 대답을 할 수 없었다.

"유감스럽게도…… 사실입니다. 시체는 지금 경찰병원에 안치되어 있습니다. 부검을 해야 하니까요. 죄송합니다……."

아무 소리도 없이 그녀의 커다란 두 눈에서 맑은 눈물이 가득 고이기 시작하더니 이내 주르륵 볼을 타고 흘러내렸다. 눈물은 방울방울 흘러서 그녀의 턱에 맺혔다가 방바닥으로 떨어졌다. 한참을 넋 나간 듯이 앉아 있던 그녀는 이윽고 얼굴을 일그러뜨리며 무릎에 얼굴을 파묻고 세차게 고개를 흔들었다. 그 사이로 신음 같은 울음 소리가 새어나왔다.

"그럴 리가 없어. 언니가……."

두 사람은 난감해서 어찌할 바를 모르고 서 있었다. 지금으로서는 단지 그녀가 조금이라도 진정되기를 기다리는 수밖에 없었다. 잠시 그녀의 우는 모습을 내려다보다가 강형사는 하형사를 툭 쳤다. 이대로 한정없이 기다릴 수는 없는 것이었다. 이제 그녀의 어머니가 들이닥치면 더 법석이 날 판이었다. 그녀에게 얻을 수 있는 무언가 조그만 단서라도 빨리 잡아야만 했다.

흠 하고 헛기침을 한번 하고 나서 하형사는 커다란 몸집을 구부려 그녀의 옆에 쪼그리고 앉았다.

"진정해요, 아가씨. 뭐라고 말씀드려야 좋을지 모르겠군요."

그는 어색하게 그녀의 등을 조심스럽게 두드렸다. 은영이 눈물 범벅이 된 얼굴을 치켜들며 대들 듯이 말했다.

"도저히 믿을 수가 없어요. 데려다 주세요. 언니가 아닐 거예요. 아니에요……."

그녀는 말끝을 맺지 못하고 다시 울음을 터뜨렸다.

"물론 가 보셔야겠지요. 저희들도 절차상 유족의 확인이 필요하구요."

"아마 언니가 아닐 거예요. 댁에서 누군가 다른 사람을 착각하고 있는 거라구요……."

그녀가 울음 섞인 목소리로 소리쳤다. 하형사가 얼굴을 찡그렸다.

"저…… 그런데 죄송하지만 이건 수사상 필요한 거라서요. 한 가지만 물어볼 수 있겠습니까?"

"……."

"혹시 전에 친하게 지내던 남자…… 그러니까 남자 친구에 대해서 혹시 아시는 게 없습니까? 죄송합니다만."

"……."

"이건 범인을 잡는 데 꼭 필요한 겁니다. 힘드시더라도 대답을 좀 해주세요."

하형사가 조심스러운 어조로 정중하게 말했다. 한동안 말없이 흐

느끼기만 하던 은영이 천천히 고개를 들었다.

"사실이군요. 언니가 죽은 게…… 그것도 누군가 남자가 죽였구요?"

그녀가 붉게 충혈된 눈을 들어 하형사를 빤히 쳐다보았다. 하형사가 무겁게 고개를 끄덕였다.

"그렇습니다. 언니를 죽인 범인을 찾기 위해서 아시는 데까지 말씀을 좀 해주세요. 정말 미안합니다."

은영은 천장을 올려다보고 잠시 그대로 앉아 있었다. 이윽고 그녀의 입에서 갈라진 낮은 목소리가 흘러나왔다.

"언니가 집을 나가고 나서는 몇 번 보지도 못했어요. 언니는 집을 싫어했고 엄마도 그런 언니를 싫어했으니까요. 그래서 언니가 어떻게 사는지 잘 몰라요……."

"네……."

하형사의 맥빠진 목소리였다. 그때 옆에 있던 강형사가 슬며시 끼어들었다.

"혹시 집을 나가기 전에 친하게 지내던 남자는 없었나요? 그러니까 꼭 남녀 사이가 아니라도 좋고 뭐라도 생각나는 게 있으면 말씀해 주세요. 아마 틀림없이 생각나는 사람이 있을 겁니다. 중요한 단서가 될 거예요."

"……언니가 만나던 남자가 있기는 있었어요. 대학생이었는데 저도 언니를 따라 한번 본 적이 있었어요…… 하지만 몇 년 전 일이에요……."

하형사가 눈빛을 빛내며 다가앉았다.

"지금은요?"

"언제 헤어졌는지는 모르지만 지금은 안 만나는 것 같았어요. 저 번에 언니를 만나 지나가는 말로 한번 물어보니까 헤어졌다고 하더군요. 모든 게 맞지 않아서 헤어졌다구요……."

은영이 다시 흐느끼기 시작했다.

"혹시 그 남자에 대해서 다른 아시는 것은 없나요? 예컨대 이름이나 주소 혹은 다른 어떤 거라도 좋습니다."

"ㄱ대학에 다니는 대학생이랬어요. 이름은 얼핏 한번 듣기는 했는데 지금은 잘 기억이 나지 않아요. 언니는 남자에 대해서는 잘 이야기하지 않거든요. 그 외는 아무것도 몰라요……."

"네……."

두 사람이 맥빠진 얼굴로 서로 마주보고 있는데 은영이 문득 고개를 들었다.

"혹시 여기 있는지 모르겠네요. 그때 선물로 받은 책인데……."

그녀는 손으로 눈물을 훔치고 비척거리며 일어나서는 방 한쪽에 있는 다락문을 열고 뒤적이더니 책 한 권을 꺼냈다. '꽃들에게 희망을……'이라는 책이었다.

"그 사람이 무어라고 적어준 게 있던데…… 여기 있네요."

그녀는 편지를 펴서 하형사에게 내밀었다.

"고마워요, 아가씨."

하형사가 반색을 하며 책을 받아들었다. 책을 내민 은영이 다시 자리에 털썩 주저앉아 멍하니 있었다. 강형사도 옆으로 다가갔다. 거기에는 단정한 필체의 글씨가 적혀 있었다.

착하고 아름답게……

그리고 보이지 않는 빛남을……

푸른 여름날　홍 인 표

홍인표라…….

강형사는 이맛살을 찌푸렸다.　책에 적힌 이름이 어쩐지 낯익었다.　분명히 아는 이름인데 선뜻 떠오르는 얼굴은 없었다.　어디서 들었더라…… 최근에도 분명히 들은 적이 있는데…….

"하형사, 그 책 한번 줘 봐."

책을 받아들기 위해 손을 내밀던 강형사가 멈칫했다.　그의 머리 속으로 섬광이 스쳤다.　그렇다!

강형사는 와락 책을 뺏어 들고 홍인표란 글자를 뚫어지게 쳐다보았다.　놀란 하형사가 멍하니 쳐다보았다.

"혹시 이 사람, 홍인표라는 사람 말이에요, 얼굴이 마르고 눈매가 날카롭게 생기지 않았어요? 키는 작은 편이고요?"

갑자기 달려드는 강형사의 기세에 은영이 흠칫 놀라서 고개를 들었다.

"미안합니다.　키는 작고, 눈매가 날카롭고…… 맞지요?"

은영이 이마를 찌푸리며 기억을 더듬더니 이내 고개를 끄덕였다.

"……네, 그런 것 같아요.　그리고 마른 얼굴이었어요."

그렇다면 동일 인물임에 틀림없는 것 같았다.　하형사가 강형사의 표정을 살피며 물었다.

"무슨 일이야, 아는 사람인가?"

"우리가 맡은 사건의 용의자 명단에 들어 있던 인물이야. 확실하진 않지만 동일한 인물인 것 같아. 무슨 연관성이 있을지도 모르겠어. 나는 먼저 가야겠어. 확인되면 자네에게도 연락하지. 그럼 나중에 봐."

강형사는 서둘러 밖으로 뛰어나갔다. 막 문을 나서는데 저만치 골목 어귀에서 고생에 찌든 티가 역력한 늙은 여자가 전대를 찬 채 소리치며 달려오고 그 뒤를 아기 업은 여자가 뒤뚱거리며 쫓아오고 있었다.

"아이고…… 세상 천지에…… 이게 무슨 마른 하늘에 날벼락도 유분수지…… 미영아……! 이년아……!"

산동네 입구 파출소에서 강형사는 수사반으로 전화를 걸었다. 용건을 전해 들은 오형사는 잠시 후 홍인표가 ㄱ대학교 출신이라는 걸 확인해 주었다.

무슨 일인지 궁금해 하는 오형사에게 다시 연락하겠다는 말만 남기고 전화를 끊은 강형사는 홍인표의 사무실로 전화를 걸었다. 다시 한번 확인해 볼 필요가 있었던 것이다. 신호음이 몇 번 울린 뒤 상냥한 목소리의 아가씨가 전화를 받았다.

"네, 조사 통계부입니다."

"네, 저…… 홍인표씨 좀 바꿔 주세요."

전화기 너머로 잠시 머뭇거리는 기색이 나더니 이내 상냥한 목소리가 다시 들려왔다.

"실례지만 어디시죠? 지금 자리에 안 계시는데요."

무언가 짚이는 게 있었다. 강형사는 태연하게 말했다.

"친구 되는 사람입니다. 어디 나갔나요? 꼭 연락할 일이 있어서 그러는데요. 제가 회사 앞으로 나갈까 해서요."

"네…… 저, 사실은 홍대리님 오늘 출근 않으셨어요. 무슨 연락도 없고 해서 저희들도 궁금하게 생각하고 있는 중이에요. 누구라고 전해 드릴까요?"

"아닙니다. 제가 직접 찾아보죠. 고맙습니다."

강형사는 서둘러 전화를 끊었다. 모든 게 점점 확실해져 가고 있었다. 그는 다시 수화기를 들었다.

최경감은 의외로 침착했다. 그는 마치 아무 일도 아니라는 듯이 담담하게 말했다.

"그래? 그렇다면 일단 집으로 찾아가서 확인하는 게 순서겠군. 자네는 거기서 바로 출발해. 나는 여기서 바로 갈 테니까. 일단 관할 파출소에서 만나자구. 서두르는 게 좋겠어. 차는 어디 두고 지하철을 이용해. 시간이 없으니까……"

마지막 말만 아니었다면 그냥 일상적인 지시를 하는 투였다. 지금쯤 퇴근길 도심은 교통 체증으로 꽉 막혀 있을 것이다. 강형사는 파출소에 차를 부탁한 뒤 지하철을 타고 신이문역으로 향했다.

홍인표의 주소지를 관할하는 신이문 파출소에 도착한 것은 그로부터 한 시간이나 지나 어두워진 뒤였다. 기다리고 있던 최경감이 들어서는 강형사의 등을 떠밀었다.

"나가지. 가면서 이야기해."

집은 의외로 찾기 쉬운 곳에 있었다. 파출소에서 두 블록 떨어진 골목길 안에 있었는데 지하철역과 파출소 중간쯤 되는 거리였다. 골목을 들어서자 길 옆에 붙어 서 있던 오형사가 다가왔다.

"현재까지 아무도 드나드는 사람은 없는데요, 반장님? 불을 안 켜는 걸로 봐서 집안에는 아무도 없는 것 같구요."

오형사는 저만치 떨어진 3층짜리 주택을 눈짓으로 가리키며 말했다.

"수고했어. 혹시 우리가 집안으로 들어간 뒤 나타날지도 모르니까 잘 좀 지켜봐."

오형사는 신이 난 목소리로 말했다.

"염려 마십쇼, 반장님. 쥐새끼 하나 놓치지 않고 꼭 지키고 있을 테니까요."

출입문은 두 곳이 있었다. 정원으로 이어진 청동색 대문이 사자 머리 모양의 금빛 장식 고리를 달고 있었으며 모퉁이를 돌아 홍인표가 사는 지하층으로 들어가는 검은 철문이 있었다. 강형사가 철문 앞으로 가서 몇 번이나 벨을 눌렀지만 아무런 대답이 없었다. 집안에는 아무도 없는 게 확실했다.

"어쩌지요, 반장님? 아무래도……."

최경감은 잠시 생각하더니 고개를 끄덕였다.

"그래, 할 수 없지. 일단 무리를 좀 하는 수밖에."

둘은 집 모퉁이를 돌아 청동색 대문 앞으로 갔다.

경찰이란 말에 마지못한 듯 한참을 미적거리다가 이윽고 삐 하는 소리와 함께 철컹 하며 샛문이 열렸다. 두 사람이 문을 밀고 안으로 들어서는 것과 동시에 현관 문이 열리면서 반바지 차림인 50대의 뚱뚱한 남자가 나오고 그의 등뒤로 새파랗게 젊은 여자 하나가 고개를 내밀었다.

"무슨 일이오? 경찰이라니…… 신분증 좀 봅시다."

사내는 수상하다는 듯 두 사람의 아래위를 훑어보았다. 무언가 꺼리는 것이 있는 사람들이 경찰을 만났을 때 잘 짓는 태도였다. 강형사가 신분증을 꺼내 사내에게 내밀었다. 사내는 신분증을 짯짯이 훑어보았다.

"지하층 사람에 대해 좀 조사할 게 있어서 왔습니다."

"우린 그 사람에 대해 아무것도 몰라요. 단지 집을 세주고 있을 뿐이오. 무슨 횡령 사건이오? 본인을 잡아 물어보면 되잖소."

사내의 말에서 귀찮다는 태도가 역력해서 기분이 상했지만 강형사는 되도록 공손하게 말했다.

"시간을 다투는 일이라서 그럽니다. "

그때 불쑥 사내의 등뒤에 있던 여자가 말했다.

"아마 늦게나 들어올 거예요. 일찍 불이 켜진 걸 한번도 못 봤으니까요. 늘 한밤중에야 문 여는 소리가 들리거든요."

"가장 최근에 본 게 언제였습니까?"

"오늘 아침에요. 아침에 반찬 사러 가게 가는데 그 청년이 바쁘게 나갔어요. 새벽부터 어디를 가나 이상하다고 생각했었는데……."

"당신은 가만히 있어. 그런데 도대체 무슨 사건이오?"

사내가 짜증 섞인 목소리로 소리쳤다. 잠자코 서서 이야기를 듣고 있던 최경감이 한 발짝 앞으로 나섰다.

"살인 사건입니다."

"네?"

"뭐라구요?"

사내와 여자가 동시에 소리치더니 놀란 표정으로 서로를 쳐다보았다. 최경감이 앞으로 한 발짝 더 다가서며 말했다.

"유력한 용의잡니다. 협조를 좀 해주셔야겠는데, 지하층 열쇠가
있습니까?"

"네, 있기는 있습니다만……"

"그럼 안내를 좀 해주시죠. 입회인이 있어야 하니까요."

"그, 그러지요."

얼이 빠진 사내는 서둘러 안으로 들어가더니 열쇠 꾸러미를 손에
들고 나왔다.

문을 열자 먼저 퀴퀴한 냄새가 가득 밀려왔다. 사내가 손을 더듬
어 스위치를 누르자 파닥거리며 형광등이 켜지고 어지러운 실내가
한눈에 들어왔다. 갑자기 사내가 소리쳤다.

"이건 뭐야? 강아지 아냐?"

싱크대 옆 구석진 공간에 하얀 강아지 한 마리가 바닥에 엎드려
숨을 할딱거리고 있었다. 눈곱이 끼고 코끝이 바짝 말라 있는 강아
지는 눈을 반쯤 뜨더니 도로 감아버렸다.

사내가 중얼거렸다.

"병이 들어도 단단히 들었구먼……"

방은 잠겨 있지 않았다. 방바닥은 어지럽게 흩어져 있었다. 쓰러
진 술병과 잔, 안주 부스러기들, 구겨진 신문지, 담배꽁초와 휴지,
널부러진 속옷과 양말 나부랭이 등이 방안 가득 흩어져 있었다.
책상에는 서랍이 모두 빠져나와 있었고 장롱도 열어젖혀진 채 마구
뒤진 흔적이 역력했다. 강형사가 책상으로 다가가 서랍 하나를 빼
들었다.

"반장님, 이것 좀 보세요."

강형사는 서랍 안쪽에서 구겨진 신문지 조각을 꺼내며 소리쳤다.

230

거기에는 지하철 살인 사건에 관한 속보와 중간 발표 등이 굵은 활자로 박혀 있었다. 최경감이 흘낏 보고 고개를 끄덕였다.

"최미영에 관한 것도 찾아봐."

책꽂이에는 몇 권의 잡지와 '신념의 마력', 쇼펜하우어의 '삶과 죽음의 번뇌', 콜린 윌슨의 '살인의 철학', '카아네기 전집', '죄와 벌'등등의 책들이 꽂혀져 있었다.

강형사는 이제 서랍을 다 빼내서 쌓아놓고 뒤지고 있었다.

"그리고 여기 지하철 노선도가 있군요. 어디서 오려놓은 것 같습니다."

"음."

"그리고 이건 음란 비디오 테이프 같은데요."

"음."

강형사가 서랍에서 비디오 테이프을 꺼내다 말고 최경감을 올려다보았다. 최경감은 돌아보지도 않고 책들을 한 권씩 꺼내 거꾸로 들고 흔들고 있었다.

그때 무언가 팔랑 하고 떨어졌다.

최경감이 발치에 떨어진 그것을 주웠다.

"뭡니까, 반장님? 무슨 사진 같은데요?"

"음……"

최경감은 대꾸도 없이 묵묵히 들여다보고 있었다. 강형사는 일어나 어깨 너머로 그것을 보았다.

손바닥만한 낡은 흑백 사진이었다. 가장자리가 누렇게 변색된 사진에는 호수를 배경으로 양산을 든 한복 차림의 젊은 여자가 너댓 살 먹은 아이의 손을 잡고 웃으며 서 있었다. 양산의 꼭대기와 호수의 하늘에는 구겨지면서 생긴 실금들이 거미줄처럼 나 있었다.

　최경감은 사진을 강형사에게 건네고 어지러운 방안을 천천히 둘러보았다.

　"이봐, 강형사. 나머지는 오형사에게 맡기고 출장 준비해."

　"네?"

　어리둥절하는 강형사를 뒤로 하고 방문을 나서며 최경감이 덧붙였다.

　"본부로 홍인표의 인적 상황 확보하고 고향 관할서에 협조 요청하라고 연락해. 오늘 밤 출발이야."

12
고향

　기차는 덜컹 하고 몸을 한번 꿈틀거리더니 게으르게 서서히 미끄러졌다. 죽은 듯이 누워 있던 거대한 쇳덩이가 잠을 깬 것이다. 거대한 짐승은 기지개를 한번 켜듯 거대한 관절을 뻐걱거리며 느리게 몸을 움직이기 시작하더니 이내 서서히 달리기 시작했다. 쇠와 쇠가 부딪쳐서 내는 날카롭고 무거운 소리가 점점 크고 빠르게 변해 가고 있었다.

　강형사는 하얀 불빛이 조는 듯 흐르는 객차 안에서 차창 밖으로 미끄러지는 역사의 노란 등불을 바라보고 있다가 고개를 돌려 차 안을 둘러보았다.

　객차는 밤 여행의 긴 여정을 준비하려고 수선대는 사람들로 가득 차 있었다. 무언가 노곤하면서도 쓸쓸한 그러나 한편으로는 활기찬 분위기였다. 그 분위기를 더해 주기라도 하듯이 객차의 천정에 달린 스피커로 달콤한 음악이 흘러나오고 있었다. 영등포역을 지나 이윽고 열차는 본격적인 속도를 내기 시작했다. 차 안에 흐르던 음악이 꺼지면서 안내 방송이 시작되었다.

“안내 방송 드리겠습니다. 오늘도 저희 철도를 이용하여 주셔서 대단히 감사합니다. 본 열차는 서울발 진주행 1035호 통일호 열차로 서울역을 밤 열한시 30분에 출발하여 목적지인 진주역에는 아침 6시 50분에 도착할 예정입니다. 정차역별 정차 시간을 안내해 드리겠습니다. 수원, 열한시 50분 도착 1분간 정차…… 남원, 03시 20분 도착 1분간 정차…… 순천, 04시 49분 도착 10분간 정차…… 그리고 이 열차의 종착역인 진주역에는 아침 여섯시 50분에 도착할 예정입니다…… 오늘도 안전하고 편안한 여행이 되시기를 바랍니다.”

강형사는 차창으로 고개를 돌렸다. 창으로는 차내의 모습이 비칠 뿐 바깥은 보이지 않았다. 바깥은 이제 그저 단순한 까만색의 어둠뿐일 것이다. 먼 산자락에서 가끔씩 희미한 전등불들이 스쳐 지나가고 있을 뿐이었다. 그 불빛을 의미 없이 바라보면서 강형사는 안내 방송을 생각했다.

일곱 시간 20분이라…… 이 기차는 밤새도록 달리겠군…… 아침에 닿으면 속깨나 쓰리겠는걸…… 속으로 중얼거리며 강형사는 차창에 비친 최경감을 바라보았다.

최경감은 아까 자리에 앉은 자세 그대로 지그시 감은 눈을 아직도 뜨지 않은 채 등받이에 몸을 기대고 굳은 듯 앉아 있었다. 잠이 든 모양인가. 그러나 잠든 것 같지는 않았다.

강형사는 주머니에서 담배를 꺼내 입에 물고 불을 찾기 위해 주머니를 뒤지다가 슬그머니 도로 담뱃갑에 넣었다. 그리고 슬그머니 유리창에 비친 최경감을 쳐다보았다. 최경감은 여전히 돌부처처럼 눈을 감고 묵묵히 앉아 있었다.

강형사는 최경감을 돌아보며 잠시 머뭇거렸다. 궁금한 것도 많고, 또 모르는 사람들처럼 말없이 앉아 있는 것보다 무슨 이야기라도 하고 싶었지만 쉽게 입이 떨어지지 않았기 때문이다.

그의 앞에 서면 마치 산을 대하는 듯한 푸근함과 위압감을 동시에 느낀다. 그것이 직급이 높거나 나이 차이가 많아서 일어나는 것은 아니었다. 최경감과 나이도 비슷하고 직급이 높은 형사과장 앞에서도 얼마든지 당당할 수 있었다. 부하들의 존경을 받으려고 애를 쓰고 또 실제로 자신이 존경을 받고 있다는 착각에 빠져 으시대는 과장에게서 차라리 경멸을 느꼈지 위압감 따위는 느껴지지 않는다.

하지만 최경감은 달랐다. 결정적인 부분이나 꼭 필요한 일 외에는 늘 말이 없고 자기 일에만 몰두했다. 다른 사람을 억누르거나 질책하는 일도 없었다. 그런데도 그에게서는 함부로 대하지 못할 어떤 위엄이 있었다. 그러면서도 그에게는 편안하게 기대고 싶은 생각이 드는 것이다.

강형사의 움직임을 느꼈는지 최경감이 슬며시 눈을 떴다.

"강형사."

"네, 반장님."

강형사가 놀라 대답했다. 마치 자신의 생각을 들킨 기분이었다.

"결혼한 지 얼마나 됐지?"

전혀 예상하지 못한 질문이었다.

"네……? 네…… 그러니까 그게…… 3년 되었습니다."

강형사의 표정을 보며 최경감이 웃었다. 쓸쓸한 미소였다.

"집에 자주 못 들어가 부인이 섭섭해 하지?"

“저만 그런가요 뭘. 그런데 왜 갑자기…….”

강형사는 무슨 다른 뜻이라도 있는가 생각하며 최경감의 얼굴을 살폈다. 최경감은 고개를 저었다.

“아니, 그냥 이런 저런 생각이 들어서…… 잠도 오지 않는데 술이나 한잔 하지. 어떤가?”

“좋습니다, 반장님. 제가 사오겠습니다.”

최경감은 일어서는 강형사의 팔을 잡았다.

“아니야. 저기 마침 오는군.”

객차문이 열리고 수레에 과자, 찐 계란, 음료수 따위를 실은 수레가 들어서고 있었다.

판매원이 오기를 기다려 맥주 세 병과 오징어포를 산 최경감은 종이컵에 술을 따라 강형사에게 건넸다.

“고생이 많지.”

“아닙니다. 저야 아무렇지도 않습니다. 오히려 반장님이 건강도 안 좋으신데…….”

강형사의 염려스러운 말에 아무 대꾸도 없이 자신의 컵에 술을 따르면서 최경감이 물었다.

“아기는 하나로 알고 있는데…… 아들이지, 아마?”

“네, 얼마 있으면 만 15개월 됩니다.”

“자, 한 잔 들지.”

최경감은 술잔을 들어 단숨에 비웠다. 강형사도 따라서 마신 뒤 잔을 내려놓고는 무릎 위에 신문을 펴고 그 위에 오징어를 찢어 놓았다. 그 모습을 지켜보던 최경감이 손에 든 빈 컵을 강형사에게 내밀었다.

"부인하고 아이에게 잘해 주게. 시간이 없으면 마음으로라도. 지금보다 조금만 더 세심하게 마음을 써 줘."

"……네."

강형사는 컵에 차 오르는 하얀 거품을 바라보며 어눌하게 대답했다. 자세히는 모르지만 최경감의 가정에 대해 대충 들은 적이 있었다. 지금 최경감이 무슨 생각을 하고 있는지 짐작이 갈 것도 같았다.

"괜히 쓸데없는 말을 한 것 같군."

강형사는 혼잣말처럼 중얼거리는 최경감에게 자신의 비어 있는 잔을 건네고 술을 따랐다. 의자가 흔들렸기 때문에 그는 잔을 잡은 최경감의 손을 겹쳐 잡았다. 최경감의 손등에 큼지막한 흉터가 길게 나 있었다.

이 외에도 그의 몸에는 많은 상처가 있었다. 강형사는 그 흉터를 물끄러미 바라보았다. 영광의 상처인가. 무엇이 그를 상처투성이로 만들었고 그의 가정을 파괴한 것일까. 무엇을 얻은 것일까. 나의 미래는? 나는 20년쯤 지나면 어떤 모습이 될 것인가.

"무슨 생각하나?"

최경감의 목소리가 갑자기 들려왔으므로 강형사는 깜짝 놀랐다.

"네……? 저…… 어떻게…… 홍인표가 고향에 갔다고 생각하시는지 궁금해서요."

얼떨결에 강형사는 아까부터 궁금했던 점에 대해 물어보았다. 최경감이 나직이 웃으며 술잔을 들었다.

"그럴 가능성이 높다는 거지. 연고지 수사는 제일 먼저 해야 하는 거고…… 하지만 그럴 것 같아. 얼마 전에……."

최경감은 술잔을 비우고 말을 이었다.

"……얼마 전에 과학수사연구소의 문박사님을 만난 적이 있었어.
첫사건 때였어. 그때 그러시더군. 대부분 성병질자의 경우 그 병
의 근원은 어머니라고…… 그 어머니란 물론 상실된 어머니란 뜻
이야. 비정상적인 이별, 사랑받지 못한 기억들, 특히 가정 폭력과
아동 학대, 결손 가정은 아동의 일생을 좌우하는 중대한 상처를
남긴다고 그러더군. 그때는 무심히 들었는데……."
"그 사진에 있는 여자를 보고 그런 생각이 드신 겁니까?"
"음……."
강형사는 고개를 끄덕였다.
대부분의 범죄자들이 도피를 할 때 반드시 연고자, 특히 부모나
애인, 또는 가족들과 어떤 형태로든 선을 이어놓는다. 도피 자금을
마련하고 자신을 쫓는 수사의 촉수가 어느 정도인가 알아보는 데도
그 목적이 있겠지만 보다 근원적인 이유가 다른 데 있었다.
도망자는 세상 모든 것으로부터 쫓기고 있다는 절박감과 함께 다
닌다. 사방을 돌아봐도 안전한 곳은 아무데도 없다. 어디서 갑자기
누가 나타나서 불쑥 목덜미를 나꿔챌지 모르는 불안과 공포에 늘 떨
며 지낸다. 그럴 때 그에게는 자신을 편안하게 대해 주고 자기를 이
해해 줄 수 있는 사람이 간절히 필요하게 되는 것이다. 그것은 거의
본능적인 것이었다. 그래서 대부분의 범죄자는 잡힐 위험을 무릅쓰
고 애인이나 가족들과 접촉하게 되고 그 과정에서 자주 검거되곤 한
다. 홍인표도 예외는 아닐 것이다. 아니, 그에게 있어서는 더욱 간
절할지도 모른다. 특히 어머니가…… 하지만 인적 상황에 의하면
그의 어머니는 물론 아버지도 사망한 걸로 되어 있었다. 형제도 없
었다.

"하지만 고향에 가더라도 사진 속의 여자를 만날 수는 없지 않겠습니까? 이미 죽었는데요."

"그렇겠지…… 하지만 분명히 무슨 단서는 찾을 수 있을 거야. 이미 수배는 내려져 있고 우리가 할 수 있는 일은 가장 가능성 있는 곳부터 찾아나가는 거니까. 쉽진 않겠지만……."

최경감이 이마를 찌푸리며 말끝을 흐렸다.

"아무튼 운이 좋다면 진주에서 홍인표를 만날 수도 있겠지. 일단은 한숨 자 두는 게 좋겠군."

말을 마친 최경감은 등받이에 몸을 기대고 눈을 감았다.

강형사는 문득 아련한 느낌이 들어 주위를 둘러보았다. 열차의 진동이 둔하게 느껴지는 가운데 곳곳에서 승객들이 하얀 불빛 아래 죽은 듯이 잠들어 있었고 군데군데 수런거리는 소리가 조그맣게 들릴 뿐이었다. 강형사는 술병을 들어보았다. 마지막 남은 술이 잔을 반쯤 채웠다. 잔을 비운 강형사는 병과 안주 부스러기를 한쪽 구석에 치우고 등받이에 몸을 기댔다.

"푹 자 둬. 아직 시간이 많이 남아 있으니까."

최경감이 눈을 감은 채 낮은 목소리로 말했다.

강형사도 눈을 감았다. 피곤한 몸에 따뜻한 취기가 피어올랐다. 그는 규칙적으로 흔들리는 열차의 움직임에 몸을 맡긴 채 생각에 잠겨들었다.

홍인표는 왜 고향에 내려갔을까. 무엇이 그를 그렇게 만들었을까? 엄마라…… 아들의 귀여운 얼굴을 마지막으로 떠올리며 그는 혼곤한 잠 속으로 빠져들어갔다.

최경감은 지금 어떤 곳을 헤매며 무엇인가를 찾고 있었다. 아득

한 들판이었다. 앞에 보이는 하얀 것을 보고 달려갔지만 가까이 다
가가자 그것은 금방 사라져 버렸다. 갑자기 자신은 아주 밝은 빛 아
래 홀로 서 있었다. 그대로 있을 수 없다는 생각이 들어 사방을 두
리번거리는데 저만치서 무언가가 서 있었다. 그는 거기로 가야 한
다고 생각했다. 순간 아주 조용해졌다. 천천히 몸이 흔들리고 있었
다. 갑자기 추운 한기가 몰려 오면서 최경감은 어렴풋이 지금 자기
가 흔들리는 기차 안에서 자고 있다는 사실을 깨달았다. 동시에 가
슴을 후벼파는 듯한 통증이 느껴져 왔다.

　최경감은 간신히 눈을 떴다. 눈이 환하게 부셔 왔다. 그는 가슴
을 움켜쥐고 겨우 몸을 일으켰다. 강형사는 몸을 새우처럼 구부린
채 자고 있었다.

　최경감은 입고 있던 점퍼를 벗어 덮어주고는 밖으로 걸어나갔다.
승객들은 갖가지 모습으로 곤하게 자고 있었다.

　세면대에 있는 수도꼭지에 입을 대고 물을 몇 모금 들이키고 나자
정신이 조금 개운해지면서 속쓰림도 견딜 만해졌다. 최경감은 세
면대를 나와 덜컹거리는 열차 통로에 서서 담배를 꺼내 물었다. 새
벽의 한기에 몸이 으스스해졌다. 연기를 길게 내뿜으며 최경감은
밖을 내다보았다.

　미친 듯이 달리고 있는 열차의 유리창 밖에는 들녘 위로 새벽이
파랗게 밝아오고 있었다. 이렇게 또 하루가 시작되는 것이다.

　최경감은 자신이 살아 오면서 달리는 열차 속에서 맞는 이런 아침
이 얼마나 되는가 생각해 보았다. 수많은 출장, 추적, 수사…… 문
득 딸의 얼굴이 떠올랐다. 아빠는 왜 제게 관심이 없나요? 하고 묻
던 그날의 얼굴이었다. 가정이 문제요…… 하고 말끝을 흐리던 문

박사의 얼굴이 떠올랐다. 빛 바랜 사진 속의 여자 얼굴이 떠올랐다. 최경감은 담배연기를 길게 내뿜었다.

이때 객차의 문이 열리면서 강형사가 나왔다. 부스스한 머리에 눈은 아직도 반쯤 감겨 있는 그의 손에는 최경감의 점퍼가 들려 있었다.

"일어났나?"

"네…… 반장님, 이거……."

강형사는 눈을 껌벅거리며 들고 있던 옷을 내밀었다. 최경감은 옷을 받아 입고 다시 들판을 바라보았다. 밖은 어느새 하얀 아침으로 변해 있었다. 강형사도 말없이 유리창 너머의 들판을 바라보았다.

덜컹거리는 요란한 쇳소리 사이로 졸음에 젖은 여객전무의 안내방송이 들려왔다. 잠시 후 종착역인 진주역에 도착한다는 것이었다.

산허리를 감아돌면서 도시의 건물들이 보이기 시작했고 잠시 후 열차는 서서히 속력을 줄이기 시작했다.

종착역의 새벽은 늘 춥고 쓸쓸하다. 바람이 몰아치는 겨울에도 신록이 무성한 여름에도 새벽의 역사는 낯설고 차갑게 느껴진다. 그것은 계절과 실제의 온도와는 상관없는 것이다.

밤차에 지친 몸에 갑자기 다가오는 차가운 공기, 선잠을 깬 작취미성의 눈으로 바라보는 하얀 새벽과 그리고 쓸쓸하게 서 있는 역사와 차가운 철길과 기차, 피로한 모습의 여행객들과 어울려 그런 느낌을 만들어줄 것이다.

　종착역에 도착한 사람들이 저마다 기다리는 곳을 향해 바삐 역사
를 빠져나가고 있었다. 그 속에 묻혀 최경감과 강형사도 역 광장으
로 나왔다. 대합실에는 부랑자들 몇이 벤치에 쓰러져 자고 있었다.
아침인데도 광장 주변에는 늙은 창녀 몇이 서성거리며 지나가는 남
자들을 노리고 있었다. 역사의 또 다른 쓸쓸한 풍경이었다.
　"저기 가서 뭘 좀 드시죠."
　강형사가 광장 한쪽을 가리켰다. 낡은 음식점 앞의 커다란 국솥
에서 김이 솟아오르고 있었다.
　얼큰한 해장국은 밤새 시달린 속을 후련하게 풀어주었다. 뜨거운
국물을 몇 술 뜬 강형사는 뚝배기에다 공기밥을 부어 대충 만 뒤 입
으로 몰아넣기 시작했다. 한참 먹다 고개를 들어보니 최경감은 이
맛살을 접은 채 약을 먹듯 국물만 조금씩 떠넘기고 있었다. 속이 많
이 아픈 모양이었다. 눈이 마주치자 최경감은 어서 마저 들라는 듯
이 고개를 끄덕이며 웃어 보였다. 굵게 주름잡힌 얼굴이 초췌해 보
여 가슴이 찡해 왔지만 강형사는 아무 내색도 않고 부지런히 뚝배기
를 마저 비웠다.
　식사를 마치고 밖으로 나가자 막 산 위로 고개를 내민 아침 햇살
이 역 광장을 환히 밝히고 있었다.
　강형사는 홍인표의 고향 마을로 가기 위해 역 광장에서 손님을 내
려주고 돌아가려는 택시를 잡았다.
　강형사는 창으로 지나가는 낯선 풍경을 바라보았다. 진주는 첫인
상이 아담하고 깨끗하게 느껴질 뿐 별다른 특징도 없는 그만그만한
중소 도시였다. 길 옆으로 등교길의 학생들이 부지런히 지나가고
있었다.

택시가 어느새 커다란 강 하나를 옆에 끼고 달리기 시작했다. 잘 꾸며진 강안의 모습도 아름다웠지만 무엇보다도 강바람에 일렁이는 물결에 잘게 부서지면서 반짝거리는 아침 햇살이 강형사의 눈을 부시게 했다. 강형사는 옆을 돌아보았다. 최경감도 강을 바라다보면서 말했다.

"이게 바로 유명한 진주 남강이야."

강은 유장한 곡선을 그으며 구부러져 흐르고 있었다. 강기슭에 드러난 모래톱 위에는 수백 마리의 하얀 철새들이 점점이 서 있었다. 갑자기 새들이 일제히 솟아오르는 모습이 보였다. 마치 한 폭의 그림 같은 풍경이었다.

두 사람이 남강에 비상하는 새들의 날개짓에 넋을 잃고 있던 바로 그 시각, 홍인표는 진주에서 10킬로미터 정도 떨어진 진양군 금산면의 조그마한 야산 중턱에서 고양이처럼 몸을 웅크려 자고 있었다.

홍인표는 어제 오후에 진주로 내려와서 밤이 깊기를 기다려 도둑처럼 몰래 이곳을 찾아왔던 것이다. 서울의 터미널에서는 검문을 한다든가 하는 별다른 낌새가 없었다. 고속 버스로 진주에 도착해서도 주의깊게 살폈지만 마찬가지였다. 하지만 회사로 찾아왔던 형사를 떠올리면서 경찰을 무시해서는 안 된다는 생각이 들었고 무엇보다도 불안했기 때문에 그는 극도로 조심해서 행동했다.

홍인표는 우선 은행에 들러 통장에 든 돈을 조금 찾았다. 그리고 혹시 얼굴을 아는 사람을 만날까봐 허름한 변두리 극장에서 날이 저물기를 기다리며 시간을 보냈다. 어젯밤에 고속 버스에서도 한잠을 자지 못했는데도 잠은 오지 않았다. 웅얼거리는 화면도 눈에 들어오지 않았다.

밤이 되자 그는 시장으로 가서 술과 잔, 북어포, 과일 따위의 제수 음식을 간단하게 산 다음 남강변 고수부지로 가서 밤이 깊어지기를 기다렸다.

검은 어둠 사이로 강물은 말없이 흐르고 있었다. 그는 혼자 쭈그리고 앉아 말없이 강물만 내려다보며 하염없이 앉아 있었다. 그는 이윽고 밤이 깊어지자 자리를 털고 일어나 큰길로 나와서 택시를 잡았다.

택시는 약 15분 정도 달려 그를 진주 교외의 한적한 국도 위에 내려놓았다. 고향 마을은 국도에서 들판 사이로 난 들길을 따라 약 1킬로미터 정도 걸어가야 했다.

캄캄한 들길을 따라 걸으며 홍인표는 망설였다. 몸이 몹시도 피곤했기 때문에 불안하긴 했지만 그냥 다니러 오는 것처럼 태연하게 당숙집으로 가서 밤을 보내고 아침에 산소에 들렀다가 갈까 하는 생각이 들었다. 몰래 동네로 가서 기색을 살펴보고 그렇게 해볼까 하다가 그는 이내 고개를 흔들었다. 전혀 예기치 못하게 갑자기 찾아온 그 형사가 생각났기 때문이었다.

마을로 들어가는 다리 앞에서 홍인표는 왼쪽으로 난 산길을 걸어올라갔다. 엄마의 무덤이 있는 그 산은 작은 민둥산이었지만 밤길인데다 불을 켤 수 없어서 무척 힘들었다. 그나마 익숙한 지형이었기에 한참을 헤맨 끝에 겨우 무덤을 찾을 수 있었다.   가까스로 무덤에 도착한 홍인표는 엄마의 무덤임을 확인한 뒤 그대로 쓰러져 누웠다. 극심한 피로가 안도감에 실려 몰려왔던 것이었다. 숨을 헐떡이던 홍인표는 그 자세로 잠이 들었다.

좀 춥긴 했지만 그것은 참으로 오랫만에 맛보는 달디단 잠이었다. 새벽 무렵 한번 어렴풋이 깬 것 외에는 날이 새고 아침 햇살이 이마를 따뜻하게 비칠 때까지 홍인표는 꿈도 없는 깊은 잠을 잘 수가 있었다.

바람 한 점 없는 가운데 포근한 봄햇살이 솜이불처럼 따뜻했다. 귓가에서 이름 모를 새들이 지저귀는 소리를 들으면서도 홍인표는 좀체로 몸을 일으킬 수가 없었다.

햇살에 눈이 부셔 얼굴을 찌푸린 채 그는 그대로 누워 있었다. 편안했다. 꿈인지 생시인지 모를 아득한 반수면 상태에서, 따뜻한 햇살과 새소리와 고요한 정적의 평화스러움이 언제까지나 계속되기만을 바라며 그는 손끝 하나 움직이지 않고 죽은 듯이 엎드려 있었다. 가끔씩 물결처럼 아득한 속으로 빠져들다가도 문득 다시 깨어나면서 느껴지는 그 평화는 정말 깨뜨리고 싶지 않았다.

그때 문득 이마 위로 푸르륵 나는 작은 새의 선명한 날개짓 소리가 들렸다. 그 소리는 파문처럼 다가와 잔잔한 꿈결의 정적을 깼다. 순간 모든 것이 선명하게 다가왔다. 볼에 닿는 잔디의 감촉만큼이나 선명한 실감으로 한순간에 자신의 처지와 지금 누워 있는 이곳이 엄마의 무덤이라는 것이 떠올랐다. 홍인표는 벌떡 일어났다.

홍인표는 부신 햇살에 눈을 찡그리며 주위를 살펴보았다.

엄마의 무덤은 마을을 반쯤 가린 다복솔 숲 언저리에 외따로 앉아 있는 외묘였다. 키작은 소나무 사이로 진달래가 한 무더기 피어 있었다. 풀이 멋대로 자란 봉분은 제대로 간수하지 못해서 한 귀퉁이가 약간 모지라져 있었고 뒤쪽으로는 아카시아와 잡목들이 엉성하게 둘러서 있었다.

그는 한숨을 쉬며 털썩 주저앉았다. 맞은편 산에는 진달래가 군데군데 붉게 사태져 있었다. 그 옆으로 낮은 산들이 초가지붕처럼 봉긋봉긋 솟아 있었고 그 위로 한 뼘쯤 해가 솟아 있었다. 골짜기 사이로 고향 마을의 집들이 옹기종기 모여 앉아 있는 모습이 한눈에 보였다.

한동안 조용했던 뻐꾸기가 다시 울기 시작했다. 참으로 오랫만에 들어보는 소리였다.

홍인표는 무릎에 얼굴을 묻고 한참을 그 소리를 들으며 앉아 있었다. 이윽고 그는 천천히 일어나 무덤 앞으로 가서 그 앞에 가방을 열어 사가지고 온 것들을 주섬주섬 차렸다. 진설을 마친 홍인표는 잔에 술을 부어 무덤 앞에 놓고 묵묵히 바라보았다. 그는 술 한 잔을 부어 놓기 위해 천리길을 달려왔던 것이다.

홍인표는 천천히 절을 했다. 재배를 하기 위해 엎드린 홍인표는 오랫동안 일어날 줄 몰랐다. 그의 입에서 신음처럼 한 마디가 흘러나왔다.

"엄마……."

어느 날 밤이었던가. 엄마는 어린 홍인표를 옆에 눕히고 가슴을 토닥거리며 자장가를 부르고 있었다. 아주 느리고 슬픈 곡조였다.

다풀 다풀 다풀네야
해다 진데 어델 가노

갑자기 엄마는 흠칫 놀라며 노래를 멈추었다. 멀리서 개 짖는 소

246

리가 들려오더니 점점 가까이 다가왔다. 그 소리 사이로 누군가 고래고래 고함지르는 소리도 섞여 있었다. 고함 소리가 점점 가까와졌다. 엄마가 그를 꼭 껴안았다. 뭉클한 젖가슴의 감촉 사이로 심장이 요란하게 뛰고 있었다. 마침내 그 소리가 대문 앞에서 끊기고 조금 있다 벼락치는 소리처럼 문이 부서져라 열리고 나타난 건 아버지의 무서운 얼굴이었다.

그리고…… 그 장면들…… 고함 소리, 비명 소리…… 피와 눈물과 애원과 그리고 증오의 장면들을 눈물 어린 눈으로 떨면서 바라보던 기억…… 맨 처음 기억이었다. 그리고 늘 같은 장면이었지만 새로운 공포로 가득 찼던 무수한 나날들…… 언제였던가…… 마지막 장면은…… 진달래를 머리 가득 꽂은 엄마가 화사한 치마 저고리 차림으로 산 언덕을 넘어가고…… 그리고 기억에 남는 것은 그날의 쓸쓸한 요령 소리뿐…….

한참 만에 일이난 홍인표의 눈은 붉게 충혈되어 있었다. 그는 잔을 들어 무덤 주위에 고르게 뿌렸다. 풀들이 연두색에서 초록색으로 바뀌려 하고 있었다.

홍인표는 모지라진 봉분의 흙을 손으로 긁어 모아 대충 정리하고 무덤 주변에 나 있는 아카시아와 잡목들을 대강 손으로 꺾었다. 그리고 다복솔 밭으로 가서 한켠에 피어 있는 진달래로 꽃다발을 만들어 무덤 앞에 놓았다. 일을 마치자 그는 앉아서 술병에 남아 있는 술을 마시기 시작했다.

이제 할 일을 모두 다했다. 빈 속이라 이내 취기가 솟아올랐다.

당신은 용서하시겠지요. 당신은 제가 더러운 세상 사람들에게 모욕받고 더럽혀지는 것을 원하지 않으시겠지요. 이제 가야 합니다. 언제 다시 올지도 모르겠군요…….

눈시울이 뜨거워진 홍인표는 잔을 들어 훌쩍 비웠다. 잔을 내려 놓고 산 아래를 바라보는 홍인표의 눈에 이상한 모습이 들어왔다. 국도 쪽에서 마을로 뻗은 들길을 따라 장난감 같은 택시 한 대가 먼지를 피우며 꾸불꾸불 달려오고 있었다.

마을에는 열 몇 가구밖에 살지 않는데다 대부분 젊은 사람들이 외지로 나가 살기 때문에 명절 때 외에는 평소에 택시가 잘 다니지 않는다. 게다가 아침부터 택시가 들어올 일이 없는 것이다. 그렇다면? 설마 그럴 리가? 홍인표의 가슴이 서늘해졌다.

그는 벌떡 일어나 다복솔 쪽으로 발걸음을 옮겼다. 그리고 나무 뒤에 몸을 가리고 택시가 마을에 닿을 때까지 눈을 떼지 않고 지켜보았다.

다리를 지나 마을로 들어온 택시는 구판장을 지나 지금은 쓰지 않는 공동 우물 옆에 멈추었다. 잠시 후 차 안에서 두 사람이 내렸다. 홍인표는 무의식적으로 자세를 낮추었다. 자세히는 보이지 않았지만 분명히 건장한 남자 둘이었다. 그들은 잠시 주위를 두리번거리더니 이내 우물 옆 당숙의 집 앞으로 다가갔다. 문 앞에서 잠시 서성거리더니 이윽고 그들은 안으로 사라졌다.

홍인표는 가슴이 철렁 내려앉았다. 분명히 형사들이었다. 이렇게 빨리 찾아올 줄은 미처 예상하지 못한 일이었다. 어떻게 이렇게 빨리 올 수가 있단 말인가? 어젯밤 마을로 들어가지 않은 것은 정말 다행한 일이었다.

홍인표는 서둘러 무덤 앞으로 갔다. 그는 주위를 둘러보고 이미 자신이 다녀간 흔적은 지울 수가 없다는 걸 알았다. 어쩔 수 없는 일이었다. 아니, 오히려 잘 된 일일 수도 있었다. 하지만 이제는 빨리 도망쳐야 한다. 산 능선을 따라 뒷마을로 통하는 산길이 나 있었다. 그 마을 옆으로 해서 국도로 빠져나가는 길이 있었다.

홍인표는 무덤 앞으로 왔다. 빈 잔에 술을 따라 놓고 잠시 멍하니 서 있었다. 그러다 비스듬히 놓여 있는 진달래 꽃다발을 바로 놓았다. 마음에 들지 않아 다시 고쳐 놓았다. 무언가 마지막으로 한 마디 하고 싶었지만 아무 말도 떠오르지 않았다. 그는 양손을 맞잡고 어색하게 약간 고개를 숙인 뒤 몸을 돌려 산길을 거슬러 올라갔다.

여남은 발짝을 걷다가 그는 한번 뒤돌아보았다. 모퉁이를 돌면서 그는 다시 돌아보았다. 이윽고 그의 모습이 능선에서 사라졌다.

어디선가 바람이 불어와 무덤 앞에 놓인 진달래 꽃잎은 가늘게 떨었다. 어디선가 뻐꾸기의 울음이 구성지게 골짜기를 울리고 있었다.

컴컴한 방안에는 담배연기만 자욱할 뿐 조용했다. 노인이 새 담배를 물었다. 다 타들어간 꽁초로 불을 붙이는 손이 덜덜 떨려 겨우 불을 붙여 물고는 다시 탄식처럼 길게 연기를 내뿜었다.

"불쌍한 자석…… 그기, 그 불쌍한 기…… 우짜다가……."

"어젯밤 여기 오지 않은 것은 확실하단 말씀이죠?"

강형사가 참지 못하고 노인을 다그쳤다.

"맞소. 저거 집은 폐가가 돼 버렸고…… 가 애비 죽고부터 우리 집에서 살았소. 달리 일가도 없고……."

노인이 비스듬히 벽 쪽을 바라보며 대꾸했다. 최경감이 노인의 심경을 헤아리며 조심스럽게 입을 열었다.

“서, 마지막으로 본 게 언제인지요?”

“작년 추석에는 안 오고…… 그 달포 뒤에쯤 밭떼기랑 팔러 한번
왔다 갔소…… 그 뒤로는 연락도 없고 올 설에도 안 와서 이상하
다 했소만은…….”

노인이 다시 연기를 후 하고 내뿜었다.

“밭을 팔다니오?”

강형사가 물었다. 노인이 쿨룩쿨룩 기침을 하더니 카악 하고 가
래를 끌어올려 타구에 뱉었다.

“가가 어려서부터 공부도 잘하고 여물어서 어렵지만도 지 힘으로
죽 공부를 했지요. 대학 들어갈 때도 장학금 받고 들어가고……
물론 작년에 4학년이라 취직 때문에 등록금을 마련하지 못했다고
해서 제 몫에서 제할 요량으로 빚을 좀 내긴 했지만…… 그런데
추석에도 나타나지 않던 놈이 갑자기 어느 날 전화가 와서 들이당
장 막무가내로 달포 안으로 남아 있는 거 다 팔아달라는 거요. 취
직이 됐다고 하면서 전세집이라도 필요하다고 생떼를 써요. 할
수 없이 밭 몇 마지기 남은 것과 야산 하나 있는 것 몽땅 싼 값에
넘겼소. 제놈 건데 제 마음대로 하겠다는데야 별다른 도리가 없었
소.”

“네…… 그러면 일찌기 양친이 다 돌아가셨군요?”

“그렇소. 그래서 친자석맹키로 키웠는데…….”

“저, 이것 좀 봐 주시겠습니까?”

최경감이 주머니에서 낡은 사진을 꺼내 노인에게 건넸다.

“가 애미구만요. 그란데 우째 이기…….”

노인이 최경감을 쳐다보았다.

250

“저희가 인표군 집에서 발견한 겁니다만…… 저희가 생각하기로
는 무슨 사연이 있는 것 같던데……. ”
“있기사 있기만 하겠소. 허나 다 지나간 이야기요. 가심만 아프
지. 그라고 형사 양반들한테 아무 도움도 되지 않을 끼구만요.”
“수사에 어떤 도움이 될지도 모르는 일 아닙니까. 아시다시피 살
인죄를 저질렀어요, 그것도 두 사람씩이나 말입니다.”
강형사는 초조한 마음을 이기지 못하고 언성을 높였다. 여기로
오지도 않았다니 어디로 갔단 말인가.
강형사를 흘깃 본 노인이 탄식처럼 연기를 내뿜었다.
“말을 허라니 하기는 해야겠지요. 집안 사람이 살인 죄인이라카
는데 무신 염치가 있겠소. 말을 할라카이 가심이 답답하요…….”
노인은 천정을 멍하니 바라보며 독백처럼 중얼거리기 시작했다.
“우리 집안이 지금은 이리 됐지만도 한때는 이 동네에서 제일 나
은 집안이었소. 우리 할아부지 때만 하더라도 벼 1백석은 수월찮
이 했으니까…… 할아부지는 아들을 서이 봤소. 하나는 젊어서
객지로 나가 소식이 없고, 남은 분들이 바로 우리 아부님하고 인
표 그아 할아부님이오. 그란데 그 대에 오면서부터 집안이 기울
기 시작했소. 우선 손이 귀해지고 재산도 축이 나기 시작했소.
가 아부지——그라니까 사촌동생이 되지요——하고 내하고는 어
릴 때부터 친하게 지내며 컸소. 나이 차이는 좀 났지만 집안에 손
이라고는 둘밖에 없었으니께…… 가는 어렸을 때부터 재주가 있
어서 어른들한데 귀염도 많이 받았지요. 나는 아부지가 징용 가
서 돌아가시는 바람에 농사를 지었지만 가는 공부를 잘해서 진주
농고에 들어갔소. 졸업하고 교편 생활을 하면서 장가도 갔지요.

작은 아부지가 죽을 병에 걸려 있었는데 죽기 전에 장가를 들이놓고 죽는다꼬 서둘러 선을 봤지요. 공부를 잘해서 좋은 데 장가갈끼라 카더마는 진짜로 예쁜 색시더만요. 진주에서 살림을 났지요. 가는 어릴 때부터 농사는 죽어도 몬 짓겄다꼬 해쌓더만 지 뜻대로 된기지요…… 그리 되자 자연히 서로 볼 일도 별로 없어지고 그리 됐지요…….”

다시 새 담배에 불을 붙이느라 노인은 잠시 말을 멈추었다. 말하는 것을 듣고 자세히 살펴보니 생각보다 그렇게 많이 나이를 먹은 것 같지는 않은 것 같았다. 오랜 세월의 고된 노동과 가난에 시달려 많이 늙어 보일 뿐이었다.

“소문에 얼라가 늦는다꼬 티각태각한다는 소리가 들리드마는 조금 있다 아들도 하나 봤지요. 그기 바로 인표 가요…… 그라고 별일 없이 잘 사는 거 같더이만도…… 어느 날 가가 동네에 나타난기요. 네 살인가 다섯인가 하는 알라를 앞세우고…… 꼴이 폐인이 다 돼 있었소. 직접 물을 수도 없고 소문으로 듣자카이 마누라가 도망을 갔다카데요. 그래서 학교도 나가지 않고 찾으러 다니다가 찾다찾다 못 찾고 고향으로 돌아온기라카는데 믿을 수도 없고 안 믿을 수도 없고 하여튼 그랬소…… 한 달쯤 됐을까…… 아이는 저거 할매한테 맡기놓고 또 찾으러 간다꼬 나갔지요. 그라더니 두어 달 있으니까 어디 가서 잡아왔는지 진짜로 계수씨를 끌고 왔어요. 얼굴이 엉망인거로 데리고 와서 도망 몬 가거로 꼼짝 않고 지키고 앉아서 아도 키우고 살림을 시볐지요. 우째서 도망을 갔는지는 워낙 입을 꽉 다물고 있어서 잘 모르겄소. 바람이 나서 도망갔다는 말도 있고 마누래를 의심하는 버릇이 있어서 하

252

도 패싸니까 견디다 못해 도망갔다는 말도 있고…… 하여튼 그러구로 또 몇 년을 이 동네에서 살았소. 그란데 사는 동안 동네가 조용할 날이 없었소. 선생질은 안 하겠다고 처음 한동안은 마음 잡고 농사를 지어 보겠다고 착실하더만요. 그란데 사람이 점점 변해 갔소. 이 사람이 술만 들어가모 난리가 나요. 밤낮으로 살림을 때려부수고 마누래를 패는 통에 동네 어른들이 무던히 타일러 보기도 하고 쫓아보낸다고 겁을 주고 해도 그때뿐이지 돌아서모 도로 그 장단이란 말이오. 여자도 우찌우찌해서 두세 번 도망도 가 보았지만 그때마다 귀신같이 찾아가 잡아서 끌고 오곤 했소. 그라고는 한바탕 더 난리가 났지요. 그란데……."
기침 때문에 잠시 노인의 말이 끊겼다.
"……그러다 결국 그 계수씨는 아주 정신을 놓아버리고 말았소. 처음에는 잠깐씩 정신이 나가더니 나중에는 아주 나가 버렸소. 결국 어느 해 봄에 조 뒷산에서 떨어져 죽었지요…… 얼마 안 있어 뒤따라 숙모가 세상을 버리고 그라고도 몇 년을 더 버티다가 그놈도 죽고 말았소…… 그란데 인자 그 아들놈까지……."
노인의 눈가가 벌겋게 물들기 시작했다.
"내가 그래도 그놈을 친자식맨키로 키왔는데…… 그놈이……."
누런 장판지 위로 툭 하고 물방울 하나가 떨어졌다. 노인이 고개를 숙이고 잠시 후 얼굴을 들었다. 검붉게 주름진 눈꼬리에 눈물 자국이 번져 있었다.
강형사는 최경감을 돌아보았다. 최경감의 이맛살이 짙게 찌푸려져 있었다.
"정말 죄송합니다. 그런데, 저…… 혹시 인표군의 부모님 산소를 한번 볼 수 없을까요? 저희는 이만 가봐야 할 것 같고……."

최경감의 말에 한참을 말없이 앉아 있던 노인이 이윽고 무겁게 고개를 끄덕거리며 한숨을 내쉬었다.

"……그랍시다. 무신 도움이 되실런지 모르지만…… 내 아까부터 생각한 바지만 경찰에 계시는 분 치고는 참 무던도 하요…… 그란데 어디로 먼저 가실라요?"

"그게 무슨 말씀이신지……."

최경감이 의아한 표정을 지었다.

"그것도 사연이 기구하요…… 계수씨가 죽기 전에 잠시 정신이 돌아온 적이 있었던 모양이오. 그때 제가 죽을 줄을 미리 알았는지 이웃 여자한테 자기가 죽더라도 절대 시댁 쪽 무덤 가까이에 묻지도 말고 나중에 남편이 죽더라도 합장을 해서는 안 된다고 신신당부를 했다는 기요. 우리도 가마이 생각해 보니까 살아 생전에도 그토록 원수를 삼으며 지냈는데 죽어서까지 같이 지내는 게 좋을게 없어서 선산이 안 보이는 곳에다 묻자고 의논이 났소."

"네…… 그렇군요…… 일단 그 여자분 무덤으로 먼저 가 보고 싶습니다."

최경감이 방바닥을 짚고 몸을 일으키자 강형사도 따라 일어났다. 문을 나서면서 최경감이 물었다.

"그런데 가족들은……?"

"보시다시피 자식놈들은 모두 도시로 나가고 없소…… 안사람은 지금 시내 자식놈한테 다니러 가고…… 자, 가 봅시다. 내가 다리가 부실해서…… 좀 천천히 걸어야 할끼요. 저쪽이오."

노인은 힘겹게 무거운 발걸음을 떼어놓으며 마을 앞쪽에 있는 산을 가리켰다. 자그마한 야산이었다. 노인은 마을과 산 사이에 있는 다랑이 논두렁을 따라 산으로 걸었다. 다랑이 논에는 제초제를 뿌려 무성하게 풀들이 노랗게 죽어 있었다.

"이 산이 아까 말한 그 산이오."

산으로 오르는 오솔길로 접어들면서 노인이 혼잣말처럼 중얼거렸다. 노인의 구부정한 등을 바라보며 강형사는 어제 본 지하층의 홍인표 집을 떠올렸다.

세 사람이 말도 없이 한참 걸어 산중턱 가까이 올랐을 때였다.

"다 왔소. 무덤은 저기 저 모퉁이에 있는 솔숲 바로 앞쪽에 있소. 나는 별로 가고 싶은 생각이 없으이 형사분들이나 가이소. 나는 여기 앉아 있을끼니까……."

숨이 차서 목에서 가래 끓는 소리를 내며 노인이 앞을 가리켰다. 산모퉁이에 다복솔 10여 그루가 의지가지로 서 있었다. 말을 마친 노인은 길섶에 주저앉더니 이마의 땀을 훔친 뒤 담배를 꺼내 불을 붙이고는 공중으로 연기를 길게 내뿜었다.

"무덤이 있습니다, 반장님. 엇!"

다복솔 숲을 돌아가던 강형사가 갑자기 굳은 듯 멈춰섰다. 놀란 최경감이 산길을 뛰어올랐다. 무덤가에는 누군가가 다녀간 흔적이 사방에 흩어져 있었다. 최경감은 봉분 앞에 흩어진 제수 음식을 바라보다 천천히 진달래 꽃다발을 집어들었다.

"……왔다 갔군요."

강형사가 무덤 옆에 넘어져 있는 술병을 집어들면서 말했다. 그는 사방을 두리번거리고 있었다.

"이 근처에는 없어. 그는 이미 떠났어. 마을로 내려가 전화로 협조 요청해.”

강형사가 뛰어 내려가는 것을 보며 최경감이 진달래 꽃잎을 하나 따서 손바닥에 얹었다. 꽃잎의 끝이 따가운 햇살에 약간 오그라져 있었다.

최경감은 그 자리에 주저앉아 담배를 꺼내 물었다. 햇볕에 바짝 마른 떼가 푹신했다. 그는 아까 노인이 한 것처럼 허공을 바라보며 연기를 뿜었다. 갑자기 한 줄기 바람이 불어와 그 연기를 흔적도 없이 흩었다.

최경감의 부스스한 반백의 머리카락이 굵게 주름진 이마 위에서 흐트러졌다.

“뻐꾹…… 뻐꾹…… 뻐꾹…….”

어디선가 뻐꾸기의 애절한 울음 소리가 빈 골짜기를 가득 채우고 있었다.

밤새 남도의 들과 산을 누비며 달려온 기차가 마침내 종착역인 서울역에 도착했다.

홍인표도 사람들 틈에 끼어 온몸을 덜덜 떨며 나오고 있었다. 그는 기차에서 내내 열에 들떠 있었다. 제대로 먹지도 자지도 못한 데다 계속 술을 마시고 야산에서 잔 것이 결국 탈이 난 모양이었다.

홍인표는 역무원에게 던지듯이 표를 건네고 개찰구를 빠져나와 역 광장으로 오르는 에스컬레이터에 몸을 실었다. 그는 괴로운 중에도 부지런히 주위를 살폈으나 별다른 낌새는 없는 것 같았다.

광장 입구에서 홍인표는 마중나온 사람들 틈에 끼어 잠시 서 있었다. 혹시나 있을지 모르는 검문에 대비해야 했다. 하얗게 불을 밝힌 새벽 역 광장은 부산했다. 밤차에서 내린 사람들이 저마다 갈 길을 찾아 바쁜 걸음을 걸었고 쓰린 속을 달래려는 사람들이 알전등을 밝힌 손수레 앞에서 뜨거운 커피나 우동 국물에서 피어오르는 허연 김을 후후 들이마시고 있었다. 그 옆으로 지하철역으로 들어가려는 사람들이 모여 서서 지하도의 셔트가 열리기를 기다리고 있었다. 아직 전철이 다니지 않는 시간인 모양이었다.

별다른 위험이 없다는 것을 확인한 뒤에도 홍인표는 잠시 더 서 있었다. 어디론가 가기는 해야겠지만 딱히 갈 곳이 없었다. 심야 다방을 갈까 아니면 사우나를 하러 갈까 하고 생각했지만 지금의 몸 상태로는 견딜 수가 없을 것 같았다. 땀에 젖은 몸에 걷잡을 수 없는 오한이 밀려왔고 머리는 계속해서 깨어질 듯 아프고 눈앞이 빙빙 돌면서 붉고 푸른 불빛이 아른하게 멀어졌다 다가왔다.

잠시 후 홍인표는 마치 술취한 사람처럼 비틀비틀 걸었다. 광장 언저리에 몇 명의 늙은 여자들이 하이에나처럼 어슬렁거리고 있는 것이 눈에 띄었기 때문이었다.

홍인표가 다가가자 그중 한 여자가 그의 팔을 붙들었다. 아가씨는 필요없고 꼭 따뜻한 방이어야 한다는 조건으로 흥정을 끝낸 홍인표는 여자를 따라 한참을 걸었다. 길을 건너 빌딩 뒤편으로 돌아서 어디가 어딘지 모를 골목을 꼬불꼬불 가더니 마침내 그녀는 어떤 낡은 집의 골방으로 그를 안내했다. 냄새는 좀 났지만 여자의 말대로 방은 따뜻했다. 홍인표는 아가씨를 부르라고 자꾸만 치근대는 여자에게 정말로 아파서 그런다고 사정하며 방값을 치른 뒤 문을 닫아 걸고는 그대로 이불 속으로 들어가 정신없이 곯아떨어지고 말았다.

겨우 정신을 차렸을 땐 이미 한낮이었다. 몸에서 배어나온 땀으로 이불 속이 축축했고 속옷이 물걸레처럼 젖어 있었다. 열은 좀 내리고 머리가 개운해진 느낌이었지만 아직도 온몸은 몽둥이로 흠씬 두들겨맞은 듯 찌뿌드드했다. 생각 같아서는 계속 누워 있고 싶었지만 홍인표는 억지로 자리를 털고 일어났다. 이런 데 오래 누워 있다는 것은 위험한 짓이었다.

홍인표는 다닥다닥 붙은 처마 사이로 어깨 하나가 겨우 지나갈 만한 통로를 빠져나왔다. 거대한 빌딩 뒤에 버려진 쓰레기처럼 숨어 있는 낡고 초라한 동네였다.

홍인표는 골목을 빠져나오며 자신의 옷차림을 살펴보았다. 며칠째 갈아입지 못한 옷은 산에서 잔 데다가 땀에 절어 후줄근했다. 진주에서 산을 넘으면서 가방을 버렸기 때문에 셔츠 안에는 역을 답사한 노트가, 주머니마다 구겨진 지폐와 잔돈, 통장과 열쇠 뭉치, 재크나이프 등이 들어 묵직했다.

창녀촌을 나온 홍인표는 그 길로 남대문 시장으로 갔다. 걸어오는 동안의 길에서도 그랬지만 시장도 사람들로 온통 북새통을 이루고 있었다.

거기에는 이 세상에서 살아 남으려는 인간들의 온갖 발버둥들이 가득 차 있었다. 홍인표는 한때 의욕을 잃거나 좌절에 빠졌을 때 이곳에 와서 새로운 활기를 얻곤 했었다.

하지만 이제는 그저 담담한 풍경에 불과했다. 오늘 밤부터 홍인표가 살아갈 방식과 이곳 사람들이 치르는 삶의 방식은 전혀 달랐기 때문이었다. 어떻게 보면 여기는 온갖 욕망이 부글부글 끓는 치열한 전쟁터요 거기는 모든 욕망이 끊겨버린 평화로운 숲이라고도 할 수 있었다. 깊고 어두운 숲이었다.

시장 안으로 들어간 홍인표는 우선 좌판에 앉아 김밥과 우동 국물로 간단하게 요기를 했다. 그리고 시장을 돌며 필요한 물건들을 사기 시작했다. 우선 속옷 가게로 가서 속옷 일습과 양말을 사고 신발 가게로 가서 튼튼한 운동화 한 켤레를 샀다. 적당한 크기의 배낭도 하나 사서 그것들을 넣었다.

시장을 한 바퀴 돈 홍인표는 사람들과 어깨를 부딪치며 아까 보아 두었던 백화점 뒷골목으로 들어섰다. 벽 쪽에 지게꾼들이 서넛 앉아 있는 그 골목에는 허름한 작업복과 군화, 군복 등 군용 물품들이 즐비하게 늘어서 있었다.

홍인표는 눈으로 대충 훑어보면서 몇 개의 가게를 지나쳤다. 한 가게 앞에 앉아 있던 30대 중반의 여자가 재빠르게 일어나 앞을 가로막으며 말했다.

"구경하세요, 손님."

홍인표는 걸음을 멈추었다. 가게 앞 좌판에 쌓여 있는 옷가지를 둘러보고는 다시 가게 안으로 들어가서 죽 훑어보았다. 필요한 것이 모두 있었다. 홍인표는 몇 가지를 손짓했다.

"아, 저 바지요? 그리고요……? 배낭을 보니까 등산 가시나 보지요……? 이 야전 잠바요……? 산에서 막 입기는 좋지요. 정말 튼튼합니다. 그리고…… 이건……."

약삭빠르게 생긴 여자는 신이 나서 재빠르게 움직이며 홍인표가 가리키는 물건들을 가져다 놓았다. 라디오에서 간드러진 여자의 노래가 흘러나오고 있었다.

홍인표는 묻는 말에 고개를 끄덕이거나 흔들어 물건을 결정한 뒤

돈을 건네었다.   여자는 콧노래를 흥얼거리며 커다란 비닐백 둘을
내밀었고 홍인표는 아무 말 없이 받아들고 돌아섰다.
　여자는 사람들 사이로 사라지는 그의 뒷모습을 잠시 지켜보면서
고개를 갸웃하더니 이내 가게 앞으로 다가오는 사람 앞을 가로막으
며 말했다.
　"구경하세요, 손님."
　골목을 나온 홍인표는 시장에서 가까운 목욕탕으로 갔다.   그는
서두를 것도 없이 느긋하게 목욕을 마쳤다.
　홍인표는 한 시간이 넘는 긴 목욕을 마치고 탈의실로 나왔다. 그
는 양말, 속옷, 겉옷 할 것 없이 몽땅 오늘 새로 산 것들로 갈아입었
다. 노트와 주머니 속에 든 것들을 몽땅 털어 배낭에 몰아넣고 땀에
전 속옷과 양말은 쓰레기통에 집어넣었다. 양복은 버리려다가 마
음을 바꾸어 배낭에 쑤셔넣었다.
　들어갈 때와는 전혀 다른 허름한 차림으로 밖에 나왔을 때는 뿌연
서쪽 하늘에 해가 거의 기울어져 있었다. 홍인표는 상쾌한 기분으
로 천천히 걸었다.
　시장 입구에 커다란 영화 간판이 걸려 있었다. 간판 왼편엔 '완전
성인 영화!'라는 글자 밑에 가슴을 드러낸 여자의 벌려진 한쪽 다리
를 알몸의 남자가 껴안고 있었고, 오른편에는 '뜨거운 곳의 뉴에로
티시즘!'이란 글자가 씌어져 있었다.
　극장 안으로 들어간 홍인표는 졸다가 깨다가 하면서 보냈다. 영
화가 끝나자 홍인표는 일어나 밖으로 나왔다. 어느새 밤이 깊어 가
고 있었다.
　극장을 나온 홍인표는 길을 건너 '할매 갈비'라는 허름한 간판이

붙은 식당으로 들어갔다.

식당 안은 사람들로 시끌벅적했다. 여종업원의 안내로 자리에 앉은 홍인표는 갈비와 소주를 시켰다. 사람들은 저마다 입을 벌리고 고기를 밀어넣거나 무어라고 큰 소리를 지르고 있었다. 곧 술과 안주가 도착했다.

고기가 익는 동안 그는 소주를 한 잔 따라 조금 마시고 잔을 놓았다. 물결이 쓸고 지나간 모래 위를 나뭇가지로 선을 긋듯 잔잔한 속이 찌르르 울렸다. 목욕을 마치고 난 뒤라 기분은 아주 상쾌했다.

그는 이제부터 해야 할 일들에 대해 차근차근 정리해 보았다. 준비할 것도 별로 없었지만 그런 대로 다 되었다. 돈도 충분히 남아 있었다. 얼마나 걸릴지 모르지만 그 정도면 충분할 것 같았다. 사실 돈은 별로 쓰일 데가 없었다.

그는 속으로 중얼거렸다. 1년이 될지 10년이 될지 모르는 일이다. 이제 이 세상에서 사라지는 것이다. 나만의 공간에서 누구와도 관계를 맺지 않고 조용히 지낼 것이다…….

벌겋게 이글거리는 숯불에 기름 방울이 떨어지자 불길이 펄쩍펄쩍 뛰며 솟아올랐다. 여종업원이 다가와 가위로 고기를 조각조각 잘라서 고르게 뒤집어놓았다.

제발 방해받지 않기를…….

홍인표는 소주잔을 들어 자신의 장도를 위해 건배했다.

고기는 알맞게 익어 있었다. 그는 생각에 잠긴 채 천천히 그리고 오래오래 고기를 씹었다. 향기로운 고기의 육즙이 식도를 통해 위장으로 스며들었다. 아주 맛있었다. 이 고기는 이제 나의 육신으로 스며들어 내게 어떤 어려움도 견딜 수 있는 힘을 줄 것이다. 그는 열심히 먹고 마셨다. 갈비 2인 분은 이내 없어졌다.

홍인표는 갈비를 더 시켜 그것들 역시 남김없이 다 먹고 술도 마저 비웠다. 취기와 포만감으로 정신이 몽롱해졌다. 모든 것이 빙글빙글 돌기 시작했다. 하지만 정신 한 구석에서는 여전히 맑은 눈 하나가 모든 것을 지켜보고 있었다. 최후의 만찬이 끝났다. 그는 비틀거리며 일어나 계산을 하고 밖으로 나왔다.

홍인표는 배낭을 한쪽 어깨에 걸친 채 밤거리에 망연히 서서 주위의 모든 것들을 지켜보고 서 있었다. 현란한 불빛과 우뚝우뚝 솟아 있는 거대한 빌딩과 줄지어 달리는 차량들 그리고 바쁘게 걷고 있는 여자와 남자들……

밤이 깊었다. 사람들과 차들이 저마다 기다리는 곳을 향해 서두르고 있었다. 이윽고 홍인표는 길을 따라 천천히 발걸음을 옮겼다. 마침내 그는 지하철역 입구에 도착했다.

창백한 수은등 아래 배낭을 맨 그림자는 검은 곱추처럼 보였다. 그 괴상한 그림자를 길게 끌며 홍인표는 천천히 지하도 속으로 사라졌다.

13
잠적

수사실적 평가회의가 끝났다.

회의실을 나온 최경감은 강력 1반 자기 사무실로 돌아와 털석 자리에 주저앉았다. 후덥지근한 사무실에는 아무도 없었다. 자기 자리에 앉은 최경감은 다시 담배를 꺼내 물었다. 회의 시간 내내 담배를 피운 탓에 목이 컬컬했지만 어쩔 수 없이 다시 담배로 손이 갔다.

"무능하다는 말을 하고 싶지는 않아요. 하지만 범인을 찾아놓고도 어디로 갔는지 단서 하나 잡지 못한다는 것은 말이 되지 않아요. 물론 놀고 있다는 말은 아니지만 하여간 단서 하나라도 빨리 잡는 게 급선무가 아니겠소. 위에서도 독촉이 대단해요. 문책 인사 운운하는 소리도 들리고 말이오⋯⋯."

연하의 동료 반장들 앞에서 그것도 수사의 베테랑이라는 자신이 당한 수모였다. 과장의 얼굴이 눈에 보이는 듯 선하게 다가왔다. 점잖게 꾸민 그 얼굴 뒤에 숨어 있는 초조함이 보이는 듯했다. 그에게 가장 큰 문제는 문책 인사였던 것이다. 도대체 어디에 숨어 있단 말인가?

최경감은 담배연기를 길게 내뿜었다.

현재 홍인표는 전국에 지명수배 중이었고 거기다가 특별 현상금까지 걸려 있었다. 하지만 뚜렷한 단서가 없었기 때문에 연고지 감시와 벽오지나 낙도, 사찰, 기도원, 암자 따위의 은신 가능한 곳에 수사팀을 보내는 등 기초적인 수사 외에는 다른 방법이 없었다. 국외로 나가는 공항과 항만에 협조 의뢰를 하는 한편 밀항에 대비해 밀항 조직 전담반에 협조 의뢰를 해놓고 있었지만 현재로는 별무소식이었다.

한편 지하철 치한 문제가 홍인표 사건을 계기로 심각하게 여론화되어서 각종 여성단체에서는 지하철 치한 문제에 대해 정부의 대책을 촉구하고, 여성들에게 치한퇴치 행동수칙을 공표하고, 지하철 여성 전용칸 문제에 대한 공청회를 개최하기도 하는 실정에 있었다. 상부에서 공개 수사로 수사 방침을 바꾸고 그에게 특별 현상금까지 내걸었던 이유도 거기에 있었다.

그리하여 홍인표의 사진과 현상금이 붙은 전단과 신문이 배포되었다. 대중 매체와 현상금은 대단한 위력을 발휘했다. 전국 각지에서 제보가 날아들었고 수사반은 확인을 위해 분주하게 쫓아다녔다. 하지만 결정적인 제보는 한 건도 없었다. 그리고 그나마 한 달쯤 지나서부터는 뜸했다. 홍인표는 벌써 넉 달째 땅으로라도 꺼진 듯이 완벽하게 숨어버렸다.

최경감은 담배를 재떨이에 짓이겼다. 담배를 피워도 속이 후련해지기는커녕 오히려 헛구역질이 날 것 같았다. 그는 요즘 지쳐 있었다.

우선 몸이 부쩍 나빠지고 있었다. 속쓰림이야 오래된 증상이지만 심각한 것은 가끔씩 갑자기 가슴이 쥐어짜는 듯 아프고 현기증이 일었다. 전에는 전혀 느끼지 못하던 증상이 나타난 것이었다. 몸에 무언가 중대한 고장이 생겼다고 보내는 신호가 아닐까 하는 생각이 들긴 했지만 아직까지 병원에 가서 검사를 받아볼 엄두를 내지 못하고 있었다.

거기다가 정신도 옛날 같지 않았다. 판단이 가끔 흐려져서 망설일 때가 생기고 의지도 옛날과 같지 않았다. 물론 그럴 나이긴 하지만 끓어오르는 투지는 점점 사라지는 대신 습관과 의무감 같은 것들이 대신 그 자리를 채우고 있었다. 결국 최경감은 자신에게는 당분간의 휴식이 필요하다는 결론을 내릴 수밖에 없었다.

물론 퇴직은 고려하지 않고 있었다. 아직까지 그럴 나이가 아니었다. 그렇지만 이번 사건이 끝나면 당분간 쉬어야겠다고 그는 내심 작정하고 있었다. 얼마 전에 행정 제도안 개선책으로 휴식년 휴가가 한동안 오르내린 적이 있었다. 최경감은 가능하면 그런 휴가를 얻어 쉬고 싶었다. 쉬면서 자신을 재충전하고 그리고 가능하면 그 기간 동안 아내와의 재결합도 한번 시도해 볼 생각이었다. 딸을 위해서라도 외형적인 가정이라는 형식을 갖추고 싶은 마음에서였다. 이번 사건을 통해 가정이라는 것에 대해 다시 한번 생각하게 되었던 것이다. 하지만 그러자면 이 사건을 마무리지어야 한다. 그런데 홍인표는 정말 어디로 갔는지 알 수가 없었다. 도대체 어디에 숨어 있단 말인가?

최경감이 다시 책상 위에 놓인 담뱃갑을 끌어당기는데 강형사가 문을 열고 들어왔다.

“회의 끝나셨군요.”

“음.”

“김형사한테서 보고가 왔는데 암자와 사찰 근처에도 별 이상 없답
니다. 내일 올라온다구요.”

김형사는 오형사와 함께 홍인표가 고등학교 때 친구들과 몇번 간
적이 있다는 진주 근처의 옥천사라는 절을 포함해서 인근 암자와 기
도원 등을 돌고 있을 것이다.

“음, 홍인표 집 앞 잠복조한테서도 별 소식 없지?”

“네, 현재까지는…….”

“음…… 그리고 다른 사항은?”

“제보가 한 건 들어왔는데 제가 지금 나가 볼 생각입니다.”

“그래, 내용은 뭔가?”

“제보자는 남대문 시장 옷가게 주인인데 자기 가게에서 옷을 사간
사람과 범인의 인상 착의가 비슷하다는 내용이었습니다.”

“그래, 그럼 수고해. 나는 잠복조한테나 가봐야겠어.”

“그럼 다녀오겠습니다.”

“그래…… 아냐, 이봐? 강형사, 나랑 같이 가지.”

최경감은 문을 열고 나서려는 강형사를 다시 불렀다. 지금 심정
으로는 아무래도 강형사와 함께 시장 구경이라도 하는 게 좋을 것
같았다.

남대문 시장은 초입부터 발 디딜 틈도 없이 복잡했다. 하지만 사
람들로 복작거리는 와중에서도 묘한 활기가 넘치고 있었다.

물건을 팔려는 사람과 물건을 사려는 사람들. 물건을 사기 위해
시장 안으로 들어가는 사람과 물건을 사들고 시장 밖으로 나오는 사

람들. 물건을 실어 나르는 차들과 수레들. 수레에, 좌판에, 진열대에 널려 있는 울긋불긋한 상품들…… 먹을 것. 입을 것. 치장할 것…… 앉은 사람, 선 사람, 걷는 사람, 단 위에 올라가 땀을 뻘뻘 흘리며 소리소리 지르는 사람, 발을 구르는 사람, 박수를 치는 사람…… 드물게는 엎드려 기는 사람까지…… 길마다 공간마다 사람과 물건들이 가득 차서 꿈틀거리고 있었다.

강형사는 시장에 오면 늘 어떤 감동과 함께 몸에 새로운 힘이 솟아오르는 것을 느끼곤 했다. 눈물이 핑 돌면서 무언가 열심히 살아야만 한다는 결의가 새롭게 솟아오르는 그런 감동이었다.

두 사람은 저마다 바쁜 사람들과 어깨도 부딪치고 발도 밟히며 힘겹게 걸었다. 국수나 순대 따위의 간단히 요기할 것을 놓고 파는 좌판들을 지나자 제보자가 일러준 대로 악세서리 백화점이 나왔고 두 사람은 백화점 뒷골목으로 들어섰다. 그곳은 구제품 골목이었다. 페인트로 조악하게 쓴 '대흥상회' 간판은 네번째 가게 차양 옆에 붙어 있었다. 두 사람이 다가가자 가게 안에 있던 여자가 빠른 몸짓으로 다가왔다.

"구경하세요, 손님."

30대 중반쯤 되어 보이는 여자였다. 반바지 차림의 자그마한 마른 체구였는데 눈동자가 재빠르게 움직였다. 강형사가 앞으로 나섰다.

"우린 경찰입니다. 김경숙씨 되십니까?"

여자가 놀란 표정을 지었다.

"어머, 그래요? 경찰이시군요……."

여자가 말꼬리를 흐리며 신기하다는 듯 강형사와 최경감을 훑어보았다.

"제보하신 사실을 확인 좀 하러 왔어요."

"네…… 그런데 지금은 애 아빠가 안 계셔서 자리를 비울 수가 없는데……."

여자가 가게를 돌아보며 말했다.

"그럴 필요 없습니다. 여기서 간단히 몇 가지 묻겠습니다."

"그래요, 그럼. 아니, 길에서 이럴 게 아니라 안으로 좀 들어오시던지요."

"괜찮습니다. 이 사람인지 차근차근 자세히 다시 한번 봐 주세요."

강형사는 들고 있던 수첩에서 사진 몇 장을 꺼내 내밀었다. 여자는 사진을 받아들고 한 장씩 음미하듯 넘겨보았다. 마침내 그녀는 고개를 끄덕이며 단정적으로 말했다.

"어머, 세상에…… 맞아요. 신문에 난 사진을 보고는 긴가민가 했는데 이 사진을 보니까 더 확실해요…… 이 사람이 틀림없어요."

"확실해요? 자세히 좀 봐 주세요."

강형사가 여자 옆으로 다가가서 사진을 같이 들여다보았다.

"틀림없어요. 세상에…… 이 사람 맞다구요…… 우린 장사를 하기 때문에 손님을 자세히 봐요. 살 사람인지 아닌지 얼굴만 봐도 알 수 있거든요."

강형사는 최경감을 보았다. 여자가 눈을 사진에 준 채 말했다.

"이 사람이 맞아요. 어머, 끔찍해…… 이 사람이 살인범이라면서요? 그런데 세상에, 그것도 모르고…… 오늘 낮에 점심을 시켜 먹고는 신문으로 그릇들을 덮어놓았는데 거기 얼굴 사진이 나와 있더라구요. 현상금 얼마…… 이러구요. 처음에는 장난삼아 어디 현상금이나 타자, 그러면서 보는데 글쎄 어딘지 낮이 익더라니깐요. 그래서 자세히 생각해 보니깐 우리 가게에서 물건 사간 사람인 것 같더라구요. 막상 전화를 하고 나니까 점점 미심쩍어지기도 해서 괜히 전화했나 싶기도 한 참인데 . 세상에……."

"네, 그런데 그날이 언젠지 혹시 기억할 수 있어요?"

잠자코 지켜보고 있던 최경감이 묻자 여자가 미리 준비해 놓은 듯이 자신있게 대답했다.

"4월 24일이에요."

순간 두 사람은 서로 마주 보았다. 분명히 홍인표가 진주에서 사라진 다음날이었다.

강형사가 눈빛을 빛냈다.

"몇 달 전 일인데 어떻게 그렇게 정확하게 알고 있나요?"

"전화를 걸어놓고 혹시나 걱정이 돼서 물건 판 장부를 확인해 보았어요."

여자가 가게 안으로 들어가 낡아빠진 공책 한 권을 들고 나왔다.

"여기 있잖아요. 여기, 4월 24일. 그날 판 물건이 여기 있구요. 이게 그 사람이 사 간 거라구요. 군용 점퍼, 모자, 작업복 바지, 웃도리, 셔츠 해서 모두 다섯 가지네요."

여자가 내민 공책에 쓰인 비뚤한 글씨를 보며 강형사는 고개를 끄덕였다. 최경감도 다가와서 공책을 보며 말했다.

"그런데 무슨 특별한 점이라도 있었습니까? 그러니까 그 사람을 기억하게 된 게 말입니다. 손님이 하루에도 수십명씩 드나들 텐데요."

"하여간 이상했어요. 말도 안 하고 손짓으로 이것저것 가리키기만 해서 처음에는 말 못하는 사람인 줄 알았어요. 나중에 계산할 때 겨우 한 마디 입을 열어 아니란 걸 알았지만…… 하여간 그래서 좀 유심히 봤는데 그게 기억에 남았나 봐요…… 옷은 고급 양복인데 때가 묻고 구겨져 엉망이었으며 또 머리랑 얼굴을 보니까 회사원 같았는데 싸구려 구제품을 아래위로 구색 맞춰 찾는 것도 그랬고…… 그리고 참 돈을 부르는 대로 아무 말 없이 선뜻 내주더라구요. 여기 오는 사람들은 대부분 한푼이라도 깎으려고 안달을 하거든요."
여자가 미리 준비해 둔 듯 유창하게 말했다.
"그 사람이 무슨 색 양복을 입었어요?"
강형사가 물었다.
"잘 기억은 안 나지만 하여간 검은색은 아니고 회색 종류였을 거예요. 왜냐하면 그 옷에 때가 묻어 있는 걸 본 기억이 나거든요."
강형사가 최경감을 돌아보았다.
"주인집 여자의 말과 같은데요, 반장님."
최경감이 가게의 물건들을 훑어보다 고개를 돌렸다.
"아주머니, 그 밖에 또 기억나는 건 없으세요? 자세히 한번 생각해 보세요."
"음, 그리고…… 참 이거요."
여자가 좌판 뒤에서 군용 야전 점퍼를 꺼냈다.
"오시면 찾을까봐 미리 꺼내 둔 건데…… 이 점퍼요, 들어갈 철이라 아무도 사가는 사람이 없어서 안에 쌓아 두었는데 그 사람이사 가더라고요. 우리야 팔리면 좋지만 봄에 이런 걸 사는 사람은 잘 없거든요.”

최경감이 옷을 받아들고 살피며 말했다.

“아주머니, 그 사람이 사 간 물건들이 어떤 건지 한번 보고 싶은데 수고스럽더라도 꺼내 보시겠어요?”

“네, 그런데 꼭 같은 건 없어요. 계절을 타는 물건이 돼서요. 비슷한 재고는 있는데…….”

“좋습니다. 그거라도 주세요.”

여자가 앞으로 들어가 구석에 쌓여 있는 옷더미를 한참 뒤적거리더니 헌 옷가지 몇 벌을 들고 나왔다.

강형사가 내놓은 옷들의 특징을 수첩에 적었다.

“그 사람 체격과 키는 어느 정도 돼 보였어요?”

최경감이 옷을 들고 이리저리 살피면서 물었다.

“작은 편이었어요. 저보다 약간 클 정도였으니까요…… 체격은 마른 편이고요. 그래서 작은 사이즈로 골라 주었지요.”

최경감이 몇 가지를 더 확인해 보았지만 거의 확실한 것 같았다. 최경감은 조사를 마치고 인사를 했다.

“수고하셨습니다. 그럼 아까 말한 대로 저희가 다시 연락을 드리겠습니다. 그 동안 혹시 기억나지 않은 게 있었나 곰곰 생각해 보시구요. 아주 중요한 단서가 될 것 같군요.”

인사를 마치고 돌아서는 최경감의 등뒤에 대고 여자가 머뭇거리며 물었다.

“저…… 현상금은 언제 타게 되나요?”

수사반으로 가기 위해 남대문 시장을 나와 지하 서울역으로 걸어

가면서 최경감은 내내 깊은 생각에 빠져 있었다.

여러 가지로 미루어 여자의 증언은 거의 확실한 것 같았다. 홍인
표는 다시 서울로 올라온 것이 틀림없었다. 그리고 그는 배낭과 허
름한 작업복 따위의 옷을 샀다. 그는 서울이나 인근 수도권 지역 공
사판 같은 데 있을지도 모른다. 하지만 그의 얼굴은 알려져 있고 공
개적으로 현상금까지 걸려 있다. 도시에는 수많은 사람들의 눈이
있다. 그런 위험을 홍인표는 모르지 않을 것이다. 작업복도 그렇
다. 그의 체격으로 어디 노동판에서 배겨날 수도 없을 것이고 있다
하더라도 쉽게 남의 눈에 뜨일 것이다. 그런 위험한 짓을 스스로 할
사람은 아니다. 그렇다면 서울 근교의 한적한 유원지나 별장 같은
곳인가? 하지만 그런 곳일수록 사람의 눈에 잘 뜨이는 법이다.

강형사는 해거름의 혼잡한 거리를 고개를 숙인 채 걷고 있는 최경
감을 보면서 가슴속에 무언가 찡 하고 울리는 것을 느꼈다. 어디서
읽었던가…… 무엇인가 몰두하는 남자의 모습은 아름답다고…… 하
지만 그것은 아름다움과는 다른 어떤 감정이었다.

최경감은 '지하철 입구'라는 팻말이 붙은 지하도로 들어서면서야
겨우 고개를 들었다. 계단을 따라 복도로 들어서자 퀴퀴하고 후덥
지근한 공기와 함께 혼잡하고 시끄러운 소리가 몰려왔다.

지하도 한쪽 벽을 따라 중국 교포들이 죽 늘어서 있었다. 대부분
이 여자인 그들은 조악한 중국 약재나 특산품들을 동냥해 온 것처럼
한 무더기씩 앞에 펼쳐 놓고 그 앞에다 서투른 글씨로 약효 따위를
적은 쪽지를 세워 놓고 지나가는 사람들을 올려다보며 쪼그리고 앉
아 있었다. 보따리 장사나 아니면 막노동을 해서라도 한국에서 한
몫 잡아 보겠다는 중국 교포들이 늘어나고 그로 인해 생기는 범죄도

심심찮게 일어나고 있는 실정이라는 것을 최경감도 잘 알고 있었다. 얼마 전에는 강력 3반에서 교포 처녀의 강간 살해 사건을 해결한 적도 있었다. 일제 치하 수난의 역사가 만들어낸 또 다른 비극이었다. 최경감은 직업적인 관심으로 그들을 유심히 보면서 지나갔다.

지하도를 걷는 동안 내내 뒤따르던 강형사가 매표구가 보이자 최경감을 앞질러 표를 사기 위해 늘어선 사람들의 줄로 가서 섰다. 최경감은 사람들 뒤쪽에 서서 강형사가 승차권을 사 오기를 기다리면서 주위를 둘러보았다.

최경감이 서 있는 지하 로비는 약 1백평 가량의 공간으로 사방으로 뻗은 지하 통로의 교차지점이었다. 앞으로는 조금 전에 걸어온 남대문으로 향하는 지하 계단으로 뻗은 지하 통로가 있고 뒤쪽으로 길게 휘어진 통로는 4호선역으로 가는 통로였다. 왼쪽으로는 서울역 광장으로 나가는 계단이 있고 오른쪽은 널따란 지하 통로가 대우빌딩 쪽으로 나 있었다.

지금 지하 로비에는 많은 사람들로 북적거리고 있었다. 그중에는 지하철 승객들도 있었지만 대부분 사람들은 움직이지 않고 우두커니 쭈그리고 앉아 있거나 삼삼오오 모여 서서 주위를 두리번거리거나 웅성거리고 있었다. 거기에는 중국 교포 상인들과 그들을 만나러 온 불법 체류자도 있을 것이고 서울역 주변 창녀촌의 폐인, 부랑자, 좀도둑들도 섞여 있을 것이다. 최경감은 그들에게서 가난과 범죄의 냄새를 맡을 수 있었다.

그때 최경감의 시야에 문득 이상한 모습이 잡혔다. 열차가 도착했는지 지하 승강장 계단에서 사람들이 밀려 올라오는데 그 가운데 두툼한 가방을 옆구리에 낀 한 사내가 섞여 있었다. 때에 절은 외

투, 검고 번들거리는 꾀재재한 얼굴, 오랫동안 감지 않아 부스스하
게 머리에 늘어붙은 머리카락 등 외형으로 보아서는 분명히 거지 행
색이었다. 그는 검표기를 훌쩍 넘어 남대문 쪽 지하 통로로 걸어갔
다. 아주 여유 있는 모습이었다.

"뭘 그렇게 유심히 보고 계십니까?"

승차권을 산 강형사가 다가오면서 물었다.

"좀 이상해서."

"누구 말씀입니까…… 아, 저사람 지피족인 모양이군요."

"지피족?"

"네, 지하철역 안을 부랑하는 사람들을 그렇게 부릅니다. 저도 지
하철 범죄 수사대를 드나들면서 알게 되었습니다만 먹고 자고 생
활하는 모든 걸 지하 공간에서 해결하는 거지들이랍니다. 지하철
이 생기고 나서 나타난 신종 거지인 셈이지요. 외국에서는 오
래 됐지만 국내에선 생긴 지 얼마 되지 않았다고 그러더군요."

"지피족이라…… 그래, 저런 사람들은 어떻게 먹고 사나?"

"글쎄요, 잘은 모르겠지만 아마 훔치거나 구걸해서 먹고 살겠지
요. 어쨌든 죽지 않고 살아가니까요."

"그렇겠군……."

최경감이 이마를 찌푸린 채 사람들 사이에서 웅크리고 걸어가는
사내의 뒷모습을 바라보았다.

"……지하에서 산다…… 그런데 보통 눈에 잘 띄지 않잖아?"

"지하역 구내에 구석구석 사각 지대가 얼마나 많습니까? 화장실
안에서부터 잠금 장치가 허술한 빈 창고, 승강장 내 구조물 뒤라
든가 계단 아래 안 보이는 곳, 공사 중인 역에서는 말할 것도 없구

요. 그래서 특히 구조가 복잡한 환승역에 많이 있다더군요.”

“그래……? 그런데 왜 단속을 안 하지?”

“단속을 하기는 하는데 그게 쉽지 않다구요. 워낙 눈에 안 띄는 곳을 잘 알고 있기도 하거니와 거미줄처럼 얽힌 지하철을 타고 이리저리 옮겨 다니다가 밤이 깊어서야 아무데나 자기 때문에 찾기도 쉽지 않고요. 또 어떤 경우에는 금방 화장실 같은 데 가서 머리 감고 옷을 갈아입고 나오면 멀쩡하게 변해 버리는 지피족도 있답니다. 그래 가지고 사람들 사이에 묻혀 버리면 단속할 길이 없다고 그러더군요. 게다가 일껏 단속해도 수용 시설이 태부족이라 그냥 보내 주기가 일쑤고…… 그러면 갈 데가 없고 여기가 좋으니까 다시 모여드는 거죠.”

“음…….”

강형사는 무언가 이상한 생각이 들어 최경감을 바라보았다. 최경감은 이마를 찌푸린 채 멍하게 바닥을 내려다보고 있었다. 그는 무언가 골똘한 생각에 빠져 있었다.

한참 만에야 최경감이 생각의 실마리를 찾는 듯이 띄엄띄엄 말했다.

“이봐, 강형사. 아까 말이야…… 왜 홍인표는 겨울도 아닌데 두터운 점퍼를 샀을까? 날은 점점 더워지는데 말이야.”

“……?”

“지피족들은 잠도 지하역 어딘가에서 자겠지? 밖에서 말이야.”

“그렇습니다…….”

“그러자면 아무래도 두툼한 옷 한 벌은 필요하겠지?”

무언가 선뜻 지나갔다. 최경감이 계속 중얼거렸다.

"강형사, 우문이지만 사람들의 눈에 띄지 않으려면 어떻게 해야
할까? 멀리 인적이 없는 곳으로 가야 하나?"
"사람들 속에 있는 게 가장 안전합니다."
"그래, 우글거리는 사람들 가운데 있는 게 가장 확실하지. 그는
한적하거나 외진 곳보다는 온갖 낯선 사람들이 모여 사는 도시가
은신하기 좋다는 것도 알고 있음이 틀림없어. 그래서 그는 서울
로 다시 올라온 거야. 그런데 말이야…… 그는 그것을 어떻게 알
았을까?"
"네……?"
강형사는 그게 무슨 뜻인지 알 수 없어 최경감을 쳐다보았다. 그
는 여전히 혼자서 고개를 끄덕거리고 있었다.
"그래, 경험이야…… 경험을 통해서 알았겠지…… 서울에서 살아
본 결과…… 좀더 범위를 좁히면…… 그는 서울에서 범행을 저지
르면서 그 사실을 확실히 알았던 거지…… 좀더 좁히면…… 지하
철역의 많은 사람들 속에서 저지른 범행이 드러나지 않았다는 것을
알고 나서부터겠지…… 물론 그는 범행을 위해 지하철역을 많이
둘러본 경험이 있고……."
중얼거리던 최경감이 갑자기 고개를 들었다. 강형사가 기대에 찬
눈으로 최경감을 보았다.
"강형사, 만약 자네라면 어디가 가장 숨어 있기 좋은 곳이라고 판
단했겠나? 자네라면 지하역을 돌아다니면서 어떤 생각이 떠올랐
을까? 만약 위험이 닥친다면 이곳이 가장 숨어 살기 좋은 곳이다
라고 생각하지 않았을까? 자기가 잘 아는 곳, 많은 사람들이 우글
거리는 곳, 사람들의 눈에 뛰지 않을 많은 사각 지대가 있는 곳,

유사시 어디든 바로 빠져나갈 수 있는 곳……."

"……정말 그렇겠군요."

강형사가 얼빠진 표정으로 말했다. 최경감이 강형사의 어깨를 툭툭 쳤다.

"아직은 어디까지나 추리에 불과한 거야. 자, 가지."

스크랩북은 1주일 전부터 최경감의 책상 위에 펼쳐진 채 놓여 있었다. 책상의 주인은 여전히 나타나지 않고 있었다. 혹시 무슨 단서가 있을지도 모르는 일이었다. 강형사는 다시 한번 스크랩북의 내용을 찬찬히 읽었다.

지하철 환승 짜증난다!

연결 통로 길고 좁아 혼잡, 17곳 하루 184만명 이용. 예산 부족, 개수 지지부진.

지하철을 한번 이상 바꿔 타야 하는 환승 승객들이 서울 시내 전체 지하철 승객의 절반이 넘고 있으나 환승역 구내와 연결 통로가 비좁고 불편해 각 환승역이 크게 혼잡을 빚고 있다.

서울 시내 지하철 환승역은 철도청 관할인 구로, 용산역을 포함 17개소로 환승역에서 지하철을 바꿔 타는 승객들은 하루 평균 184만 명으로 추산되고 있다. 이는 전체 이용 승객 340만명 가운데 54%에 해당하는 숫자이다. 그러나 이들 환승역은 당초 승객 수요를 미처 예측하지 못해 턱없이 비좁게 설계되어 있으며 지하철 승강장 사이를 이어 주는 연결 통로 역시 많은 사람들이 오가기에는 턱없이

　좁은 실정이다.

　더구나 이들 통로는 외국 지하철의 환승역을 모방, 에스컬레이터가 설치되어 있으나 밀려드는 승객을 제대로 소화해내지 못한 채 오히려 혼잡만 가중시키고 있다.

　또 이들 환승역에는 승객들이 지하철을 내린 자리에서 바로 다른 열차로 갈아탈 수 있게 설계되어야 원칙이나 당초 설계 잘못으로 인해 연결 통로를 몇 백 미터씩 길게 설계되어 있는 점도 이용객들의 불만 사항이다.　이에 따라 신도림, 동대문, 교대, 동대문 운동장, 을지로 3가, 사당 등 승객들이 하루 10만 명 이상씩 몰리는 주요 환승역은 러시아워는 물론 평상시에도 승강장이 크게 혼잡해 승객들이 불편을 겪고 있으며 이에 따른 사고 위험마저도 도사리고 있는 형편이다.

　하루 50만 명이 이용하는 신도림역은 기존 1, 2호선에다가 2호선 연장 구간인 신정 차량 기지—신도림 노선까지 지난달 22일 개통되면서 하루 이용 승객이 5만 명이나 증가하여 환승역 가운데 가장 극심한 혼잡을 빚고 있다.　하루 23만 명 가량이 이용하는 동대문역(1, 4) 역시 상계동 방면에서 시내로 들어오는 승객들이 주로 몰리면서 지하철을 갈아타는 데만도 상당한 시간이 걸리고 있다.

　이에 대해 서울 지하철공사와 철도청측은 지난해부터 환승역에 대한 시설 개수 작업에 착수했으나 신도림역만이 완공됐고 동대문, 교대, 을지로 3가역 등 5개 역만이 공사가 진행되고 있을 뿐 다른 환승역은 예산 부족으로 착공조차 하지 못하고 있는 형편이라고 밝히고 있다.　하지만 기존의 개수 공사 역시 역무실과 계단 위치 등을 조정, 통행로를 확장하는 데 불과해 근본적인 해결책은 마련되지 않고 있는 실정이다.

만원 지하철 문 열릴 때 가장 불안!

여성 71% 추행 경험…… 남성 54% 치한 오해 곤욕.
서울 시립대 도시행정학과 연구팀 조사.

서울 시내 지하철을 이용하는 여자 승객의 71%가 지하철 안에서 남자로부터 성적 피해를 받은 경험이 있는 것으로 나타났다. 또 남자 승객의 절반 이상이 지하철에서 여자로부터 치한으로 오해받아 곤욕을 치른 경험이 있는 것으로 조사됐다. 서울 시립대 도시행정학과 연구팀(지도 교수 권원용)이 지난 11월 한 달 동안 시민 1,491명(남자 768명, 여자 723명)을 상대로 조사한 결과 여성 응답자의 71%에 해당하는 510명이 지하철에서 치한에게 피해를 당한 적이 있다고 대답했다.

치한으로부터 추근거림을 당했을 때 피해 여성의 55.9%는 '자리를 피한다', 15.3%는 '창피하니까 가만히 있는다'고 답했으나 '주위에 협조를 요청한다'(10.5%), '물리적인 보복을 한다'(9.4%), '소리를 지른다'(8.2%) 등 적극적으로 대응하는 여성도 28.2%를 차지했다.

남성의 경우에는 본의 아니게 여성으로부터 치한으로 오해받은 적이 있다고 응답했으며 이를 모면하는 방법으로는 '두 손을 번쩍 든다'가 35.3%로 가장 많고 '가만히 있는다'가 24.5%, '자리를 옮긴다'가 21.6%, '변명을 한다'가 12.2%, '화를 낸다' 5.0% 순으로 집계되었다.

한편 지하철에서 꼴불견이라고 생각되는 행위에 대해서는 전체 응답자의 34%가 '술주정'을 꼽았으며, '젊은 남녀의 지나친 사랑 표현' 30%, '좁은 자리를 비집고 앉는 행위' 12.9%, 여자들의 지나친 노출' 8.95%순으로 응답했다. 노약자가 탔을 때는 83%가 자리를 양보했으나 그냥 앉아 있거나(14.1%), 자는 척하는(3.0%) 경우도 17.1%를 차지했다.

또 시민들이 지하철을 타면서 가장 불안할 때는 '초만원 전동차의 문이 열릴 때'(43.3%)를 꼽았으며, 전동차와 승강장의 틈이 넓은 곳을 타고 내릴 때(20.5%), 전동차의 잦은 고장(14.4%), 치한이나 소매치기에 무방비 상태로 있을 때(12.9%), 만원 전동차에 아기를 안고 탔을 때(9%) 순으로 집계됐다.

이 밖에 인상이 가장 좋은 역으로는 충무로, 경복궁(문화 시설이 좋다), 이대 입구(에스컬레이터가 잘 되있다), 역삼, 삼성(역무원이 친절하다)역 등을 들었고, 청량리, 신도림(화장실이 없고 지저분하다), 서울(복잡하고 잡상인이 많다), 종로 3가(역이 좁고 휴식 공간이 없다), 동대문(갈아타기 힘들고 지저분하다)역 등은 나쁜 역으로 꼽혔다.

또 시민들은 다른 교통 수단과 비교할 때 지하철이 빠르고 정확한 점을 가장 좋다고 평가한 반면 '지하철을 타려면 너무 많이 걸어야 한다', '복잡하고 공기가 탁하다'등을 나쁜 점으로 지적했다.

서울에는 1974년 8.15 개통된 1호선에서부터 84년에 개통된 2호선, 그리고 85년 10월에 개통된 3, 4호선까지 국철 노선을 제외한 지하철 노선만도 총연장 118킬로미터의 방대한 지하철망이 구축되어 있었고 1일 463만 명의 서울 교통 인구를 담당하고 있었다. 그 지하철망은 외곽 지역을 제외하고도 100여 개의 역이 있고 그중에는 노선과 노선을 연결하는 20여 개의 환승역이 있다.

몇 군데를 뒤적거려 보았지만 여전히 별다른 내용은 없었다. 강형사는 스크랩북을 덮었다. 모두들 나침반 없는 배처럼 일손을 잡지 못하고 있었다. 아직까지 위에선 별다른 지시가 없었다. 강형사는 사무실을 나왔다.

"이게 무슨 소린가?"
놀라 몸을 반쯤 일으킨 오경감이 강형사를 뚫어지게 쳐다보고 있었다.
"자세히 말해 보게. 도대체 무슨 일인지?"
"……저도 잘 모르겠습니다. 하여튼 반장님이 어디에 계신지 아는 사람이 없습니다."
강형사는 이유 모를 자책감으로 고개를 숙였다. 오경감이 얼굴을 잔뜩 찌푸리며 손바닥으로 탁자를 두들겼다.
"무슨 소리야. 자세히 말을 해 봐. 처음부터 차근차근히…… 나참, 답답한 친구 같으니라구……."
"아무것도 모르고 계셨군요. 휴직계 낸 것도……."
"휴직계? 이건 갈수록 태산이군. 최반장이 말인가? 이게 도대체무슨 말이야?"
강형사는 힘이 빠졌다.
"네……."

오늘 새벽 일찍 최경감의 아파트로 갔다가 역시 헛걸음을 하고 돌아오면서 문득 오경감 생각이 났었다. 그에게라면 혹시 무슨 말이라도 남기지 않았을까 하는 희망을 가졌었는데 역시 아니었다.

"사실은 반장님이 벌써 1주일째 연락이 되지 않습니다. 며칠 전 휴직계가 우송되어 왔구요…… 저희에게는 말 한 마디 없었습니다."

"그 친구가……?"

오경감이 믿어지지 않은 표정을 지었다.

"저희도 도저히 이해가 되지 않습니다. 반장님이 그러실 분이 아니잖습니까?"

"그래서?"

"아파트로 찾아가 봤습니다만 만날 수 없었습니다. 아마 멀리 떠나신 모양입니다. 아파트 앞에 세워둔 차는 며칠째 움직인 흔적이 없었고 오늘은 새벽에 찾아갔는데도 계시지 않았습니다."

"음……."

오경감이 몸을 의자에 깊숙이 기대서 앉더니 담배를 꺼내 물었다. 잠시 묵묵히 앉아서 연기를 내뿜던 오경감이 고개를 들었다.

"그 동안 무슨 일이 있었나? 그 친구가 그럴 사람이 아닌데."

강형사는 그간의 사정을 상세히 설명했다.

홍인표가 지하철역 구내에서 지피족 생활을 하고 있을 것이라는 심증을 굳힌 최경감은 은밀하게 수사에 착수했다. 만일 수사가 진행된다는 것을 눈치챈다면 홍인표는 또 다시 어디론가 잠적해 버릴 것이기 때문이었다. 홍인표를 곧 잡을 수 있으리라는 기대로 부풀었던 수사는 하지만 예상대로 쉽게 풀리지 않았다.

홍인표가 눈치채지 않도록 조심스런 수색을 할 수밖에 없다는 점이 그 첫째 이유였다. 두번째 어려움은 낮에는 지피족을 찾는 일이 쉽지 않다는 점이었다. 그들은 깊은 밤이 되어 열차가 끊기고 인적이 끊어져야만 비로소 드러나 보이는 존재였기 때문이었다. 게다가 수색 자체가 문제가 있었다.

시내의 중심 외곽을 순환하는 2호선과 시 전역을 종횡으로 가로지른 1, 3, 4호선이 만나면서 만들어진 이 환승역은 서울 전역을 거미줄 같은 하나의 교통망으로 묶는 데는 중요한 역할을 하고 있었지만 수사를 하는 데는 아주 골치거리였다.

대부분의 환승역은 미로같이 지하도를 따라 두 노선의 역이 연결되어 있었다. 그것도 평면이 아닌 입체적인 미로였기 때문에 매우 복잡하게 이루어져 있었다. 물론 지하에 두 개의 노선이 교차한다는 특수성도 작용했겠지만 애당초 신중하게 설계했다면 좀더 간결한 구조로 만들 수도 있었다는 지적도 있었다. 어쨌든 이러한 복잡한 구조는 수색에 많은 시간과 인원을 소모하게 만들었을 뿐 수색 자체를 불확실하게 만들었다.

만일 범인이 한 자리에 가만히 있다면 차근차근 찾아나가면 될 것이지만 거미줄 같은 철도망을 따라 옮겨 다닌다면 적은 인원으로 수색하는 것은 그야말로 무리였다. 게다가 한두 역에서 밤 늦게 수색했다가 실패하면 그때는 지피족 사이에 소문이 퍼져 홍인표는 사라지고 없을 것이다.

결국 지하철 근무자들의 제보와 환승역의 주요 목지점의 잠복 근무에 주로 의존할 수밖에 없었는데 몇 명의 인원으로 그 많은 환승역의 목지점에 잠복한다는 것도 무리여서 우연을 기대하며 주요 역에 환승 통로를 지켰지만 별 성과는 없었다.

　한 마디로 적은 인원에 비해 지하철역은 너무 많고 넓고 복잡했던 것이다.

　그래서 최경감은 기존의 수사 방법이 현실적으로 무의미하다는 판단 아래 새로운 방법을 계획하였다. 그 방법의 요지는 다음과 같았다.

　되도록 빠른 시일 내에 하룻밤을 정해서 열차가 끊기는 시간부터 다시 다니는 시간까지 전 지하철역의 일제 수색에 들어가는데, 인원은 기동대 병력을 지원받아서 소단위로 나눈 뒤 할당된 지하철역의 출입구를 봉쇄하고 그 역의 구조를 잘 아는 당직 근무자의 협조 아래 철저히 수색하되 모든 수색이 끝나면 정해진 다른 역으로 이동한다. 이런 반복을 통해서 새벽에 지하철이 다시 다닐 때까지 범인이 은신할 만한 모든 역을 이잡듯이 수색한다는 것이었다.

　"그러니까 반장님은 홍인표가 지하철역 어디엔가 있다면 적어도 열차가 다니지 않는 동안은 움직이지 못한다고 생각하신 거지요. 만일 다른 곳으로 움직이지 못한다면 설사 변장을 한다 해도 그는 독 안에 든 쥐나 다름없을 겁니다. 문제는 인원이었는데 우리 인원으로는 무리였기 때문에 수사력 지원을 요청하려고 했는데 과장님 선에서 보기 좋게 묵살당한 모양입니다……"

　"……그래, 과장이 거부한 이유는 뭔가?"

　고개를 끄덕이며 듣고 있던 오경감이 찌푸린 표정으로 낮게 물었다. 강형사가 잠시 망설이다 대답했다.

　"……자세히는 모르겠지만 그날 참석한 다른 반장님의 말에 의하면, 물증도 없이 육감에만 의존한 마구잡이식 수사라는 식으로 말했답니다. 그리고 정히 그 추리가 맞다면 사건을 지하철 범죄 수사대로 넘겨 버리자고 그랬다더군요. 반장님 얼굴은 하얗게 변하고요……."

"사건을 넘겨……? 그리고 육감이라……."

오경감이 냉소를 지으며 음미하듯 중얼거리더니 자리에서 벌떡 일어났다.

"잠깐만 기다리게."

오경감은 자리에서 일어나 책상 앞으로 가더니 어디론가 전화를 걸었다.

"나야, 별일 없지."

"……뭐? 승미가?"

갑자기 높아지는 목소리에 놀라 강형사는 고개를 들었다. 오경감이 전화기에 귀를 바짝 갖다 댄 채 이맛살을 찌푸리고 있었다.

"그래? 음, 음, 음, 그리고 그 친구는?"

그는 고개를 끄덕이며 신음처럼 말했다.

"알았어……그래, 너무 걱정 마…… 나중에 한번 가지. 그래, 잘 좀 달래…… 알았어, 그래."

통화를 마친 오경감은 잠시 멍하니 수화기를 들고 서 있었다. 블라인드 사이로 비치는 해거름의 붉은 햇살이 그의 그림자를 잘게 잘랐다.

이윽고 자리로 돌아온 그는 털썩 주저앉아 담배를 물고 연기를 길게 내뿜었다. 묵묵히 무언가를 생각하던 오경감이 한참만에 혼잣말처럼 중얼거렸다.

"가족에게도 아무 말도 없었다……."

“전화 거신 데가 어딥니까?”

강형사가 놀라 물었다. 오경감은 잠시 머뭇거리다가 담담한 표정으로 말했다.

“그의 아내야. 내 동생이기도 하구…… 헤어졌지만.”

강형사는 이 새로운 사실에 놀라 잠시 그냥 멍하게 앉아 있었다. 무슨 말이라도 해야겠다는 생각이 들었지만 ‘헤어졌지만’이란 말이 말문을 막았던 것이다. 오경감은 무언가 생각에 잠겨 있었다. 잠시 침묵이 흘렀다.

“……어디 여행이라도 가신 것이 아닐까요?”

생각에 잠겨 있던 오경감은 강형사의 어색한 태도를 보고 씁쓸하게 웃었다.

“글쎄…… 그렇게라도 되었으면 좋겠지만 별로 좋지 않은 생각이 드는군.”

“무슨 말씀인지……?”

“나는 그 친구를 잘 알아. 적어도 나만큼 그 친구를 잘 안다고 말할 사람은 별로 없을 거라고 말할 수도 있지. 그런데 내가 아는 한 그 친구는 무책임한 사람이 아니야. 아니, 가장 책임감이 강한 사람들 중 하나지. 그 친구는 어떤 일이든 자신의 짐을 끝까지 짊어지고 가는 사람이야. 힘들다고 중간에서 내팽개치는 그런 사람은 절대 아니라고 장담할 수 있지. 그 친구는 결코 포기할 친구가 아니지. 자네도 그렇게 생각하지 않나?”

“네, 저도 그 점에는 동의합니다. 그렇다면 혹시……?”

강형사는 말을 채 끝내지 못했다. 오경감이 눈을 지그시 감은 채 씁쓸한 표정으로 고개를 끄덕였기 때문이었다.

"최반장 책상 위에 지하철에 관한 스크랩북이 펼쳐져 있다고 그랬
지……? 그만 가보게. 어디 있는지 대강 알 것 같지 않은가?"

말꼬리에 묻어 오는 숙연한 분위기 때문에 강형사는 더 앉아 있을
수가 없었다. 강형사는 자리에서 일어났다.

"안녕히 계십시오, 실장님."

"그래, 잘 가게."

"혹시 최반장을 만나게 되거든 내가 그러더라고 빨리 산을 내려가
라고 그래. 혼자서 하는 등산은 위험한 법이라고…… 눈 덮인 산
능선에서 쓰러져 죽어도 울어줄 사람 하나 없다고 말이야."

그날 밤 강형사는 집으로 들어가지 못했다.

오경감을 만나고 시 경찰청을 나온 강형사는 바로 가까이에 있는
술집을 찾았다. 타는 듯한 갈증을 참을 수가 없었기 때문이었다.
정신없이 몇 잔을 들이킨 강형사는 다시 밖으로 나와 우선 가까운
지하철역으로 들어갔다. 마치 미친 사람처럼 이리저리 돌아다녀 보
았지만 최경감은 찾을 수 없었다. 노선을 거슬러 오르면서 몇 개의
역을 더 찾아보았지만 결과는 마찬가지였다.

역 구내를 뒤지고 다니는 동안 내내 강형사는 참담한 안타까움에
사로잡혀 있었다.

깊은 밤 혼자서 지하철역 구내를 외롭게 돌아다니는 최경감의 구
부정한 모습이 눈에 보이는 것 같았다.

지쳐서 밖으로 나왔을 때 밤은 어느새 깊어가고 있었다. 강형사
는 어딘지 모를 거리를 터벅터벅 걷다가 가까이 보이는 술집으로 다
시 들어갔다. 견딜 수 없는 참담한 심정을 달래기 위해서였다.

　그는 술을 마셨다.　수많은 범죄를 끊임없이 만들어내고 있는 이
도시에 대한 분노로 술을 마셨고, 결국은 무력할 수밖에 없는 한 개
인의 운명을 보면서 느끼는 자신의 삶에 대한 회의 때문에 그는 다
시 술을 들이켰다.
　강형사는 만취가 되어 술집을 나왔다.　강형사는 정신 없는 가운
데서도 눈앞에 보이는 지하도를 내려갔다.　강형사는 단지 거기가
지하철역이라는 것뿐 그곳이 무슨 역인지도 몰랐다.　비틀거리며 역
구내를 헤매던 강형사는 결국 역의 한구석에 쓰러져 잠이 들고 말았
다.

14

지하

　이곳은 어머니의 품처럼 편안했다. 이 새로운 세계는 모든 위험
과 불안으로부터 홍인표를 감싸주었다. 어둡고 습하고 따뜻한 곳이
었다.

　길지 않은 생을 살아왔지만 그 누구보다 외로웠던 홍인표는 처음
으로 맛보는 편안함과 행복감에 젖어 있었다. 그것은 마치 길고 험
한 항해를 마치고 항구로 돌아와 닻을 내린 것과도 같은 심정이었
다.

　물론 미영과 사귀고 있던 때에도 늘 즐거웠다. 하지만 지금의 이
편안함은 그때의 즐거움과는 아주 다른 것이었다. 그때의 즐거움은
늘 가슴 조이는 미진함과 갈증과 괴로움 속에서 간간이 얻어지는 고
통처럼 감미로운 기쁨이었다. 그것은 마치 한여름 땡볕 아래서 괴
로워하다가 갑자기 만나는 한 줄기 소나기 같은 것이었다. 하지만
소나기는 잠깐이었고 곧이어 다시 찌는 듯한 폭양이 쏟어져 내렸다.

　하지만 지금의 이 편안함은 마치 초가을 한적한 오후 슬머시 잠겨

드는 낮잠 같은, 완전한 편안함이었다.

물론 이곳에서의 삶도 엄밀한 하나의 생활이었다. 질서와 규칙이 있고 세심한 주의와 절제가 요구되었다. 하지만 그것은 강제가 아니었고, 마실수록 목마르는 욕망에 근거한 것도 아니었다. 오직 가장 단순한 생존의 조건만 만족시키면 되는 아주 원시적인 생활이었다. 홍인표는 이런 단순함이 너무도 자신과 잘 맞는다는 것을 여기 와서야 새삼 느끼고 있었다. 그는 지금의 생활에 만족하고 있었다.

홍인표는 꿈도 없는 편안한 잠에서 서서히 깨어나고 있었다. 멀리서 자장가처럼 조용히 울리는 모터 소리가 점점 가까이 다가오는 걸 느끼면서 홍인표는 조용히 눈을 떴다. 문틈으로 새어드는 희미한 불빛 외에는 주위의 아무것도 보이지 않았다.

시계는 없었지만 홍인표는 얼마 지나지 않아 곧 첫 열차가 올 것이라는 걸 느낄 수 있었다. 그는 아주 사소하고도 미묘한 몇 가지 움직임을 통해 그것을 알 수 있었다.

깊은 지하에서도 공기의 흐름과 진동이 있고, 그것은 외기의 냄새와 온도, 기계와 사람들의 소리를 더불어 싣고 왔다. 그는 지금 자신의 머리 위로 곧 사람들이 지나다닐 것이며, 주위의 모든 것들이 그 사람들을 맞기 위해 조금씩 깨어나 부산한 하루의 준비를 하고 있다는 것을 몸으로 느낄 수 있었다.

홍인표가 막 잠을 깬 이곳은 지하철 1호선 동대문 역사 안의 배수 펌프실이었다. 홍인표는 이곳 외에도 몇 군데 잠자리와 은신처를 마련해 놓고 있었다.

지하철 역사에는 잘 주목받지 않는 여러 가지 용도의 공간과 창고들이 곳곳에 있었고 만능 키 조작으로 간단히 열리는 곳이 많았다.

그중에서 사람들이 자주 드나들지 않는 곳을 골라 잠자리로 삼으면 되었다. 뿐만 아니라 군데군데 있는 보수 공사 현장과 심야의 화장실, 계단 뒤와 환승역의 지하 통로 주변의 사각 지대도 많았다.

잠자리와 숨어 있을 곳은 많았지만 가장 문제가 되는 것은 입는 것과 먹는 일이었다. 앞으로도 당분간은 가지고 있는 돈으로 충분히 지탱할 수 있었다. 미리 가명으로 예금해 둔 것을 그대로 두고 필요할 때마다 조금씩 찾아 쓰고 있었다. 돈이 다 떨어지면 어떻게 하나 하는 걱정도 가끔씩 들었지만 그것은 아직은 실감나지 않는 몇 년 뒤의 일인 것이다. 그때가 되면 또 무슨 수가 생길 것이다.

홍인표는 손을 뻗어 조심스럽게 머리 위를 휘저으며 천천히 몸을 일으켰다. 전에 복잡하게 얽혀 있는 파이프에 머리를 부딪친 적이 있었기 때문이었다.

홍인표는 일어나 앉은 채 잠시 정신을 차린 뒤 깔고 누웠던 군용 야전 점퍼를 둘둘 말아 옆에 놓았다. 그리고 누워 잔 흔적을 없애기 위해 주위를 정리하고 등뒤의 배낭을 열어 어제 새로 산 옷을 꺼냈다. 그 동안 입고 다니던 옷은 너무 더러워졌다. 지하에서 생활을 하지만 그는 다른 지피족들과는 달리 옷차림과 외모를 깨끗하게 유지하기 위해 노력했다. 절대로 남의 주목을 받아서는 안 되기 때문이었다.

새 옷은 역시 기분이 좋았다. 홍인표는 벗은 옷의 주머니를 뒤져 만능 키와 재크나이프, 예금 통장 따위를 새 옷 주머니에 챙겨 넣고 옷은 야전 점퍼와 함께 배낭에 집어넣은 뒤 배낭을 배수 모터 뒤 구석진 공간에 숨겨 놓고 밖으로 나갈 채비를 했다. 사람들이 다니기 시작하면 배수 펌프실에서 빠져나오는 것이 어려워진다. 사람들의 시선을 무시하고 그냥 나올 수는 있겠지만 남의 눈에 띄게 되면 좋을 것이 없었다.

　지하로 들어온 1주일 동안 최경감은 완전히 혼자였다.
　그는 누구의 도움도 받지 않았고 누구와도 동행하지 않았다. 그는 오직 혼자만의 힘으로 수사를 진행해 나갔다. 현재까지 시내 중심부의 모든 주요 지하철역들은 심야에 한번씩 철저한 수색을 받았다. 물론 아무도 눈치채지 못한 은밀한 작업이었다. 누구도 쉽게 눈치챌 수 없었지만 누구도 쉽게 그 그물을 빠져나갈 수는 없었다.
　지하로 들어온 첫날부터 최경감은 집으로 들어가는 것을 포기했다. 그는 다른 지피족들과 마찬가지로 지하에서 먹고 자고 옮겨 다니며 수색했다.
　그는 하루의 모든 시간을 지하철역 안을 수색하는 것으로 보냈다. 낮에는 이 역에서 저 역으로 전철과 환승역을 따라 옮겨 다니며 하나하나 구조를 체크하고, 심야에는 하나의 환승역이나 주요역을 선정한 다음 철저하게 수색하고 나서 아침이 되면 아무 열차나 집어타고 눈을 붙였다. 그리고 잠이 깨면 다시 추적해 나가고 있었다. 지피족처럼 생활을 했기 때문에 최경감은 전에 알지 못하던 많은 사실을 깨달을 수 있었다. 그들의 움직이는 통로와 잠자는 곳, 먹고 자는 문제를 해결하는 방법 등…… 현재까지 홍인표의 구체적인 모습은 드러나지 않고 있지만 최경감은 확신하고 있었다.
　그는 편안한 마음으로 자신의 일을 하나하나 진행하고 있었다. 지금 그에게는 회의도 상급자도 보고서도 없었다. 지금 여기에는 홍인표와 자신, 둘밖에 없었다. 모든 것을 벗어던진 홀가분한 몸으로 적을 향해 한발 한발 접근하는 긴장감…… 참으로 오랫만에 맛보는 쾌감이었다.

환하게 밝은 어둠 속에서 가슴을 쥐어짜는 듯한 고통이 간헐적으로 밀려왔다. 최경감은 이마를 찌푸리며 간신히 눈을 떴다. 자신이 어딘가에 꼬부리고 누워 있었다. 그는 누운 채 고개를 돌려 주위를 살폈다. 자신이 누워 있는 곳은 텅 빈 지하 승강장 중간에 있는 방사형 나무 벤치였다.

최경감은 그제서야 여기가 어디며 왜 자신이 여기 누워 있는지 알 수 있었다. 어젯밤 늦게 인근 환승역인 동대문 운동장역에서 4호선 상계행 막차를 타고 이곳 동대문역으로 왔다. 막 수색을 시작하려는데 갑자기 현기증이 밀려왔고 정신을 차리기 위해 벤치에 앉아서 쉬다가 그대로 정신을 잃은 모양이었다.

최경감은 억지로 몸을 일으켰다. 힘이 하나도 없고 꼬부려 잔 탓에 허리가 몹시 결렸다. 그는 주먹으로 허리를 세게 몇 번 치고는 그대로 가만히 앉아 있었다. 공기는 후덥지근한데 어쩐지 오한이 들 것 같았다. 온몸이 끈적끈적했다. 인적이 끊긴 기다란 지하 승강장에는 웅——하는 텅 빈 울림만이 공간을 가득 채우고 있었다.

이명처럼 승미의 목소리가 들렸다.

“아빠 제게 뭘 해줬죠? 제게 따뜻하게 대해 준 사람은 이 사람밖에 없어요.”

승미가 희멀겋게 생긴 낯선 청년을 가리키며 외친 소리였다.

“무능하다는 자술서군요, 최반장…….”

작전 계획서를 내던지며 과장이 내뱉은 말이었다. 왜 그런 일들이 한꺼번에 일어난 것일까? 이런 것을 운명이라 말하는 것인가?

　그날 아침까지는 기분이 좋았다. 자신의 추리를 바탕으로 작성된 수사 계획을 제출하면서도 약간의 논란은 예상했지만 설마 거부당하리라고는 생각하지 못했다. 한데 머칠 밤을 새워 만든 수사 계획은 상부로 올라가지도 못하고 과장의 손에서 잘리고 말았다. 그것도 이유나 근거도 없는 일방적인 편견만으로.

　그때의 심정을 뭐라고 표현할 수 있을까? 자신의 온갖 노력과 고통이 타인의 말 한 마디로 무시당할 수밖에 없다는 것을 발견했을 때…… 막막하고 거대한 벽이 앞을 가로막고 있는 듯한 느낌이었다. 그런데도 이상하게 담담했다. 무언가 팽팽했던 줄이 탁 하고 끊어진 듯 허전했지만 섭섭하다기보다는 오히려 홀가분한 기분이었다. 과장과 소리 높여 싸울 수도 있었는데 그 짓도 하기 싫었다.

　허탈한 마음으로 사무실로 들어오는데 기다렸다는 듯이 아내의 전화가 걸려왔다. 승미의 가출 소식이었다. 머칠째 집으로 들어오지 않는다는 말에 아내의 집으로 달려갔다. 딸의 방을 뒤져 몇 가지 전화번호를 찾아 추적했더니 의외로 쉽게 찾아낼 수 있었다. 승미는 한 청년의 주거와 작곡 사무실로 쓰이는 조그만 오피스텔에 있었다. 오피스텔 문 앞으로 다가서면서 최경감은 차라리 딸이 안에 없었으면 좋겠다고 생각했다.

　하지만 초인종이 울리고 한참 뒤에야 문이 열리면서 안으로 들어섰을 때, 최경감은 한눈에 모든 것을 알아차릴 수 있었다. 끈끈한 공기, 술병이 흐트러진 실내, 허겁지겁 가다듬은 승미와 청년의 옷매무새와 머리…….

　승미를 데리고 아내의 집까지 갔다가 다시 자신의 아파트로 돌아

온 최경감은 밤새 한잠도 자지 못했다. 어떤 것이 최선의 선택인지
에 대해 많은 고민이 있었다.

그리고 이튿날 새벽이 훤히 밝아올 무렵 마침내 휴직계를 썼다.
아침이 되자 경찰서로 출근하는 대신 우체국으로 가서 휴직계를 부
치고 그 길로 지하로 들어왔던 것이다.

최경감은 수그렸던 고개를 들었다. 길게 구부러진 텅 빈 지하 승
강장은 여전히 적막했다. 막막한 사막에 홀로 서 있는 듯한, 버려진
듯한 외로운 느낌이었다. 그는 숨을 크게 들이쉬었다.

외로움이 꼭 고통은 아니었다. 외로움에는 자유로움과 편안함과
뿌듯함도 있었다. 누구의 도움도 누구의 간섭도 없이 내 마음대로
내 방식대로 혼자서 싸워 나간다는 자부심과 긍지도 외로움의 밑바
닥에 잔잔하게 깔려 있었다.

계속해야 한다. 홍인표를 만날 때까지…… 일단 4호선역만이라도
수색을 마치고 어디 가서 좀 쉬기로 하자. 그 다음 1호선역을……
최경감은 벤치에서 일어섰다.

지하 4층에 있는 이곳은 폭 약 20미터, 길이 약 100미터 가량의
지하철 4호선 동대문역 승강장이었다. 양쪽 가로 사당과 상계 방면
으로 뻗은 선로가 있었고 승강장 중간에는 지름 2미터 정도의 기둥
과 벽이 죽 늘어서 상하행선을 구분짓고 있었다. 승강장이 바닥에
노란 안전선을 머리띠처럼 두르고 완만하게 휘어져 있었기 때문에
양쪽 선로도, 가운데 기둥의 열도 따라서 휘어져 있었다. 기둥은 멋
있게 장식되어 있었는데, 거대한 피스톤같이 생긴 흰빛 쇠기둥 주위
를 마치 쇳물이 녹아내리다가 굳은 듯한 외피가 중간 아래쪽부터 기
둥을 감싸고 있었다. 하지만 쇳물처럼 보이는 그 외피는 두드려 보

니 플라스틱으로 만들어 색칠한 것이었다.

최경감이 누워 있던 방사형 나무 벤치가 있던 곳처럼 가운데 기둥 없이 제법 넓게 툭 틔어진 곳도 두 군데 있었다. 벤치 맞은편 벽에는 타일로 만들어진 천연색 모자이크 그림이 그려져 있었고 벤치 옆은 출구로 뻗은 계단과 에스컬레이터 입구였다. 에스컬레이터는 양쪽 가에, 계단은 가운데 있었는데 4단으로 꺾인 계단이 구불구불 위로 뻗어 있었다.

그 계단과 에스컬레이터의 등 부분에 몇 개의 공간이 있었다. 최경감은 창고라는 표찰이 붙은 문으로 다가갔다. 문은 잠겨 있었다. 문 위쪽에는 「화기단속 책임자 정―당무조역 부―당직」이란 쪽지가 붙어 있었다. 그 옆에는 방송실이 있었지만 역시 잠겨 있었다.

최경감은 계속 걸어 승강장 끝쪽으로 갔다. 철책 너머로 굽어진 터널이 컴컴한 목구멍을 벌리고 있었다. 상계 방향 벽 아래쪽에 배수 펌프실이란 표찰이 붙은 자그마한 문이 보였다. 최경감은 선로로 뛰어내려 문앞으로 다가갔다. 하지만 문은 역시 잠겨 있었다. 최경감은 도로 다시 승강장으로 올라왔다. 승강장 조사가 이것으로 끝났다.

최경감은 지하 3층으로 가기 위해 계단을 향해 걸었다. 계단을 오르려던 최경감이 문득 멈춰섰다. 사당 쪽 승강장 맞은편 벽에 붙어 있는 어떤 것이 시선을 끌었다. 속에서 배어나는 형광등의 하얀 불빛 때문에 바깥의 검은 명조체 글씨가 또렷이 드러나 보였다. 김소월의 「왕십리」라는 시였다.

　　비가 온다

오누나
오는 비는
올지라도 한 닷새 왔으면 좋지
여드레 스무날엔 온다고 하고
초하루 삭망이면 간다고 했지
가도가도 왕십리 비가 오네
……

무언가 가슴이 찡하는 걸 느끼며 최경감은 다시 계단을 올랐다. 지하 3층은 환기실과 전기실 외에는 특별히 다른 것이 눈에 띄지 않았다. 하지만 최경감은 자꾸 마음에 걸리는 것이 있었다. 그것은 지하 공간 곳곳에 있는 많은 문들이었다.

지하의 곳곳에는 문들이 많았다. 배수 펌프실이라든가 냉방실, 창고 등 용도나 이름이 붙어 있는 문들도 있었다. 200.600 등 뜻을 알 수 없는 숫자를 적어 놓은 문도 있었다. 그리고 아무것도 적혀 있지 않은, 그냥 손잡이만 있는 문도 있었다. 그 문들은 주로 조그만 문들인데 계단 등 쪽 빈 공간 같은 자투리 공간을 이용해 만든 것으로 허드레 용도로 사용되는 것 같았다.

원래 최경감의 수사 계획대로라면 문이란 문은 어떤 문이든 다 열고 그 내부를 꼭 확인해야만 했다. 그래야만이 완벽한 수색이기 때문이다. 하지만 지금의 최경감 처지로는 그것을 요구할 수 없었다. 그래서 최경감은 일단 잠겨진 문이라면 쉽게 열고 들어갈 수 없을 것이라는 생각으로 문 잠긴 것만 확인하고 구석진 곳이나 사각 지대만 수색하고 있지만 그래도 어쩐지 찜찜한 기분은 지울 수 없었다.

하지만 지금으로서는 다른 방법이 없는 것이다.

지하 2층으로 올라가자 「지하철 경찰 방범 수사대」라는 붉은 글씨가 적힌 화살표 모양의 표찰이 붙어 있었다. 화살표의 연장선상 복도 끝에는 이마에 경찰 마크를 단 사무실이 불을 밝히고 있었다. 어디선가 사람의 수런거리는 목소리가 들렸다. 최경감은 조심해서 계단을 돌아 지하 1층으로 올라갔다.

역무원 한 사람이 하품을 하며 역무실을 나와 매표소 쪽으로 걸어가고 있었다. 첫차가 올 시간이 다가오는 모양이었다.

저만치 복권 판매소가 있었다. 최경감은 되도록 태연하게 대합실을 가로질러 갔다. 복권 판매소 뒤쪽에는 아무도 없었다. 그때 요란한 소리를 내며 지하 상가 쪽으로 연결된 통로의 셔터가 올려졌다. 열려진 통로에 청원경찰 한 사람이 대합실 안을 휘 둘러보았다. 그는 최경감을 보고 뭐라고 소리치려다 매표소의 역무원을 보고는 고개를 갸우뚱하고 사라졌다.

대합실 여기저기를 돌아다니던 최경감이 「여권사진, 증명사진 3분 자동 칼라」라고 적힌 즉석 사진관을 보자 슬그머니 멈춰섰다. 그는 발소리를 죽이고 조심스럽게 다가가 사진관 옆에 드리워진 검은 휘장을 조금 걷어 보았다. 찢어진 겨울 코트를 둘둘 감고 새우처럼 꼬부라져 자고 있는 조그만 체구의 늙은이였다. 성긴 머리숱이 마구 엉켜 있었는데 머리 가운데가 불그레하게 드러나 있었다. 대합실을 샅샅이 뒤졌지만 그 외에는 별다른 사실은 발견할 수 없었다.

최경감은 서둘러 1호선역과 연결된 환승 통로를 따라 발걸음을 옮겼다. 너무 늦었다. 열차가 다니기 전에 수색을 다 마칠 수 없을 것 같았다. 부지런한 사람들이 벌써 하나 둘 보이기 시작했다. 갑자기 가슴이 쥐어짜듯 아파왔다.

　홍인표는 배수 펌프실의 문을 열고 조심스럽게 주위를 살핀 뒤 밖으로 나갔다.　배수 펌프실은 1호선 상행선 승강장 끝에 자리잡고 있었다.　승강장의 마지막 지점에는 더 이상 안으로 들어갈 수 없게끔 쇠로 난간을 쳐 놓았는데 그 너머 좁은 길을 따라 몇 미터 가면 바로 배수 펌프실의 문이 나온다.

　홍인표가 걸어나오는 의정부행 상행선 승강장에는 아무도 없었다.　맞은편 수원, 인천행 하행선 승강장에는 벌써 서너 사람이 서 있었다.　하지만 벽을 따라 조용히 걸어나오는 홍인표에게 주의를 돌리는 사람은 아무도 없었다.　홍인표는 태연하게 난간을 넘어 승강장으로 들어섰다.

　동대문역 1호선 승강장은 중앙에 기둥이 듬성듬성 늘어서 있고 그 양쪽으로 상하행선의 두 선로가, 그리고 양쪽 가에 승강장이 길게 뻗어 서로 마주보고 있었다.

　홍인표는 사람들의 주의를 끌지 않기 위해 태연한 걸음걸이로 걸었다.　늘 외양에 신경을 썼기 때문에 자세히 관찰하지 않으면 그저 평범한 노무자 정도로 보였다.　그는 지금 2호선과 4호선의 환승역인 동대문 운동장역으로 가는 길이었다.　이 승강장 중간쯤에 있는 계단을 올라가 미로처럼 구불구불 연결된 통로를 따라 4호선 승강장으로 가서 4호선을 타고 한 정거장을 가면 된다.　홍인표는 거기서 다시 2호선으로 갈아탈 생각이었다.

　지하철 2호선은 서울의 부심 지역을 둥글게 일주하면서 계속 순환하는 노선이었기 때문에 그 열차를 타고 가만히 앉아 있으면 두 시간 15분 만에 서울을 한 바퀴 돌아 다시 제자리로 돌아온다. 홍인표는 이 노선을 즐겨 이용하고 있었다. 우선 객차가 깨끗하고 시원했고, 순환선이기 때문에 어디든지 마음대로 내리고 탈 수 있을 뿐 아니라 시간을 보내는 데도 무척 편리했다. 뿐만 아니라 서울을 가로지른 각 노선과 만나는 환승역이 군데군데 있어서 어디든지 마음 먹은 곳으로 갈 수 있었다.

오늘은 교외의 한적한 역으로 갈 작정이었다. 지하역 구내는 낮이 되면 너무 더워서 견디기 힘들었다. 우선 시원한 객차 내에서 시내를 일주하며 편안하게 한잠 잔 다음 출근 시간이 가까워지면 1호선으로 바꿔 타고 사람들의 물결을 거슬러 인천 쪽이나 안산 방면의 한적한 곳으로 가서 하루를 보낼 생각이었다. 홍인표는 요즘 와서 그런 방식으로 더위를 이기고 있었다. 물론 잠만은 함부로 아무데서나 자지 않았다. 잠만은 가장 안전한 지하의 보금자리로 와서 자는 것을 원칙으로 정해 놓고 철저히 지키고 있었다. 아차 실수하면 모든 것이 끝장인 것이다.

계속 불안에 쫓기는 날들을 보내면서 도피처를 생각하던 홍인표가 최종적으로 결론을 내린 곳이 바로 이곳이었다. 수많은 도피의 가능성을 생각한 끝에, 그리고 치밀한 답사와 준비 끝에 내린 결론이었다. 이유는 의외로 간단했다. 갈 곳이 없었던 것이다.

어느 곳에든 경찰의 치밀한 눈들이 지키고 있었고 온갖 법적·제도적 장치가 사람들 사이에 섞여 사는 것을 불가능하게 만들었다. 사람들과 멀리 떨어진 곳은 오히려 그렇기 때문에 더욱 주목받는 곳이었다. 결국 가장 가까운 곳이 가장 안전한 곳일 수밖에 없었다. 수많은 사람들이 끊임없이 움직이고 미로처럼 펼쳐져 있는 방대한 지하 구축물은 사람 하나쯤은 쉽게 숨겨줄 수 있는 곳이었다. 도시의 어디도 이처럼 넓고 복잡한 곳은 없었다. 게다가 경찰들이 자신이 이곳에 숨어 있으리라고 상상이나 할 수 있겠는가?

홍인표는 환승 통로로 이어지는 계단을 올랐다. 승강장은 환하게 밝고 조용했다. 모퉁이를 돌던 홍인표는 갑자기 멈추었다.

계단 아래 누군가 쓰러져 있었다. 깨끗한 점퍼 차림에 단정하게 이발한 목덜미가 부랑하는 지피족은 아니었다. 사내가 괴로운 듯 몸을 뒤척였다. 아마 술이 엉망으로 취했던 모양이었다.

대수롭지 않게 생각하고 몸을 돌리던 홍인표가 다시 동작을 멈추었다. 그리고 천천히 고개를 돌려 사내의 옆얼굴을 내려다보았다. 무언가 섬뜩한 예감이 주의를 끌었기 때문이었다. 사내가 괴로운 듯 다시 고개를 뒤챘다.

전율이 창날처럼 홍인표의 전신을 꿰뚫고 지나갔다. 그 형사였다. 어느 날 갑자기 회사로 찾아왔던…….

홍인표는 천천히 몸을 돌려 태연하게 계단을 올라갔다. 그의 전신은 경악에 휩싸여 떨고 있었다. 이럴 수가 있단 말인가? 도대체 어떻게 된 일인가……? 도무지 알 수 없는 일이었다. 하지만 한 가지만은 틀림없었다. 위험이 아주 가까이 다가와 있다는 사실, 빨리 여기를 빠져나가야 한다는 사실이었다.

후들거리는 다리를 달래며 그는 안간힘을 다해 자세를 바로 잡았다. 바로 뒤에서 그 형사가 소리없이 일어나 목덜미를 낚아채는 듯한 느낌에 그는 자신도 모르게 목을 움츠리며 손으로 가슴을 더듬었다. 속주머니에 단단한 감촉이 느껴졌다. 재크나이프였다. 그는 손으로 그것을 꽉 움켜쥐었다. 뒤를 돌아볼 수는 없었다.

미친 듯이 내달으려는 다리를 간신히 억누르며 홍인표는 지하도를 천천히 걸었다. 뒤따르는 기색은 없었다. 침착해야 한다. 온 신경을 뒤쪽으로 바짝 곤두세우고 지하도의 중간쯤 걸어갔을 때였다.

50미터쯤 앞 지하도 입구에 건장한 체구의 사내가 한 손으로 가슴을 안고 구부정한 자세로 천천히 모퉁이를 돌아나오고 있었다.

가슴의 통증이 다시 밀려왔다. 최경감은 손으로 가슴을 안고 두 눈을 찌푸린 채 환승 통로의 모서리를 돌았다. 지하도의 양쪽 벽은 하얀 타일을 바탕으로 검은색과 밤색의 타일을 붙여 만든 기하학적 무늬가 죽 그려져 있었다. 천정에는 한 쌍의 형광등이 줄을 맞추어 길게 늘어서서 그 통로를 밝히고 있었다.

긴 지하도의 중간쯤에는 화장실이 있었다. 화장실은 통로 옆에 설치되어 있었는데 서너 계단을 올라가면 남성용과 여성용으로 나누어진 두 갈래 출입구가 있었다. 남성용 화장실 출입구 옆에는 물탱크실이 있었고 여성용 화장실 출입구 쪽에는 오수 펌프실이 있었다.

최경감은 여전히 가슴에 손을 얹은 채 화장실로 올라갔다.

남자용 화장실에는 한 사내가 소변기 앞에 서서 소변을 보느라 고개를 숙이고 있었다. 최경감은 사내의 등을 바라보았다. 머리는 부스스했지만 깨끗한 작업복을 입은 걸로 봐서 새벽일을 나가는 노무자인 듯했다. 세 칸의 대변소에는 아무도 없었다. 여자용 화장실에도 아무도 없었고 화장실 옆 물탱크실과 오수 펌프실 문은 잠겨 있었다.

최경감은 화장실을 나와 다시 지하도를 걷기 시작했다. 저만치 앞에 1호선역으로 이어진 계단이 보였다. 그때였다. 최경감이 고개를 갸웃했다.

무언가 이상했다. 최경감은 다시 고개를 갸웃했다. 그리고 깨달았다.

그 사내였다.

그는 최경감이 화장실에 들어섰을 때 소변을 보고 있었다. 최경감이 여자용 화장실까지 살피고 밖으로 나왔을 때 지하도에는 아무도 없었다. 그는 소변을 마치고 지하도의 어느쪽이든 걸어가고 있어야만 했다. 그런데 최경감이 나올 때까지도 그는 화장실 안에 있었던 것이다. 무엇 때문일까?

최경감이 천천히 뒤를 돌아보았다. 지하도 저쪽 입구로 사내가 걸어가고 있었다. 사내는 아주 태연하게 걷고 있었다. 잘못 생각한 것일까? 최경감이 고개를 갸웃했다.

그때였다. 사내가 지하도 모퉁이를 돌면서 살며시 고개를 돌렸다. 긴 지하 공간을 꿰뚫고 두 사람의 시선이 정면으로 부딪쳤다. 둘은 그대로 굳은 채 서 있었다. 한순간에 벼락이라도 맞은 듯 두 사람은 서로의 정체를 확실히 깨달았던 것이다. 하얀 지하도는 죽은 듯이 고요했다.

천천히, 아주 천천히 홍인표가 움직이기 시작했다. 그의 모습이 모퉁이에 가려 조금씩 작아져서 마침내 시야에서 사라질 때까지도 최경감은 멍하니 서 있었다.

홍인표가 사라지자 비로소 정신이 든 최경감은 먹이를 본 표범처럼 지하도를 달려갔다. 텅 빈 지하 통로로 거친 구두발 소리가 요란하게 울려퍼졌다. 천정의 하얀 불빛이 춤추듯이 흔들렸다. 4호선 승강장에서 진동과 소리가 밀려오고 있었다. 열차가 달려오고 있었다.

최경감은 미친 듯이 달려갔다. 시간이 너무 없었다. 열차의 멈추는 소리가 들렸다. 최경감은 바람처럼 지하 통로를 돌았다. 전동차의 문 열리는 소리가 들렸다. 계단 입구에 도착했다. 계단을 뛰어 내려가는 최경감의 눈에 승강장에 길게 늘어서 있던 전동차의 문들이 서서히 닫히고 있었다. 문 옆에 기대 선 홍인표가 무표정한 얼굴로 계단을 올려다보고 있었다. 최경감은 나는 듯이 계단을 내려갔다. 문이 완전히 닫혔다. 열차는 천천히 움직이기 시작했다. 마지막 계단을 돌아 내려가며 최경감은 어느새 권총을 빼들었다.

"서라!"

승강장을 가로지르며 최경감은 뜻 모르는 고함을 질렀다. 짧고 절박한 부르짖음이었다. 열차는 천천히 속도를 내고 있었다. 눈먼 짐승처럼 앞으로만 달려가는 이 거대한 쇳덩이를 어떻게 멈출 것인가. 최경감은 달리는 여세를 몰아 온 힘을 다해 전동차의 문에 자신을 던졌다. 둔중한 소리와 함께 최경감의 몸은 전동차에 튕겨 승강장 바닥에 뒹굴었다.

그때였다. 열차가 게으른 비명을 지르면서 천천히 미끄러지듯 속도를 늦추었다. 출입문에 강한 충격을 받은 열차가 기관사에게 빨간 위험 신호를 보냈고 이것을 본 열차의 기관사가 제동기를 잡아당겼던 것이다.

최경감은 숨을 헐떡거리며 몸을 반쯤 일으킨 채 열차를 지켜보고 있었다. 열차가 천천히 멈추고 있었다.

최경감은 자리에서 벌떡 일어나 차체를 쾅쾅 두들겼다. 기관사가 창 밖으로 고개를 내밀고 있었다.

"경찰이야, 문 열지 마! "

최경감이 권총을 내두르며 소리지르자 기관사는 움찔하고 고개를 들이밀었다.

드디어 갇혔다!

최경감은 권총을 두 손으로 받쳐들었다. 어디선가 짤막한 여자의 비명 소리가 들렸다. 객차 안에 타고 있던 서너 명의 승객들이 놀란 표정으로 창밖을 내다보고 있었다. 그때였다. 바로 앞쪽 두번째 칸 객차의 중간 출입문이 힘겹게 열렸다. 홍인표가 비상콕을 당겨 문 개폐기를 수동으로 전환한 뒤 손으로 문을 열었던 것이다. 최경감이 권총을 치켜들었다.

열린 문 사이로 천천히 홍인표의 모습이 나타났다. 그는 한 젊은 여자의 목을 감아쥐고 질질 끌면서 승강장에 올라섰다. 하얀 목 앞에서 칼날이 춤추고 있었다. 여자의 몸을 방패삼아 홍인표는 조금씩 뒤로 물러서고 있었다.

최경감이 한 걸음 다가섰다. 홍인표가 칼을 치켜들었다. 여자가 샛된 비명을 질렀다. 최경감이 한 걸음 물러섰다. 멀리서 희미한 진동이 밀려오고 있었다. 열차가 다가오고 있었다.

"움직이지 마! 가까이 오지 마!"

홍인표가 고함치며 다시 칼을 치켜들었다. 하얀 칼날이 춤추듯 떨렸다. 기다렸다는 듯 뚜두두두 하는 신호음이 요란하게 울렸다. 곧이어 안내 방송이 들렸다.

지금 열차가 도착하오니 승객 여러분께서는 안전선 밖으로……

홍인표는 여자를 끌고 승강장 가운데 있는 기둥 사이를 빠져나갔다. 최경감도 권총으로 홍인표를 겨눈 채 거리를 유지하며 몸을 옮겼다.

열차가 달려오는 소리가 점점 커졌다. 최경감은 홍인표의 뒤쪽을 보았다. 40미터쯤 뒤에 밖으로 나가는 계단이 열려져 있었다. 거기에는 아무도 없었다.

먼 곳으로부터 바람이 불어오고 있었다. 먼지와 쇠냄새 가득한 바람이었다. 터널을 따라 밀려온 바람은 점점 세차게 불어왔다. 최경감의 희끗한 머리카락이 바람에 나부꼈다. 홍인표의 뒤쪽 캄캄한 터널 사이로 환한 불빛을 앞세우고 열차가 달려오고 있었다. 무척 빠른 속도였다.

열차의 머리가 터널을 빠져나왔다. 승강장 끝에서부터 열차의 긴 몸뚱이가 보이기 시작했다. 속도를 줄이는 마찰음이 요란하게 울렸다. 그때였다.

홍인표가 여자를 열차가 달려오는 선로로 밀어넣었다. 여자의 찢어질 듯한 비명 소리가 달려오는 열차의 굉음과 뒤섞여 지하 공간에 메아리쳤다. 최경감은 한순간에 모든 것을 보았다. 여자가 선로로 떨어져 내리고 있었다. 열차가 달려오고 있었다 . 홍인표는 몸을 돌려 뛰기 시작했다.

너무나 긴박한 상황이 오히려 그의 머리를 맑고 깨끗하게 만들었다. 최경감은 주저없이 선로로 뛰어내렸다. 여자가 허우적거렸다. 최경감이 여자를 잡았다. 여자를 움켜쥐고 잡아당겨 승강장으로 던져올렸다. 그리고 앞으로 쓰러지며 무릎을 꿇었다. 침목 위에 있던 자갈을 밟고 발이 미끄러졌기 때문이었다.

최경감이 상체를 일으켰다. 불빛을 앞세운 열차는 무서운 기세로 소리를 지르며 미끄러져 오고 있었다. 레일과 바퀴 사이에 하얀 불꽃이 튀어나오고 있었다. 열차의 빛줄기 사이로 홍인표가 미친 듯이 달려가고 있있다.

잘 된 일이다. 너에게도…… 그리고 나에게도…….

최경감은 권총을 치켜들었다. 부신 빛줄기가 눈앞을 가로막았다. 가늠자에 홍인표의 머리가 정확하게 얹혔다.

최경감은 천천히 방아쇠를 당겼다. 가늠자 사이로 총알이 정확하게 홍인표의 머리 속으로 파고드는 것을 느낄 수 있었다. 홍인표가 춤을 추듯 쓰러지고 있었다. 그 앞으로 강형사가 미친 듯이 달려오고 있었다. 빛줄기 사이로 거대한 어둠이 얼굴을 덮고 이어 굉음과 함께 세상이 찢어지는 듯한 엄청난 충격이 다가왔다.

마지막 순간 최경감의 머리 속에 승미의 얼굴이 동그랗게 떠올랐다. 하지만 그 모습은 이내 저 하늘 멀리 사라지고 말았다.

15
은빛 도시

　차가운 바람이 분다. 은빛 도시의 겨울이 온 것이다.

　거리에 늘어선 가로수의 병들고 초라한 잎들도 모두 떨어졌다. 앙상한 가지 사이로 사람들이 벌레처럼 고개를 움츠리고 걷고 있다. 뿌연 잿빛 하늘 아래 거대한 빌딩 숲을 헤매며 저마다 힘들고 고달픈 하루를 이어 가고 있는 것이다.

　침침한 하늘에 떠 있던 창백한 해가 빌딩 너머로 사라지면 오늘도 환한 도시의 밤이 온다. 가로등과 자동차의 불빛, 상점과 술집과 여관의 현란한 네온사인이 도시의 밤을 불야성처럼 밝히는 것이다.

　도시는 흥성했다.

　불빛은 휘황하고 사람들은 흥청거리고 있었다. 사람들은 향기로운 술과 맛있는 음식, 그리고 떨리는 향락을 만끽했다. 거리의 젊은 여자들은 날씬한 다리를 허벅지까지 드러낸 옷차림으로 경쾌하고 탄력 있게 오가고 있었다. 팽팽한 엉덩이가 쾌락을 예감하며 살랑거리고 있었다.

　모든 여자는 남자와 모든 남자는 여자와 짝이 되어 걷고 있다. 팔짱을 끼고 허리에 손을 두른 채 속삭이고 웃고 사라진다. 그들은 빨간 카페트가 깔린 복도를 지나 둘만의 공간으로 갈 것이다.

　음악 소리와 노래 소리로 떠들썩한 술집을 나온 취객들이 비틀거리며 또다시 마실 곳을 찾아 헤매고 있었다. 젊은 여자를 데리고 늙은 남자가 거드름을 피우며 여관으로 들어서고 그들과 엇갈려 스물이 채 못 된 남녀가 팔짱을 끼고 걸어나오고 있었다. 아무도 부끄러워하지 않았다. 여관 옆의 후미진 골목에서는 젊은 남자와 늙은 여자가 승강이를 벌이고 있었다. 여자의 팔을 잡아끌며 사내가 말했다.

　"왜 이러십니까, 이거……? 사모님, 누굴 엿 먹이는 거요? 서로 알 거 다 아는 처지에."

　어두운 밤하늘에서 눈발이 어지럽게 날리기 시작했다.

　지하도 차가운 계단에 한 청년이 앉아 있었다. 그는 무릎에 얼굴을 묻은 채 이따금 어깨를 들썩거렸다. 그는 울고 있었다.

　계단 아래에는 한 팔이 없는 거지가 서너 개의 동전이 들어 있는 플라스틱 그릇을 앞에 놓고 차가운 바닥에 기도하듯이 엎드려 있었다. 마치 세상의 죄를 사해 달라고 신에게 기원하는 예언자처럼.

　지하도 입구에서 눈을 맞으며 초라한 옷차림의 노인이 소리치고 있었다. 쨍쨍 울리는 쇳소리로 노인은 지칠 줄 모르고 외치고 있었다.

　"회개하라. 심판의 날이 다가오고 있다. 예수를 믿으세요. 말세가 오고 있습니다. 심판의 날이 오고 있습니다. 주께서 재림하십니다."

울던 청년은 일어나 비틀거리며 걸었다. 그는 계단을 올라 육교를 지나갔다. 거기에는 포르노 테이프 가게들이 모여 있었다. 가게에 먼저 와 있던 열대여섯 정도의 아이 하나가 비디오 테이프를 교환해서 외투 속에 감추고는 쥐새끼처럼 사라졌다.

테이프를 품에 끼고 청년은 고개를 숙인 채 계단을 내려갔다. 계단에는 호객하는 사내가 아래에 서 있는 중년의 두 여자에게 속삭이고 있었다.

"걱정 마세요, 사모님. 전번 거보다 더 화끈해요."

여자들의 어깨에는 따뜻한 짐승의 털이 덮여져 있었다. 청년은 어깨를 움츠리고 그들을 지나쳤다.

주정뱅이 하나가 차가운 길바닥에 앉아 꽥꽥거리고 있었다.

"개새끼들아! 너희들끼리 다 해 처먹어라!"

밤이 깊어 가고 있었다. 하늘에는 눈발이 까맣게 흩날리고 있었다. 따뜻한 불빛과 웃음 소리가 흘러나오는 창 아래 한 사내가 쭈그리고 앉아 웩웩거리며 토하고 있었다.

청년은 비틀거리며 계속 걸었다. 인도 옆 널따란 도로에는 헤드라이트를 밝힌 차들이 눈발을 헤치며 바쁘게 달리고 있었다. 이윽고 청년은 꽃들의 나라로 들어섰다.

줄줄이 늘어선 붉은 유리 진열장 안에 반라의 여자들이 정육점의 고기처럼 앉아 있었다. 아름다운 여자가 청년의 손목을 끌었다. 여자가 남성의 그곳에 붓을 꽂고 청년의 이름을 써 주었다. 옆방에선 열다섯 살짜리 여자가 발가벗은 채 50대 남자의 무릎 위에 앉아 있었다. 아이는 남자에 안긴 채 술을 따르고 있었다.

술집과 교회와 병원이 번성하고 기도와 탄식과 쾌락의 신음 소리

가 끊이지 않는 기이하게 밝은 은빛 도시의 밤을 함박눈이 포근히
감싸주고 있었다. 캄캄한 밤 하늘엔 드문드문 십자가만 공동묘지의
비석처럼 붉게 빛나고 어디선가 애잔한 노래도 들리는 것 같았다.

눈 내려 어두워서 길을 잃었네
갈 길은 멀고 길을 잃었네
눈사람도 없는 겨울밤 이 거리를
찾아오는 사람 없어 노래 부르니
눈 맞으며 세상 밖을 돌아가는 사람들뿐
등에 업은 아기의 울음 소리를 달래며
갈 길은 먼데, 함박눈은 내리는데
사랑할 수 없는 것을 사랑하기 위하여
용서받을 수 없는 것을 용서하기 위하여
눈사람을 기다리며 노랠 부르네
세상 모든 기다림의 노랠 부르네
눈 맞으며 어둠 속을 떨며 가는 사람들을

노래가 길이 되어 앞질러 가고
돌아올 길 없는 눈길 앞질러 가고
아름다움이 이 세상을 건질 때까지
절망에서 즐거움이 찾아올 때까지
함박눈은 내리는데, 갈 길은 먼데
무관심을 사랑하는 노랠 부르며
눈사람을 기다리는 노랠 부르며

이 겨울 밤거리의 눈사람이 되었네
봄이 와도 녹지 않을 눈사람이 되었네

　　맹인 부부 가수…… 정호승

　최경감의 무덤 위에는 하얀 눈이 소복소복 쌓이고 있었다. 홍인
표가 뿌려진 강물 위에도 하얀 눈은 끝없이 휘날리고 있었다.

—끝—

지하철환승역살인 / 박상욱장편추리소설　　　　값 5,500원

1994년 2월 20일 제1판제1쇄인쇄
1994년 2월 25일 제1판제1쇄발행

지은이　　박　　　상　　　욱
발행인　　박　　　명　　　호

펴낸곳　　**명　　지　　사**

서울특별시　동대문구　장안동　369-1
등　　록 : 1978.　6.　8. 제5-28호
전　　화 : 243 - 6686 · FAX 249-1253
사 서 함 : 서울청량우체국사서함　제154호
대체구좌 : 0 1 0 9 8 3 - 3 1 - 1 7 4 2 3 2 9
지로번호 : 3　0　3　3　3　1　7

ISBN 89-7125-068-2 03810　　　※잘못된 책은 바꾸어 드립니다.

서울의
밤안개
검붉은 빗줄기 속의 살인과 복수!!
李秀光
장편추리소설
너무나 아름다웠기 때문에
한 청년의 지순한 사랑을 받았고
부모와 오빠를 죽인 살인범에게까지
농락당해야 했던 기구한 운명의
여자. 그 연약한 여자의 치밀한 복수.
반전에 반전을 거듭하는 화려한
연속살인. 마침내는 사랑하는
남자까지 죽여가면서 복수하지만…
빗나간 복수, 허무한 사랑 앞에
오늘은 네 주검을 끌어안고
통곡한다.
명지사

이상우 추리소설
컴퓨터 살인
날카롭고 풍자적인 펼치로
독자들을 사로잡는
저널리스트 작가
이상우의 문제
추리소설 !
명지사

한대희 장편기업추리

불타는

욕망

두뇌 사냥꾼과 육체 사냥꾼의 인간경영학./ "지구를 팔고 싶다./"
호랑이굴에 뛰어든 다섯 사나이와 미모의 세 여자./
무엇을 소유하고자 하며 무엇을 소유했는가./ 아무도 가르쳐 주지 않는 '성공시대' 의 이야기./ 이 책을 선택한 당신은 벌써 예비재벌이다./

현란한 분수의 물보라
속에서 내려진 독배의 斷!

욕망이
타는 숲

장세연 장편추리소설

동족의 배반과 조직의 규율을
따라야 했던 젊은 「야쿠자」의 처절한
生과 死. 오랜 망각의 세월이 흐른 뒤
현해탄에 구비치는 혈연의 통곡!

명지사

지옥의 휘파람

安光洙 장편추리소설

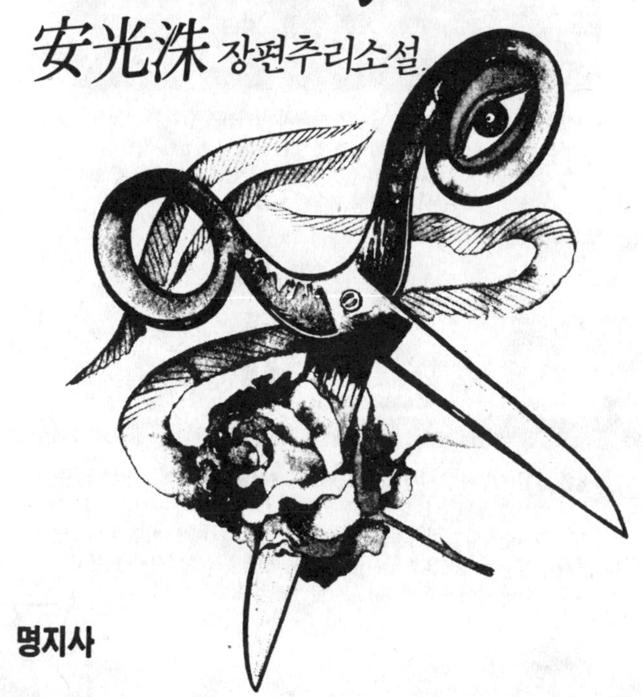

명지사

金聖鍾

범죄는 영원히 종식되지 않을 것이고 수사관들도 영원히 쉬는 날이 없을 것이다. 추리소설이 독자들의 끊임없는 사랑을 받는 것은 이러한 범죄와 수사의 영원성에서 찾을 수 있을 것이다.

長篇推理小説

● 자신을 돌려가며 강간하고 남편과 뱃속의 아기까지 살해한 네명의 살인범들을 상대로 끈질기게 벌이는 연약한 女人의 처절한 복수극! 가정을 상실하고 人生을 포기한 女人은 복수에 生의 모든것을 걸고 집요한 추적과 비정하리만큼 섬뜩한 처벌을 감행한다.

長篇推理小説

● 짙은 밤안개에 싸인 연말의 항도 부산 S병원에서 세균학의 권위자 유한백 박사가 살해된다. 잇따라 두명의 처녀가 살해되어 사건은 미궁 속으로 빠져들어가고 아버지를 살해한 범인에게 강간당한 미모의 외동딸 보화는 막대한 유산으로 남자들을 고용, 범인 추적에 나서지만 뜻하지 않게 드러난 아버지의 비밀과 사악한 양면성에 당황하게 된다.

명지사